L'APPARITION DES ESPRITS

suivi de

LE VÉRITABLE AMOUR

Paru dans Le Livre de Poche :

LA DORMITION DES AMANTS

MOI QUI N'AI PAS CONNU LES HOMMES

L'ORAGE ROMPU

ORLANDA

LA PLAGE D'OSTENDE

RÉCIT DE LA DERNIÈRE ANNÉE

JACQUELINE HARPMAN

L'Apparition des esprits

suivi de

Le Véritable Amour

LE GRAND MIROIR

Ce livre est publié avec le soutien
de la Communauté française de Belgique.

Il en est du véritable amour comme de l'apparition des esprits : tout le monde en parle, mais peu de gens en ont vu.

La Rochefoucauld.

L'Apparition des esprits

On m'appelle Catherine. Apparemment, je suis ce que l'on nomme une jeune fille de bonne famille. Mais le siècle a passé par là, et les bonnes familles soupirent qu'il n'y a plus de jeunes filles. Que l'on ne s'y méprenne pas, je n'entends me moquer ni des unes ni des autres. Je ne suis pas portée à la révolte, la docilité m'est facile, et j'aurais été volontiers ce que l'on souhaitait que je fusse, si on me l'avait expliqué clairement. Il paraît que nos parents nourrissaient trop de doutes pour oser nous tracer la route : ils nous ont lancés sur les sables mouvants, puis ils ont attendu que nous marchions droit.

Mes parents n'aimaient pas les voyages : ils étaient heureux et me firent penser que le besoin de changer de décor n'appartient qu'aux insatisfaits. En janvier 40, pourtant, un oncle lointain mourut et mon père hérita. Il y avait un immeuble boulevard de Marseille, à Casablanca, et une affaire d'import-export. La moindre des politesses était d'aller voir ; mon père sentit qu'il ne pouvait pas s'en dispenser. La drôle de guerre durait depuis plusieurs mois. Ce n'est pas tout à fait le moment de penser à ses intérêts, disait mon père à son ami, Maurice Alker. Il n'insistait pas trop, il sentait fort bien qu'il est indécent d'employer les sentiments nobles pour justifier la paresse. Il se résigna donc, et trouva une consolation dans l'idée de montrer le Maroc et l'exotisme à ma mère, qui s'en moquait mais feignit l'enthousiasme pour ne pas le décourager.

En principe, je ne devais pas les accompagner. Cependant mon père était méfiant et savait son Histoire. Il prévoyait, le plus justement du monde, que, dès que les choses prendraient une tournure sérieuse, la Belgique serait envahie comme de coutume, et n'osa pas me laisser à Bruxelles.

Nous arrivâmes dans les premiers jours de mai.

Le 10 : Vous êtes partis à temps, lui disait-on. Il était gêné. Même s'il n'était plus d'âge à porter les armes, il sentait qu'il avait déserté. Ma mère, soulagée et coupable, pensait que des femmes allaient perdre leur mari. La honte, pourtant, d'échapper au danger était compensée par le bonheur de voir l'autre en sécurité. De temps en temps, un tressaillement de joie les prenait. Ils se serraient les mains à la dérobée, et le même irrépressible sourire leur montait aux lèvres. Ils étaient seuls au monde, l'amour les entourait de son rempart. Je détournais les yeux. J'avais déjà perdu l'habitude de courir vers eux pour chercher à briser le mur et recevoir ma part de tendresse. Quand ils me caressaient, toujours leurs regards se rejoignaient par-dessus moi, et je n'avais, de l'effusion, que le geste machinal. C'était Philémon et Baucis, mais très déconcertés d'avoir fait un enfant. Si l'amour leur en laissait le temps : il faut l'aimer, se disaient-ils, et s'appliquaient à des efforts qui ne me trompaient pas. Je m'enfuyais exubérante et triste, avec au cœur l'angoisse de les gêner.

Je m'étonnais toujours quand j'entendais s'apitoyer sur les orphelins. C'était donc un bonheur que d'avoir des parents ?

Il n'était plus possible de rentrer. Nous fûmes vite installés dans cette vie qui devait être provisoire et qui dura cinq ans. L'import-export s'avéra peu rentable en temps de guerre, si l'on veut rester honnête, et les loyers du boulevard de Marseille ne permettaient pas d'entretenir des relations très suivies avec le marché noir. Pendant cinq ans, mon père et ma mère mangèrent des lentilles. C'était une petite mortification qui aidait à supporter la sécurité.

J'étais en pleine croissance, il paraît qu'il me fallait un régime moins monotone. Ma mère mit un soin maniaque à m'épargner les lentilles. Plus sûre d'elle, elle les eût peut-être mieux tolérées. Ses efforts la rassuraient, et elle partageait avec mon père un mets voué, semble-t-il, aux significations symboliques, mais pour lequel il me vint des sentiments très ambigus.

L'enfance m'ennuyait. J'étais entourée d'adultes, et je m'impatientais d'un état trop évidemment transitoire. Les jeux et les poupées ne me distrayaient pas. Je subissais mon âge comme un temps d'épreuve : à l'horizon, la réalité, et je regardais avec envie ceux qui la peuplaient.

Je ne me trompais pas sur les jouets, quand je leur en voulais d'être des trompe-l'œil. L'erreur était de croire que seuls les enfants jouent.

Naturellement peu liants, mes parents se faisaient une règle, « dans les temps que nous vivions », de frayer avec leurs voisins. Sait-on jamais si l'on ne pourra pas être utile ? disait ma mère, pour qui c'était une raison d'autant plus forte qu'elle sentait très bien son indifférence envers tout ce qui n'était pas son amour.

Comme tout le monde, nous recevions beaucoup de soldats : on y voyait un devoir civique. Pour moi, j'y trouvais surtout un peu d'imprévu dans une vie monotone. Ma mère s'était liée avec une jeune femme, Mme Lagrange, dont le mari était officier et combattait en Italie. Il fut porté disparu, et un certain Murger, sergent sous ses ordres, rapporta à Mme Lagrange les objets personnels qu'il laissait. C'était une grande jeune femme, de celles dont on voit tout de suite qu'elles ont de la distinction, mais à qui on n'accorde la beauté qu'après réflexion. Son mari lui avait fait deux fils en sauvegardant sa chère innocence de jeune fille, puis il était parti pour la guerre. Il respectait beaucoup sa femme, les enfants furent faits avec des égards. Veuve, Murger entreprit de la consoler, mais sans respect. On ne lui avait jamais parlé du plaisir, elle le découvrit en l'éprouvant. Sa distinction devint plus discrète. Elle avait aimé son mari : le plus grand étonnement fut l'absence d'amour pour Murger. Le bonheur était venu d'un homme qui n'émouvait pas son cœur : était-elle un monstre ? Il dut la rassurer. Et si j'avais un enfant ?

– Me prenez-vous pour un maladroit ? Le respect d'un mari mort au champ d'honneur ne résista pas longtemps à la rancune envers un mari maladroit, après un mois Murger était installé chez elle. Ma mère, qui aimait beaucoup Mme Lagrange, essayait de me dissimuler l'équivoque de la situation. Je vis bien qu'on ne recevait plus la jeune femme, et je compris, intuitivement, bien plus de choses qu'on n'aurait voulu. Voilà l'amour coupable, me disais-je en regardant ce couple embarrassé. Je m'en étais fait une idée bien différente.

L'autre amie de ma mère n'avait pas mieux respecté les bons principes. Un chagrin d'amour avait jeté cette fille dans le premier mariage venu. Ben Saïd était le chef d'une grande famille marocaine, mais il avait le tort d'être indigène et ce mariage, fort désapprouvé, mettait Mme Ben Saïd hors la loi. C'était une femme charmante, sensuelle et malheureuse, qui se résignait mal à sa situation. Dans un coup de tête, elle avait jeté son bonnet par-dessus les moulins et maintenant battait la campagne pour le retrouver. L'amitié de ma mère était tout ce qui lui restait de son honorabilité perdue, elle s'y accrochait, sous l'œil désapprobateur d'un mari nationaliste. Dans les périodes de tension patriotique, on m'envoyait en émissaire d'un camp à l'autre ; ma jeunesse me protégeait des querelles de partis.

Pourquoi de tels choix ? On dit que qui se ressemble s'assemble : ma mère, pourtant, paraissait fort honnêtement mariée. Mais elle avait de la passion comme si elle ne l'eût pas été. Auprès de ces femmes que les autres blâmaient, elle se sentait à l'aise : l'eussent-elles devinée, c'eût été pour la comprendre. Ailleurs, elle choquait.

L'atmosphère trouble et tendue qu'on trouvait là répondait à mes goûts. Je me sentais chez moi. Ni Mme Lagrange ni Mme Ben Saïd ne me faisaient de confidences, mais auprès d'elles on respirait un air plus vif. Je découvrais que les apparences sont trompeuses, que l'amour caché n'est pas forcément heureux et que la société contrarie les amants. Tout cela était fort neuf ; j'en tirais beaucoup de plaisir.

Je ne suis pas sensible au pittoresque : plutôt me gênerait-il. Il multiplie les apparences et ne pare jamais que la solitude. Quand je fus rentrée : – Raconte, me disait-on. Accommodante, j'aurais bien voulu, mais quoi ? Ces quémandeurs, vite déçus, n'attendaient que des mots : *tarbouch, salam, médina*, et que je les aidasse à croire que l'on se dépayse. Pour changer de ciel, les naïfs pensent qu'il suffit de faire deux mille kilomètres. Il ne leur plaît pas d'entendre que l'on s'emporte toujours. On trouvera peut-être que mon Maroc manque d'exotisme. C'est aussi que j'y arrivais à dix ans, je sentis à peine que la vie quotidienne changeait d'aspect. Au retour, les ciels gris m'étonnèrent, et je découvris le pays où j'étais née avec l'incrédulité ravie que l'on réserve, d'habitude, aux Polynésies.

La guerre finissait. J'étais passée à côté d'elle sans trop la remarquer. Mes parents estimaient que leur devoir était de m'en préserver, aussi n'y compris-je pas grand-chose. Je n'y vis qu'un instrument comme un autre pour le destin. Elle m'avait conduite au Maroc pour m'y prendre d'antipathie à l'égard des lentilles, avait donné un amant à Mme Lagrange et, à mon père, du dégoût pour l'import-export ; à présent elle se retirait et nous rentrions.

C'était quitter l'enfance. Le décor changeait, j'attendais de la vie qu'elle en fît autant. Elle se contenta de m'offrir une maison et une ville à reconnaître. Après quoi, elle estima sans doute en avoir fait assez, car elle me livra à l'ennui.

Mes parents se réinstallèrent très vite, leurs habitudes les attendaient. Il y eut une ou deux semaines de gaieté : il fallait réapprendre une maison qui, obscurément, m'était familière mais où je me trompais sans cesse de porte. On s'y déplaçait selon l'occupation à laquelle on allait se livrer : après le petit appartement de Casa, je découvrais que l'espace est un luxe. Mais ces plaisirs-là s'épuisent vite, et les choses reprirent leur cours normal : c'était toujours la solitude à côté du bonheur, il n'y avait même plus de voisines aux amours piquantes. Les jeunes filles du lycée m'ennuyaient. Les livres ne me consolaient pas : les gens y vivent avec passion, chaque lecture me faisait mesurer la monotonie des journées identiques. J'étais comme le spectateur qui attend le lever de rideau : je suis prêt, quand cela commencera-t-il ? De temps en temps, une heure plus brillante soulignait l'ennui. Elle ne me payait pas des autres, mais me faisait rêver à une vie qui serait faite à son image.

Je ne suis sensible à la nature qu'en ville. Entre des quais une rivière m'enchante, les marronniers en fleurs sur un boulevard me ravissent : à la campagne je ne les vois pas. Revenue à la fin d'un automne assez froid, un matin je reconnus la neige. Je l'avais oubliée, elle m'enchanta. Je m'émerveillais du ciel pâle, des maisons grises et blanches, de la légèreté acide de l'air.

Dans ma rue se trouvait l'atelier d'un ébéniste qui se chauffait au pétrole. Une distraction peut-être, le poêle explosa, mettant le feu au bois entreposé. À six heures, quand je revins de l'école, les flammes avaient gagné toute la maison et s'élançaient dans la nuit à peine tombée. Ce fut le hurlement des sirènes qui m'attira. L'incendie allait en s'aggravant, il menaçait déjà les toits voisins. L'eau balayait la neige, grésillante ; parfois un jet de flammèches jaillissait, feu d'artifice rougeoyant mêlé aux flocons blancs qui, plus haut que les flammes, continuaient, dans l'ombre, leur tranquille chute. Je m'attardai avec la foule, fascinée autant par le feu que par ses reflets sur les visages des badauds. Des gens que je connaissais pour les rencontrer souvent m'apparaissaient soudain différents, parés d'un mystère et d'une grâce dont je ne pouvais croire qu'ils les dussent au seul jeu des lumières. Soudain, une voix murmura contre mon oreille : ça te plaît petite ? Je me retournai et reconnus Alker, l'ami de mon père. Il me prit par le bras, m'entraîna un peu plus loin. Dans la fenêtre sombre et poussiéreuse d'un appentis abandonné, l'incendie se répétait, mais resserré, rassemblé aux dimensions du regard, violence traduite en élan irrésistible. Muette, je contemplais. Lumières, ombre, caverne, et quel monde copiait l'autre, si c'était le reflet silencieux ou, soudain trop bruyant, derrière moi, le domaine des efforts inutiles, agitation vaine de somnambules autour d'un rêve ? Alker me regardait en souriant. Sais-tu que tu seras peut-être jolie ? dit-il.

À seize ans, jolie veut dire heureuse. Le cœur me battait : on m'aimerait donc ? Je vis scintiller l'illusoire triptyque de la beauté, de l'amour et du bonheur. C'était, se levant dans le ciel de l'adolescence, l'étoile – ou le miroir aux alouettes – qu'il faudrait suivre. Je ne songeais pas à cette grâce prêtée aux visages des gens de ma rue par le vacillement des flammes et que, peut-être, Alker se laissait prendre où, moi aussi, j'avais rêvé. Le feu montait toujours, arrachait des poutres, chassait des paquets de neige, l'eau giclait des lances, tout cela était sauvage et farouche et me portait à la pointe de moi-même.

Alker dînait chez nous, après quoi il nous emmena au cinéma. L'incendie n'était pas tout à fait éteint, il fallut ralentir pour traverser l'attroupement des passants qui ne voulaient pas manquer la fin du spectacle. Il neigea toute la nuit.

Comme il était heureux, mon père ne se méfiait pas de lui-même. On lui faisait la réputation d'avoir eu de l'esprit dans sa jeunesse ; il ne lui en restait qu'une conversation aimable et assez distraite. Il se répétait, par paresse d'inventer. Une des phrases qu'il aimait à dire, et qu'il disait souvent, était : Le printemps est la saison des jeunes filles. J'attendis donc beaucoup du printemps. Mais ni lui ni l'adolescence n'étaient mes saisons. Cette année-là comme les autres, je traînai mon ennui entre mon père et ma mère, ces deux êtres si bien faits pour s'entendre et auprès de qui je me sentais parfaitement dépaysée.

Tout marque, dans une vie faite de rien. Vêtue au goût de ma mère, je portais encore les trop courtes robes à fleurs qui depuis cinq ans n'étaient plus à la mode. Un rien l'habille ! s'écriait-elle avec admiration sous le regard un peu ironique d'Alker. C'est que ces déplorables toilettes, elle les coupait elle-même, suivant ainsi les excellents principes de l'économie bourgeoise. Elle croyait admirer mon élégance, elle louait son adresse. Un jour qu'elle me faisait essayer sa dernière création, je fus prise de colère. Déshabillée, j'avais aperçu, dans le miroir, une fille brune et noire qui n'était peut-être pas faite pour déplaire. La robe passée, c'était bien autre chose. Je déclarai à ma mère que je me trouvais pénible à regarder, ainsi mise. Elle fut scandalisée : une robe qui promettait d'être si réussie ! Je dis quelques insolences, il y eut dans ses yeux ce désarroi qui la prenait toujours devant mes rébellions, et que je ne comprenais pas encore. Mon père étant intervenu, nous partîmes en expédition, dont je revins avec une ample jupe blanche et un chandail noir. Je m'estimai satisfaite.

Ces petits incidents avaient beaucoup d'importance ; à chacun, je me sentais avancer d'un pas.

Alker remarqua jupe et chandail et me félicita. Comme nous grandissons ! dit-il en riant. Ma mère s'inquiétait : Cela ne la vieillit-il pas trop ? le noir... Il parla du noir et de la mode, affirma que je devais, de temps à autre, quitter les grands auteurs pour les journaux féminins. Il me conseilla gravement la frivolité, puis : Mais ta mère a déjà dû te dire tout cela ? comme pour s'excuser d'empiéter sur un domaine qui ne le regardait pas. Ce qui la fit rougir, elle n'y avait jamais pensé.

Alker avait quarante ans et n'était pas marié : il ne parvenait jamais à aimer assez longtemps pour arriver au mariage. En fait, je m'en aperçois soudain, je savais très peu de choses sur lui. Au retour du Maroc, il était rentré dans notre vie en même temps que la maison et la ville : pour moi, tout cela formait un tout indiscutable. Son père était mort assez jeune et Maurice Alker avait repris sa place à la tête de l'usine qui, je crois, appartenait également aux deux familles. Je ne connaissais, de sa vie, que ce qui en paraissait chez nous. Innocente, je fus longtemps sans imaginer que c'était peu, et que sans doute elle avait d'autres aspects. Il me laissa les découvrir : ce fut avec tant de délicatesse que, trompé par sa propre prudence, lui-même ne sentit jamais où il m'entraînait.

On dit souvent : destin. « Affinités » suffirait. Il y a, je suppose, des filles qui auraient pu croiser Alker sans modifier leur chemin pour le suivre.

Et même : modifier son chemin ? ou le reconnaître ?

Les faits se moquent des mots.

Enfin, lié depuis toujours avec mes parents, il s'apercevait, amusé, que la petite Catherine devenait une jeune fille. Il m'observa quelque temps. Un soir où il faisait beau : Elle est pâlotte, dit-il, il faut qu'elle prenne l'air. Il comptait aller se promener en forêt : Je l'emmène. L'occasion d'échapper à une soirée en famille n'était pas à manquer. D'ailleurs, l'homme qui me l'offrait n'était-il pas celui-là même qui pensait que je serais jolie ?

Mes parents nous regardèrent partir. Depuis combien de temps n'avaient-ils passé une soirée seuls dans la maison ? C'était la première fois que je sortais sans eux. Le soulagement était réciproque.

— Quelle est ta tendance ? interrogea à brûle-pourpoint mon hôte : « Familles, je vous hais », ou bien : « Où est-on mieux qu'au sein de sa famille ? »

Je me mis à rire, ce ton me plaisait. Je sentais qu'Alker voulait s'instruire sur les états d'âme d'une jeune fille au xxe siècle. Nous passâmes, à m'étudier, une soirée fort divertissante ; il m'élevait à la dignité de prototype. Je vais, sitôt rentré, noter tes déclarations, disait-il, tu t'en réjouiras beaucoup dans cinq ans.

Il fut établi que je portais à mes parents une bienveillante indifférence, que je n'avais aucune idée personnelle au sujet du mariage et que je m'ennuyais fort, mais avec résignation. C'est le propre de l'âge, disait mon confesseur, il serait inquiétant que tu ne t'ennuies pas, il faudrait y voir un signe de bêtise. Il me trouva encore assez informe, opinion que j'étais prête à partager. Nous parlâmes de l'amour, mais peu : il lui eût paru incorrect d'en entretenir longtemps une si jeune personne. J'y croyais, il me dit que c'était de famille : – Tes parents... Cela me jeta dans une rêverie confuse ; je revoyais des gestes, des regards. Je sentis que mon enfance avait été marquée par leur amour. Au fond de moi s'agitait une colère inquiète, dont j'aperçus qu'elle avait toujours été là, mais que j'avais feint de l'ignorer. Soudain : – Alker, est-on toujours orphelin ? Il eut un sourire gêné, me flatta de la main, comme un jeune animal qu'on veut distraire de son souci. Ma question me surprenait moi-même, et aussi de si bien deviner les pensées d'Alker. Il ne pouvait me répondre, car il eût fallu dire non. Il en savait plus que moi sur mes parents, et sur le monde comme il va. Il n'osait pas me laisser m'égarer de ce côté-là. Cet homme tenait les clés, mais sagace, craignait qu'il ne fût trop tôt pour me les livrer. Je n'avais jamais pu me trouver devant un mystère sans que me prît la fièvre de le percer : je sentis du plaisir à me taire et à m'en remettre à son jugement. Il me regardait, je vis que ses yeux se bridaient dans le sourire. Tu es gentille, dit-il. – Vous aussi.

Dès ce soir-là naissait entre nous cet accord tacite qui, désormais, nous ferait nous comprendre sans parler et entendre des conseils dans nos silences.

Nous n'avions plus envie de marcher, nous allâmes nous réchauffer devant une tasse de thé. Nous étions devenus des amis, cela me donna de petits élans de sentimentalité : Je serai moins seule... Il me demanda si je savais danser : Non. – Mais à quoi pensent tes parents ? Je devrai donc tout faire ? Viens, je vais t'apprendre. Je riais ; ce thé me grisait un peu, et surtout le décor, si nouveau pour moi. Il y avait un grand feu, beaucoup d'amoureux et une machine à disques. Alker me dit que, sans être follement douée, j'en saurais vite assez pour les besoins du flirt.

— N'écoute pas les hypocrites qui te parleront du plaisir de la danse : les gens qui le ressentent vraiment sont très rares. On danse pour tenir une femme près de soi quand on ne l'a pas encore eue. Il hésita : n'était-ce pas trop vif ? Je le rassurai abondamment : j'étais ravie ; ces propos me paraissaient d'une audace folle. « Voilà vivre ! » me disais-je. Alker m'expliqua qu'il ne voulait pas me débaucher, mais m'avertir. Si je dis des sottises, arrête-moi, et tiens compte du fait que je n'ai pas l'habitude d'éduquer les jeunes filles. Tes parents ne sont pas prudents, point trop ne faut d'innocence. Je songeai à Mme Lagrange. Il m'interrogea, il fallut raconter les amours guerrières et marocaines de la jeune veuve. Il riait : Tu en savais des choses. – C'est que j'ai de bonnes lectures. Je ne le fais pas exprès, mais les bons auteurs sont souvent immoraux.

Il entreprit donc de me faire des discours moraux. Je disais oui, et nous y croyions tous les deux. Je ne savais pas encore qu'il y avait quelque distance entre les principes d'Alker et la façon dont il conduisait sa vie, c'était un homme de quarante ans qui se penchait sur ma négligeable jeunesse, j'eus des mouvements de vanité.

Nos conversations devinrent ma grande distraction. Mes parents s'étonnaient peut-être devant tant d'amitié ; mais enfin, cela me sortait de mon éternelle solitude, et

Alker, un homme si sérieux, ne pouvait avoir qu'une bonne influence.

J'eus dix-sept ans, j'approchai des dix-huit. Alker venait toujours à la maison, dont il était d'ailleurs le seul visiteur régulier. De temps en temps, nous allions au théâtre, au ballet. À l'entracte, mes parents restaient assis. Alker me conduisait au fumoir et m'offrait des cigarettes en demandant : Comment t'en tires-tu ? Et je soupirais : Mal, je m'ennuie. Mon ennui était devenu un excellent sujet de plaisanterie, je n'aurais pas voulu le prendre au sérieux.

La dernière année de lycée s'acheva. Il fallait décider de ce que je ferais. Égarée par la découverte de Saint-Simon, je pris la bizarre décision de choisir l'Histoire.

— Mais enfin, disait timidement ma mère, pourquoi ne restes-tu pas à la maison, désormais ? Je haussais les épaules, cela signifiait : Apprends plutôt la cuisine.

Mon père, un jour qu'il ne se doutait pas que je pouvais l'entendre :

— Elle sera jolie à vingt-cinq ans, c'est l'opinion de Maurice Alker. Je fis la grimace, il ne m'avait pas précisé le délai.

— Alors, qu'elle fasse des études !... soupira ma mère.

Je rencontrai enfin mes contemporains. On jouait à l'amour et aux dés, on jurait ferme, avec un fond d'inaltérable candeur. Le grand objectif était de se divertir. Jusqu'ici, j'avais mal usé de ma jeunesse. Je comptais sur les autres pour me donner des meilleures recettes, mais ils n'en possédaient pas. Je fis bientôt partie d'un petit groupe qui prétendait à la gaieté ; le meneur de jeu s'appelait Louis ; il avait un grand rire qui donnait, une minute, l'illusion d'y atteindre. Certains jours, il croyait à son bonheur, cela entraînait les autres. Mais le plus souvent, le leitmotiv était : Que pourrait-on faire pour s'amuser ? Nous cherchions, avec beaucoup de plaisanteries, puis chacun rentrait chez soi, avec l'agréable illusion de vivre la belle vie d'étudiant. Louis trouvait, dans la pratique de l'amour, un divertissement puissant.

Je me disais : C'est être trop difficile, le bonheur est de jouer aux dés, et m'en voulais de n'aimer pas les dés. J'énumérais tout ce dont j'avais déjà usé sans arriver à me distraire de moi-même : les livres, les dés, la conversation. Comment faisaient les adultes pour donner du goût à la vie ? Car, sur la foi des apparences, je croyais que leur vie n'en était pas dépourvue.

Il restait l'amour, à défaut, l'amourette.

J'avais déjà l'âge où une fille qui se respecte se donne un amoureux. Si je l'avais même un peu dépassé, c'était par manque de relations : les rares amis de mes parents n'avaient d'enfants que deux fois plus âgés que moi. L'Histoire me mettait dans un milieu où le jeune homme abonde. J'en étais là de mes réflexions, lorsque Louis décida que je lui plaisais.

— Je t'offre le cinéma, me dit-il. Le film avait commencé depuis cinq minutes quand il me prit les épaules.

Suivirent la taille, puis la bouche. J'observais les événements avec intérêt.

— Tiens, remarqua Louis, c'est la première fois ? Enfin, tu as des dispositions, et je me résignerai.

Au bout d'une heure : Ce film est stupide, si nous partions ? Sitôt dans la rue, il me proposa d'aller prendre un verre chez lui. Cela me fit rire, je lui expliquai qu'il allait trop vite. – Crois-tu ? Il se gratta le menton : – Soit, je suppose que la délicatesse de tes sentiments commande la lenteur.

Je m'aperçus très vite qu'être la petite amie de Louis constituait une position sociale enviable. On me montra beaucoup de considération, les jeunes filles me jalousaient. Cela m'occupa quinze jours. Après quoi mon soupirant, qui n'était pas fait à se contenter longtemps de hors-d'œuvre, me mit en demeure de me livrer à sa passion sans plus surseoir. C'était surestimer ma rapidité et nous nous disputâmes. Par la suite, sa belle stature et ses succès amoureux me donnèrent parfois à rêver. Au bout du compte, je devais bien admettre n'être pas douée pour le flirt ; il ne me désennuyait pas.

Le peu que j'avais appris sur moi-même me donna le goût d'en savoir davantage. Suivant les bons préceptes qui veulent expliquer l'enfant par les parents, je me mis à réfléchir sur mon père et ma mère. L'entité se dédoubla ; où je n'avais jamais vu que mes parents je vis enfin deux personnes qui s'appelaient Anne et

Marcel. C'était apercevoir qu'ils étaient bien plus Anne et Marcel que mes parents.

Ils s'étaient mariés par amour, très jeunes, et sans songer plus loin que leur amour. Ce mariage choquait les familles : Un garçon qui n'a pas vingt ans ! une fille qui en a seize ! En vérité, c'était l'amour qui inquiétait, on n'était encore qu'en 1920. Mon père traînait de vagues études qu'il abandonna allègrement, il ne se sentait doué que pour ma mère et trouvait tout à fait satisfaisant d'entrer dans l'affaire familiale. Anne avait appris le piano et la broderie. Rien, dans cette éducation de jeune fille, ne préparait à la passion qui ne cessa pas de la choquer. Elle broda toujours : le petit point la rassurait. Elle remplissait la maison de napperons, c'étaient autant d'hommages aux conventions. Effrayé aussi, mon père fut plus raisonnable. Il se contentait de sacrifier aux apparences et se résignait à la passion pourvu qu'elle ne se vît pas. L'éblouissement des fiançailles ne céda jamais, le tête-à-tête ne les habitua pas l'un à l'autre. Tous les matins, ils avaient de la surprise en se retrouvant. Ils sentaient fort bien le côté scandaleux d'un tel bonheur et qu'ils appauvrissaient les autres. Cela dura quinze ans, puis un médecin consulté pour quelque malaise éclata de rire devant l'inquiétude de mon père : – Mais votre femme est enceinte, voyons, ce n'est rien.

C'était la foudre. Toujours soucieux de conformisme, ils n'avaient jamais rien fait pour éviter l'enfant : il n'était pas venu, bientôt ils avaient oublié une éventualité un peu gênante. L'eussent-ils osé, ils le refusaient :

Nous n'en demandons pas tant. Comment caser cet enfant dans une vie que l'amour emplissait toute ? Sans doute se dirent-ils qu'il trouverait bien à s'y installer tout seul, et me regardèrent avec intérêt risquer mes premiers pas. Je crois pouvoir affirmer que, désormais avertis, ils firent en sorte de n'être pas surpris deux fois.

Devant moi, ils recevaient toujours le même petit choc d'étonnement : ils ne s'habituaient pas à l'idée d'avoir fait un enfant, comme de grandes personnes. Vingt fois le jour, je les arrachais à leur éblouissement : ils avaient du sens moral, et n'eussent pas admis que cela les ennuyait. Ils se sentaient coupables de n'avoir pas désiré leur enfant. Je connus, fort jeune, la gêne d'être en tiers. Ces gens-là étaient heureux, et cela se voyait ; ils me donnèrent la manie du bonheur : cela n'est pas de bonne pédagogie.

Mes parents m'apparaissaient comme des maniaques de l'amour conjugal.

Mon père, quand il se rappelait qu'on a le devoir de diriger une adolescente, essayait de me parler : il se racontait un peu, m'interrogeait sur mes idées, sur ce que j'attendais de la vie. L'amour, lui dis-je, un jour que j'étais de mauvaise humeur. Il fut choqué. Cet emmuré m'assura qu'il n'y avait pas que cela mais, poussé à fond, eut le dépit de ne rien trouver d'autre.

Le spectacle de l'amour heureux me parut débilitant. Il eût fallu, pour le supporter, une confiance en l'avenir qui me manquait. Ma candeur avait ses limites et devinait leur innocence. J'avais peur d'être contaminée et qu'ils eussent mis en moi une exigence dangereuse.

Seul Alker neutralisait un peu le poison. Nos conversations touchaient à tout. Le mécanisme était toujours le même, nous abordions les conventions par leur côté absurde, ce qui les tuait. Une fois dépecées, nous les étudiions : c'était presque toujours pour voir le bon sens les ressusciter.

Au départ : Étant admis, disais-je, que ma qualité sociale est celle d'une jeune fille à marier, que faut-il penser du mariage, et quels sont ses rapports avec l'amour ? Alker m'expliquait gravement que la folie était d'avoir mêlé amour et mariage. Il faut, assurait-il, faire un mariage de raison ; le mariage est bien plus stable sans l'amour. Tu choisiras un homme qui ne soit pas ennuyeux – cela est plus important qu'on ne croit, tu devras passer la plus grande partie de ton temps avec lui – ni envahissant. Tu éviteras de lui livrer l'accès aux plaisirs de ta vie intérieure, il les jalouserait. (Cet homme-là m'estimait beaucoup, il tenait pour assuré que j'eusse une vie intérieure. Et, optimiste, qu'elle me donnait des plaisirs !) Ce mari te fera des enfants, tu les respecteras et il te fichera la paix. Si j'avais trouvé une telle femme, je ne serai pas le célibataire obstiné qu'on voit en moi. Le mariage de raison t'épargnera les hasards du cœur. Il n'amène pas la tentation du divorce, si forte pour les gens qui croient que le mariage est fait pour servir l'amour. Ton bonheur, planté si ferme, poussera bien.

Mais je riais, je demandais à quel âge il faudrait contracter un mariage si bien raisonné, et de combien de temps je disposerais pour connaître l'amour ou si je n'en verrais que l'adultère.

— La société tolère l'adultère, c'est dire qu'elle l'approuve, répondait Alker. Elle sait condamner plus sévèrement ce qui lui nuit. L'adultère et les enfants sont les deux piliers du mariage. Cependant, je te le déconseillerai, il est dénué de valeur morale.

Ces considérations supérieures me laissaient sans réplique. Je me disais : à trente ans, j'y souscrirai. Trente ans me paraissait le bout du monde. Le mariage de raison n'était rien, avec Alker pour voisin. Ou bien : À trente ans je vous demanderai de m'épouser : quel homme m'ennuierait moins que vous ? – Mais j'en aurai plus de cinquante ! Je fis la moue avant de l'assurer que ma raison saurait s'y résigner. Il me remercia, et nous continuâmes à étudier les bases de la société et de la morale. Alker ne les faisait jamais chanceler que pour les mieux assurer ensuite. Il se contentait de les asseoir raisonnablement, c'était changer les apparences, et il trouvait plus facile de se soumettre au bon sens qu'à la sentimentalité. Je l'approuvais, d'ailleurs, n'étant pas naturellement anarchiste. Ce qui m'étonnait toujours, c'était qu'il accordât si peu de considération à l'amour : il n'y croyait donc pas ? Non, dit-il, je le fais trop, puis se lança dans de vastes excuses, il devait mieux respecter mon innocence. Mais ce genre de réflexion m'impressionnait fort, la familiarité avec le plaisir était admirée par la vierge encore sage. Au fond, j'attendais le jour où je pourrais en parler avec la même désinvolture : quelle jouissance pour l'esprit ! Je ne soupçonnais pas à quel point cette légèreté peut être menteuse, et que le plaisir va toujours plus loin que l'on ne croit.

Pourquoi mes parents s'aiment-ils ? lui demandai-je un jour. Nous étions dans la forêt, assis sur un tronc d'arbre. Il leva la tête, me regarda et sourit : – C'est une question enfantine ! Déjà, pour Tristan et Yseult, on n'a trouvé que le philtre.

J'interrogeais toujours cet homme comme s'il eût connu toutes les réponses. Son regard se perdait au loin, à travers les frondaisons éclairées de biais par le soleil couchant. Mais c'est l'éternelle question : pourquoi lui, pourquoi elle ?... murmura-t-il. Je me la suis souvent posée. On aime parce qu'on a peur tout seul. Il parlait très doucement, avec de la tristesse dans la voix. Je le regardais : la mélancolie seyait à ce visage marqué par l'ironie et le scepticisme. Tu ne dois pas leur en vouloir, ma petite fille, nous cherchons tous un opium et nous l'appelons le bonheur. Le malheur surprend toujours. Ils ne s'aiment peut-être que parce qu'ils ne se sont jamais demandé pourquoi. La recette a du bon.

Je lui pris la main et nous nous tûmes. Chaque mot qu'il avait dit résonnait en moi et ne cesserait plus d'y résonner. Je tremblais un peu, il serra plus fort ma main. La minute de vérité passa, et nous nous retrouvâmes assis sur notre tronc d'arbre, les mains enlacées et un peu gênés. Alker se redressa, me fit lever. Nous rejoignîmes la voiture.

D'Alker à mes camarades d'études, quelle chute ! Comprendre très bien que c'était lui qui me les rendait insipides ne leur donnait pas plus de goût. Je sentais quelque danger dans cette préférence pour le « séduisant quadragénaire ». Allais-je développer une inclination pour les vieux messieurs ? Afin de combattre une éventualité qui eût fait rire cet homme de goût, je m'ordonnai une amourette avec un certain Vincent. Mais, entre les baisers, Vincent ne me parlait que de Kierkegaard, qui n'était pas à ma portée. Je lui fis part de mon incompétence. S'il en conçut un certain mépris pour mes facultés intellectuelles, il eut la bonté de me faire entrer dans la catégorie des filles qui sont belles et qui se taisent, ce qui le conduisit à disserter sur certains attachements purement charnels qui... J'eus quelque peine à me défaire d'un garçon si peu conséquent avec soi-même qu'il pouvait à la fois s'éprendre de Kierkegaard et de moi. Je fis à Alker des réflexions désabusées sur les relations de l'existentialisme chrétien et des jeunes filles. Il me reprocha ma frivolité, me dit qu'il faut du génie pour pouvoir, à vingt ans, s'intéresser à des choses aussi ennuyeuses, et que je ne savais pas voir la valeur où elle est. Je fis amende honorable et notre complicité s'accentua encore.

— Au fond, tu es comme moi, la morale seule t'intéresse, me dit cet homme immoral, mais qui aimait flirter avec les bons principes.

Nous jouions un peu d'un certain aspect « direction d'une jeune conscience ». Ma candeur et le goût d'Alker pour l'honnêteté morale y trouvaient leur compte. Ce goût, que sa vie contrariait si souvent, trouvait auprès de moi refuge et alibi. Il me voyait un peu abandonnée par des parents distraits : c'était une action méritoire que de faire accepter les préjugés de ce monde par une jeune personne moqueuse, on pouvait espérer qu'un si beau dévouement compensât certaines erreurs commises ailleurs.

Nous avions en commun le manque d'audace qui nous donnait toujours de grands étonnements quand, dépassés par nos actes, nous nous trouvions devant nous-mêmes. À son âge, Alker avait eu le temps de s'accoutumer à soi. J'allais me découvrir ; le masque tombé, je ne le remis plus ; mais je vis Alker se hâter de reprendre le sien : il n'osait plus s'en passer.

La vie hésitait. J'attendais que les événements donnassent le ton. Les instruments s'accordaient, un thème s'ébauchait, pour se perdre dans l'indifférence. Bientôt, le ballet commencé, je retrouverais les mêmes thèmes qui, pour avoir été esquissés, me paraîtraient familiers.

Ignorant que déjà je préludais, je m'impatientais. Je commençais à me demander si la vie ne m'apporterait jamais que des cours d'Histoire. Tu as mauvaise mine, me disait Alker. Quand je cherchais ce qui donne sa couleur au temps, mes parents répondaient : L'amour. Mais qui aimer ? Je m'agitais dans le vide. Alker me disait que c'était de mon âge, et si je l'admettais aisément, je n'en étais pas moins agacée. Incapable d'agir sur mon malaise, je demandai au décor de me distraire.

Je voulus changer de chambre. Jusqu'ici, j'avais dormi au premier étage de la maison, dans une pièce voisine de celle de mes parents. Mais je ne m'y sentais pas libre. Quand je lisais le soir, la lumière se reflétait sur les branches du marronnier et réveillait ma mère, qui venait me dire d'éteindre « parce qu'à ton âge, on a besoin de beaucoup de sommeil ». Ce voisinage commençait à m'agacer. J'élus, au rez-de-chaussée, un salon qui depuis des années ne servait plus. Y ayant fait porter un divan, une grande table et des livres, je me sentis chez moi. Il me semblait que j'étais prête.

J'appelais à trop grands cris le destin pour que, à la longue, il ne m'entendît pas.

Il me paraît symbolique, aujourd'hui, que j'aie rencontré Julien chez Alker. Et que cette aventure, que je me crus libre de mener au gré de mon cœur, ait été, dès le début, placée sous le double signe de l'équivoque et de l'erreur.

Il m'arrivait assez souvent de servir de courrier entre nos deux maisons : mon père avait besoin d'un dossier, Alker d'une signature. Pour aller plus vite : – Catherine, veux-tu... ? Catherine voulait. J'aimais me promener. Que la course m'arrachât au travail ou au désœuvrement, c'était toujours un but dans une vie qui en manquait. Alker me voyait arriver avec plaisir : il pouvait, la conscience tranquille, quitter un moment son travail. Nous buvions du thé et des jus de fruits en bavardant, jusqu'au moment où le sens du devoir le reprenait et me chassait au profit des dossiers. Il était bien rare que ce ne fût pas avec le projet de se revoir quelques heures plus tard, pour une pièce ou un film qui nous tentait tous les deux. Être envoyée là assurait ma journée contre l'ennui.

Je sonnais. Marguerite, la gouvernante, m'accueillait avec un sourire bizarre et que je fus longtemps sans m'expliquer. Des aveux involontaires me mirent sur la voie. Marguerite avait servi la mère d'Alker et vu naître le fils. Elle avait le goût de l'honorabilité et le sentiment que le devoir l'attachait à cette maison. Mais la vie d'un célibataire a ses abîmes, et la pauvre femme souffrait beaucoup, chaque fois qu'il lui fallait dire « Monsieur n'est pas là » parce que, si Monsieur y était, il y était en galante compagnie. Elle ne se faisait pas à un rôle de paravent amoureux que son confesseur blâmait. Chaque coup de sonnette l'effrayait : serait-ce une femme ? Elle me reconnaissait, je n'étais pas une femme, elle était soulagée. Ces récentes découvertes m'amusaient beaucoup, je guettais le sourire.

Un début d'après-midi, je fus introduite dans le salon. D'habitude, c'était le bureau. Ton père t'a annoncée, dit Alker en venant vers moi, puis, avec un geste : « Je te présente Julien. » Je me retournai, surprise, et vis se dresser un grand jeune homme brun qui me souriait et disait : « Bonjour, Mademoiselle. »

Je me sentis plutôt contrariée, il n'y aurait pas de tête-à-tête. Le jeune homme pouvait avoir vingt ans et il était beau, mais cela ne me consolait pas de ce qu'il dérangeât mes projets. J'eus envie de réclamer mon dossier et de partir. C'eût été bien de la sévérité envers moi-même ; seule l'éternelle solitude avec un livre m'attendait. Après tout, mieux valait Alker et un tiers que pas d'Alker du tout.

Marguerite apportait le café. Alker me demanda de jouer la jeune fille de la maison, ce dont j'avais horreur chez moi, mais qui, ici, me parut amusant. Je renonçai tout à fait aux idées de départ.

— Oh ! dit Julien, très vite alors ; je n'ai qu'un instant, je dois aller au laboratoire.

Il faisait des études d'ingénieur. Alker lui ayant dit que je me consacrais à l'Histoire à cause de Saint-Simon, il eut l'air un peu étonné. Notre hôte improvisa aussitôt une explication selon laquelle la lecture de quelques passages polissons m'avait donné des idées exagérées sur les plaisirs de l'Histoire. Quoique fantaisiste, cette version était assez dans mon caractère.

Julien était intrigué. Il connaissait très bien Alker et n'avait jamais entendu parler de moi. En admettant que Maurice ne lui dût pas le compte de toutes ses amitiés, il ne lui paraissait pas naturel que l'on n'eût jamais fait d'allusion à une très jeune fille au physique agréable, avec qui on était assez intime pour le tutoiement. Ce qu'il savait d'Alker, et que j'ignorais encore, lui donnait à penser qu'il y avait dans ce silence des raisons plus vives que celles de la discrétion. Sans doute, se dit-il, c'est qu'elle lui plaît, et il chercha ce qui, en moi, plaisait à Alker : c'était aller droit vers ce qui lui plairait.

Je dois à la vérité d'avouer que j'attendais son départ, mais il oublia son laboratoire. Il est vraiment très beau, me dis-je en le regardant prendre sa deuxième tasse de café, mais il a l'air fatigué. Il était grand, les cheveux presque aussi noirs que les miens, le teint pâle. Dans le sourire, ses yeux se bridaient comme ceux d'Alker. Êtes-vous parents ? demandai-je étourdiment.

— À la mode de Bretagne, oui. Nos grand-mères étaient cousines.

En somme, le frère d'Alker ayant épousé une cousine de ma mère, nous étions en famille. Au revoir, ma cousine, dit Julien en partant.

Et ce fut tout pour la première rencontre. Le soir Alker vint dîner chez mes parents. Il ne fut question que de politique, et, à dix heures, dépassée par les hauteurs auxquelles la conversation atteignait, j'allai me coucher avec un roman policier.

Ce fut une de ces rares années où Bruxelles jouit d'un bel été. Presque tous les après-midi, je promenais mon oisiveté chez les bouquinistes. J'y dépensais tout mon argent de poche, et plus : à la longue, j'étais connue, on me faisait crédit. Mon père trouvait curieux qu'une fille le ruinât en livres plutôt qu'en toilettes. Ce que voyant, je crus que le devoir filial m'obligeait à le rassurer, et allai faire des dettes chez la couturière. Les débuts de soirées me trouvaient errant le long des boulevards, m'enivrant de poussière, de bruits et d'odeurs d'essence. J'aimais le mouvement de la ville, la foule ôtait un peu de son poids à mon sentiment de solitude. Je rencontrais parfois quelque ami que les vacances n'avaient pas éloigné. L'apparition d'un visage familier me donnait un mouvement de joie ; c'étaient des retrouvailles gaies, questionneuses avec des projets de se revoir jamais suivis. L'imprévu me faisait oublier mon indifférence pour l'interlocuteur. Quand nous nous quittions, un sourire joyeux restait encore un moment attaché au visage. Un jour je tombai sur Louis, qui me demanda, d'un air triste, si j'étais toujours vierge. Au crépuscule, je regagnais lentement la maison, peu pressée de retrouver mes parents. Parfois, au moment de me coucher, je découvrais brusquement avoir oublié de me rendre à un rendez-vous. J'étais agacée. L'idée me consolait bientôt que l'on avait sans doute aussi bien oublié que moi.

À force d'errer sur les boulevards, je me trouvai, un jeudi, à quatre heures, nez à nez avec Julien.

— Tiens ! Bonjour, cousine, dit-il en riant.

Je fus un moment sans le reconnaître : il avait bruni, cela lui ôtait l'air fatigué.

— Ah ! dis-je, vous êtes le cousin breton.

Il revenait d'Italie. Il y a donc des gens qui vont en Italie ! soupirai-je. Mes parents ne me conduisaient jamais plus loin que la maison de mes grands-parents, à trente kilomètres de Bruxelles. Mais pourquoi n'y allez-vous pas ? Je n'en savais rien, mes parents n'y pensaient pas.

— Du moment qu'ils sont ensemble, ils sont contents, pour eux il n'y a pas d'Italie.

Puis, je me sentis surprise : je n'avais jamais parlé d'eux sur ce ton rancunier qu'à Alker. Était-ce la dixième parole, pourtant, que j'adressais à ce garçon ? Mais je l'avais rencontré chez Alker : cela me le rendait plus proche qu'un autre. Le faux cousinage nous faisait oublier que nous nous connaissions à peine. Nous parlions depuis quelques minutes, il y eut déjà de la familiarité dans la façon dont il me dit : Mais ne restons pas plantés sur ce trottoir. Il y a un banc libre sous les marronniers. Pour traverser, il me tint par le coude.

Il affirma en riant que je devais exiger l'Italie, que c'était un crime envers moi-même que de l'ignorer...

— Surtout si on étudie l'Histoire.

Je lui fis l'aveu d'une certaine indifférence envers l'Histoire, elle ne me servait qu'à ne pas apprendre la cuisine. Il m'assura qu'il pouvait très bien comprendre cela.

Nous nous regardions beaucoup. Nous ne disions que des futilités, mais c'était le genre de futilité joyeuse que nous aimions, et dont Alker avait déposé le germe en nous. Chacun écoutait un peu, en l'autre, l'écho d'une voix connue. Nous en vînmes naturellement à parler de lui : il était déjà présent en filigrane entre nous. Après l'énumération de ses qualités : c'est dommage qu'il soit si peu sérieux, dit Julien qui n'en pensait mot, mais qui avait sur le cœur l'idée que je plaisais trop à un homme comme celui-là. J'ouvris de grands yeux, et j'appris une mauvaise réputation, de la légèreté envers les femmes. Chez moi, cela était absolument ignoré. Je pris l'air effaré :

— Voilà des années que mes parents me confient à lui comme à un autre père ! S'ils savaient tout cela !

Que je n'avais évidemment pas du tout l'intention de leur apprendre.

Julien était rassuré : Alker ne m'était rien qu'un autre père.

Il me parla de ses parents, qui avaient quarante-cinq ans. Je trouvai cela prodigieusement jeune, et déplorai l'âge avancé des miens. Il me dit que les enfants de vieux sont souvent très intelligents : cela ne me consolait pas.

— Ma mère m'a toujours conseillé de ne pas devenir intelligente, cela écarte les maris.

Il eut la bonté de protester que j'aurais de la peine à les écarter, et que j'avais de beaux yeux.

— Vous aussi, dis-je étourdiment. Il rougit. Puis nous éclatâmes de rire et tombâmes d'accord sur le fait que j'ignorais les principes élémentaires de la bonne tenue. Julien ne songeait pas à me faire la cour : il m'eût ennuyée, c'était le spectre du flirt. Nous nous plaisions. Il avait l'habitude de trouver les jeunes filles assez sottes, et ne s'occupait d'elles que dans la mesure où l'indifférence au beau sexe eût inquiété un père discrètement coureur. Il était aussi étonné de se plaire en ma compagnie que moi d'avoir du plaisir à la sienne. Au bout d'une heure, il fallut se séparer.

— Nous reverrons-nous ? demanda-t-il en me tendant la main.

— Mais... je n'en sais rien, dis-je.

Nous prîmes rendez-vous pour le lendemain soir.

Ce rendez-vous-là, j'eus garde de ne pas le manquer. Instruite par mes précédents oublis, je pris la précaution d'arriver avec une demi-heure de retard : ainsi je verrais tout de suite s'il était venu, je n'aurais pas à attendre.

Il y eut moins de gaieté que la veille, et d'abord un peu de malaise. Nous ne savions que faire ni que dire. Comme nous nous étions retrouvés devant le palais de justice, nous commençâmes par en faire le tour, avec des échanges de réflexions dans le genre touristique. La ville s'étendait à nos pieds, lumineuse et agitée, le bruit ne montait pas jusqu'à nous : il eût été difficile de n'admirer point. Des projecteurs éclairaient l'énorme bâtisse qui effara Verlaine, et, jouant de l'ombre et de la lumière, lui donnaient des allures de caverne d'Ali Baba. Ce qui est fort malséant pour un palais de justice, remarqua Julien. Peu à peu, nous nous détendions, nous parlions de nous, de nos rêves. On dit toujours la même chose quand on a vingt ans et que l'on se plaît.

À force de tourner autour de cette synthèse de toutes les architectures, les pieds nous firent mal, et nous nous assîmes au sommet des escaliers. Nous dominions toujours la ville, c'était Rastignac au Père-Lachaise, pour la position sinon pour l'humeur.

Encore qu'il y eut, dans l'esprit de Julien, un rien de « À nous deux, Catherine ! ».

Nos silences ne nous dérangeaient plus. Nous les occupions à nous sourire et à nous regarder. Il était beau, il ne me trouvait pas laide, un chemin semblait tout tracé. N'y avait-il pas un signe du destin dans le hasard qui nous mettait deux fois en présence, comme pour mieux s'assurer de nous ? En nous laissant pousser par une petite inclination, il nous semblait obéir à la fatalité.

Aujourd'hui : s'il y avait signe, n'était-ce pas dans le peu d'effet de la première rencontre ? Et que nous eussions pu nous voir sans chercher à nous revoir n'indiquait-il pas que nous n'étions pas vraiment captivés ?

Julien avait encore la grâce de l'adolescence, que l'on garde toujours si on ne l'a pas perdue à vingt ans. Il charmait. Une élégance naturelle le parait. C'était une vigueur nerveuse, une gentillesse aussi, qui donnaient un petit choc au cœur : on avait hâte de l'aimer. On sentait que l'on se faisait tort tant que l'on n'y venait pas, et que ce serait être cruel envers soi-même que de ne pas se livrer très vite au plaisir de s'éprendre de lui. Il l'attendait d'ailleurs, à la fois par habitude et par besoin. Son regard ne me quittait plus. Il y trouvait de l'agrément, sans doute, mais surtout il guettait dans mes yeux une réponse qu'ils ne retinrent pas longtemps. Julien me prit la main, la serra doucement. Une chaleur sèche me monta à la gorge, et malgré mon peu d'expérience, je reconnus le goût du désir. Je pensai à Kierkegaard et aux impatiences de Louis, je retirai ma main sans l'avoir décidé.

Il fut étonné. Sa courte expérience avait vu des mains se tendre, guère se refuser. Les premiers élans l'étourdissaient. Je l'aimerai, se dit-il dès ce moment.

Le long silence qui suivit ne nous séparait pas : il contenait une promesse. Julien sentait que mes yeux ni ma main n'avaient menti, mais écarté la précipitation. Il en fut heureux, déjà les lenteurs le séduisaient.

Minuit nous trouva accoudés à un parapet, regardant la ville éteindre ses lumières pour entrer dans la nuit. Des cloches sonnèrent. Quand la dernière se fut tue, Julien sourit et dit : Le troisième jour depuis que nous nous sommes revus commence. Cette romanesque réflexion rencontrait mon humeur. J'étais éblouie par notre accord naissant, et, m'eût-il demandé une mèche de cheveux, je la lui donnais sans rire. J'en étais consciente et ravie, quelle reconnaissance méritait un garçon capable d'éveiller en moi une si charmante disposition ! On croit reconnaître l'amour lorsque ses lieux communs n'effraient plus.

J'en savais assez sur moi pour prévoir que, dès le lendemain, je serais sceptique. Dans l'instant, l'absence de questions me livrait au contentement. Sage, je m'en félicitais. Hypocrite, je feignais que cela durerait.

Le dernier autobus était passé. Julien parla bien de taxi, mais nous préférâmes rentrer à pied. Je n'habitais pas si loin que ce ne fût un plaisir. Il fallait suivre une longue avenue plantée de grands arbres et d'amoureux enlacés. Je l'avais déjà parcourue à cette heure tardive, et, que je fusse seule ou accompagnée, toujours les amoureux insultaient à ma solitude. Ce soir-là, je leur ressemblais enfin. Nous marchions côte à côte, Julien ne me tenait pas, mais nous étions si proches qu'à chaque pas nos épaules se touchaient ; nous nous taisions, captivés par le rythme de cette caresse furtive.

Comme j'entrais, mon père sortait de sa chambre. Il se pencha sur la rampe :

— Il est bien tard, Catherine.

Je fus étonnée : j'avais donc encore des parents ?

L'impatience d'aimer nous occupa tout un mois. Nous la confondions très bien avec l'amour.

Alker était absent ; il me livrait au seul Julien. Sa présence n'eût-elle pas tout changé, en rendant l'amour moins urgent ? Déjà il m'avait fait connaître Julien, aujourd'hui il partait au moment où cet aimable jeune homme revenait. C'était céder la place, et, en m'attachant à aimer Julien, j'avais presque l'impression d'obéir à un choix d'Alker.

Il ignorait que j'eusse revu le cousin à la mode de Bretagne, et cette absence, il la faisait chaque année, pour passer septembre en Suisse.

On cherche mille interprétations pour se justifier. Je crois que je voulais me contraindre. Tout cela, qui n'était pas si clair, me poussait où je croyais devoir aller.

Nous prîmes l'habitude de nous voir tous les soirs. Que faire d'autre, puisque rien ne nous attirait ailleurs ? Dès le début, nous manquions d'obstacles.

Julien n'était pas porté à raisonner ses passions. Moi, je me serais plutôt raisonnée pour avoir des passions. L'idée dominante était : sans l'amour, le règne de l'ennui recommence. Je sentais souvent Julien aller plus vite que moi, je me fouettais le cœur, lui donnais les raisons d'aimer. De temps en temps, je m'inquiétais qu'il ne les trouvât pas tout seul. Ne prétend-on pas l'amour irrésistible ? Je voulais aimer, et je m'énervais devant cette âme trop lente à s'éprendre. À force d'être pressée, parfois elle prenait le galop, et je pouvais m'abandonner au bonheur. Et même au luxe de me retenir.

Ce bonheur, alors, nous occupait si bien que nous ne songions plus aux aveux ni aux baisers. Ce n'était que la petite monnaie de la passion, nous la méprisions. Se quitter était un déchirement : où trouver la force de vivre l'un sans l'autre jusqu'au lendemain ? À cette exaltation, la chute succédait vite, et quand je retrouvais Julien au détour d'une rue, je le reconnaissais à peine : quoi ? c'était là que je nourrissais mon rêve ? Un beau jeune homme, un peu trop jeune, sensuel et tendre... Il fallait reconstruire le mirage, je me disais : je suis incapable d'aimer, j'aimerais déjà à la folie. Je me trouvais la folie assez laborieuse.

Mes parents y étaient entrés plus facilement.

Pourtant, sinon Julien et l'amour, l'illusion s'ancrait déjà profondément en moi, je le vis bien. Un soir, une indisposition de ma mère me fit manquer un rendez-vous. Ces malheurs-là affolaient toujours mon père, c'était la seule déraison de cet homme qui se donnait tant de mal pour être raisonnable. Il ne croyait pas au mal de tête, mais seulement à la méningite ; ma pauvre mère qui, par tendresse, se donnait beaucoup de peine pour se bien porter n'avait pu, ce jour-là, empêcher qu'elle eût la migraine. Elle alla se coucher avec des aspirines et je ne pus me dispenser de tenir compagnie à un père très inquiet. Il était impossible de prévenir Julien, je savais qu'il dînait dehors, je ne pouvais pas le joindre chez lui. D'ailleurs, je n'aurais pas essayé. Je ne connaissais pas ses parents, j'imaginais des réflexions, des « Tiens, quelque petit flirt de Julien ! » et un ton condescendant pour me dire qu'on l'allait appeler. Je laissai donc Julien attendre et se désoler, tout en maudissant les inquiétudes de mon père. À dix heures, ma mère l'appela : L'aspirine m'a calmée. Sur quoi, ils se couchèrent contents et moi furieuse.

Julien qui m'avait attendue deux heures s'affolait. Avais-je eu un accident ou étais-je lasse de lui ? Moins généreux que mon père, il préférait l'accident : une jambe cassée ne m'eût pas empêchée de l'aimer. Mais aussi pessimiste, il crut plutôt à l'indifférence. Il passa une journée cruelle devant le téléphone. Si j'étais malade, ne pas téléphoner était bien léger, je me fâcherais. Sinon, comment le recevrais-je ? Il ne se décida que le surlendemain. Mon père lui répondit. Il n'avait pas l'habitude que l'on m'appelât au téléphone, il se dit : Hé ! hé ! et assura Julien de ma bonne santé sur un ton d'ironie aimable. C'était exactement ce qui m'empêchait de téléphoner, il ressentit l'humiliation que je craignais pour mon compte. J'attendrai de ses nouvelles, se dit-il, vengeur et navré.

Mon père fut négligent. Il ne me dit pas que l'on m'avait appelée, le petit hé ! hé ! passé, il n'y pensait plus. Je me morfondais : Julien est blessé, il m'oublie. Trois jours passèrent, avant que, d'un ton prudent, je songeasse à demander si l'on m'avait appelée.

— Ah oui, dit mon père, tu dois avoir quelque soupirant qui s'inquiète de ta santé.

Je lui fis raconter la courte conversation. Il reprenait le ton moqueur. Furieuse, je lui dis qu'il n'avait pas à se moquer de mes éventuels soupirants, que je me chargeais de ce travail moi-même, quand cela me convenait. Ma mère ouvrait de grands yeux : sa fille avait donc des soupirants ? à son âge ? Il y eut des discours moraux. Pour la calmer, je dus lui rappeler que les maris ne se trouvent pas à la maison. L'argument parut de poids.

Ces petits incidents me bouleversaient, mon bonheur en dépendait. Je me vis sur le point de perdre Julien, c'était intolérable. Mais je n'osai pas davantage téléphoner chez lui : j'avais vu comment mon père l'avait accueilli, je serais accueillie de même. Je me dis : c'est une épreuve, s'il m'aime vraiment, il passera sur la vexation et trouvera le moyen de me revoir.

Enfin, nous étions des enfants, ce drame était affreux et nous ne dormions plus.

Au bout de huit jours, je croisai Julien dans ma rue. Je passais, prétendit-il aussitôt. Mon sourire radieux le rassura vite : Comme tu m'as manqué ! C'était notre premier tutoiement.

Ce jour-là, nous sentîmes qu'il fallait aller de l'avant et mettre entre nous des liens tels qu'un rendez-vous manqué ne risquât plus de nous séparer. Julien voulait prendre des droits, et moi, avoir des obligations.

Mais un mois de rencontres avait créé des habitudes. Nous avions déjà la proximité, il ne manquait que les baisers, indicateurs incontestables des passions. Après les avoir écartés, le soir du palais de justice, nous n'y avions plus beaucoup pensé. Comment les ramener ? La volonté d'avancer tuait la spontanéité, et nous étions trop ignorants pour inventer. L'attente de l'aveu nous plongeait dans le malaise, nous n'eûmes jamais si peu l'air de nous aimer. La timidité de Julien s'énervait ; il espérait presque que je parlerais la première. Ma mère avait essayé de faire de moi une jeune fille bien élevée : si peu qu'elle y eût réussi, je ne pouvais que me taire.

L'imminence des mots que nous allions dire donnait à chaque phrase un air inachevé et faisait se prolonger les silences comme des points d'orgue. Chacun tremblait de faire, par un mot maladroit, fuir l'instant où l'autre parlerait. Un bel oiseau allait se poser, nous ne bougions plus, dans la crainte de l'effaroucher. À la fin, nous nous éprenions de notre attente ; ce fut peut-être le moment le plus sincère de nos amours, le désir de l'aveu balayait les doutes.

Chaque fois que nous nous retrouvions : Sera-ce pour ce soir ? Enfin, nous étions allongés dans l'herbe, au bois, Julien posa la tête sur mon épaule ; mon cœur battait si fort que, lorsque vint le « je t'aime », je n'eus pas la force de répondre : nous échangeâmes notre premier baiser.

Les vannes s'ouvrirent. Nous n'en finissions plus d'expliquer notre amour ; nous nous moquions de nos lenteurs. Julien disait : C'est à cause de l'âge. Pour un baiser, la candeur paraissait déjà loin. Dans la hâte de l'éloigner encore, nous multiplions les baisers. Nos bouches se plaisaient beaucoup à ce nouveau langage.

Désormais, nous ne quittions plus le bois. Il y a peu à dire sur les innocents ébats des jeunes amoureux.

Octobre commença. Alker revint.

Je le revis, chez moi d'abord, en ville ensuite. Il m'avait invitée à voir jouer une troupe londonienne ; le respect des valeurs spirituelles les plus sûres obligeait, paraît-il, à entendre Othello dans le texte, saurait-on aussi peu l'anglais que moi. Le respect des valeurs fut moins décisif que l'impossibilité d'expliquer un refus. Je dérobais une soirée à Julien, mais je ne voulais pas avouer Julien ; ou plutôt, cela me paraissait impossible, ce que je mettais sur le compte d'une honorable pudeur, c'était plus facile et plus sûr que d'examiner mon cœur. Je ne m'aveuglais pas si bien que je ne puisse aujourd'hui démêler les vraies raisons de ce silence : il ressemblait furieusement à celui du coupable. Je sentais mes amours avec Julien comme une infidélité envers Alker ; l'illusion que mon amoureux m'avait été désigné s'était enfuie avec les baisers. Encore, un tel sentiment m'eût choquée, et je me fusse forcée à parler, si je n'avais pressenti qu'Alker eût reçu l'aveu comme je le faisais. Puis, en face de lui, les doutes me prenaient sur la bonté de mon choix. Je ne pouvais m'arracher à l'évidence que mon esprit était plus épris de celui d'Alker que de celui de Julien. J'eusse traité le reste de sottises, je ne pouvais tolérer les égarements de mon esprit. Le cœur obéissait mieux que la tête à la raison. Le plaisir de revoir Alker était empoisonné par son excès même : je le volais à Julien. Je trompais toujours l'un des deux. Heureusement, la langue de Shakespeare m'étourdit, et le bruit des applaudissements fut plus fort que les petites voix.

À minuit, nous bavardions gaiement en buvant du vin rosé. Quand Alker me quitta, ce fut avec étonnement que je me ressouvins de Julien. Je dirai à ma décharge que l'étonnement était agréable.

Autre chose m'étonna bientôt : qu'il fût si facile de ne pas parler de Julien à Alker. Avant son retour j'y pensais sans cesse, j'étais toujours sur le point de le nommer devant mes parents qui ignoraient tout de lui et n'en devaient rien savoir. Ma vie s'installait dans un nouvel équilibre. Les cours, qui avaient repris, occupaient mes journées, Julien mes soirées. Une ou deux fois la quinzaine, Alker me retenait : Julien trouvait cela naturel, il ne songeait plus à la jalousie et comprenait ma pudeur. Lui-même ne voyait plus beaucoup notre ami qui, s'il s'en étonna, n'avait aucune raison de m'en parler. Il apprit par mes parents que je sortais tous les soirs et se moqua légèrement de moi : Catherine s'émancipe ! Comme je le laissais dire sans protester, il ne songea pas tout de suite à un amoureux ; sans doute voyais-je plus souvent ces vagues camarades, si dédaignés l'année précédente ? En quoi j'avais raison : les jeunes filles doivent sortir. Il n'y attachait pas assez d'importance pour m'interroger : il m'approuvait de me livrer enfin aux plaisirs de mon âge, même si je les méprisais un peu. Les plaisirs étant médiocres, le mépris était un signe de qualité, mais la soumission venait du bon sens.

Non seulement je le laissais à ses illusions, mais je les partageais. Auprès de lui, il me semblait que la semaine était consacrée à des amusements ennuyeux, et nous discutions de sentiments que je n'éprouvais pas du tout, mais que mon caractère rendait assez vraisemblables pour que j'y crusse. Je lui mentais de si bonne foi que je ne sentais jamais le mensonge.

Tant de soirs avec Julien, un seul avec Alker : c'était peu pour l'amitié. Pourtant le souvenir équilibre la balance, et il me semble que je me partageais également entre les deux. Les soirées avec Julien se ressemblaient : baisers, confidences, serments, c'était toujours la même que nous recommencions, mais cela ne gêne pas vite les amoureux. Au contraire, chaque heure avec Alker était unique. Le lendemain, il téléphonait à mon père. Parfois, c'était moi qui décrochais l'appareil. Nous n'avions jamais tout dit la veille, et mon pauvre père attendait une demi-heure ses renseignements de Bourse. Nos conversations l'édifiaient : elles oscillaient entre la morale et la littérature. Alker remplissait un rôle qui l'eût vite lassé : il formait une jeune fille aux bons principes. Quelle heureuse influence !

J'étais contente. Je ne me posais pas de questions. Pour une fois, l'inconscience m'était donnée. Parfois, je m'éveillais assez pour m'en rendre compte et savourer un état si exceptionnel. C'était rare, mais la peur me prenait tout de suite. Le bonheur ne me paraissait pas naturel : quand devrai-je le payer ? me disais-je. Julien paraissait, il y avait de l'angoisse dans l'élan qui me jetait vers lui. Je sentais combien l'amour est fragile et qu'il faut le surveiller sans cesse. N'avais-je rien fait qui lui pût nuire ? La journée ne m'en avait-elle pas distraite ?

J'interrogeais Julien : combien de temps nous aimerons-nous ? Il levait des yeux étonnés : Mais, toujours ! affirmait-il. Et je riais, puisqu'il faut se moquer de l'illusion des amants qui croient qu'ils s'aimeront toujours. Mais, secrètement, ce « toujours » ridicule me rassurait, je me répétais : J'aimerai toujours. De temps en temps, je remarquais que le complément d'objet direct manquait : J'aimerai toujours Julien.

Quand j'y songe : que d'efforts pour un peu d'inconscience !

Il y a souvent, dans un couple, de petits gestes qui n'ont l'air de rien, mais qui, pour des yeux avertis, signent l'amour. Lorsque mon père aidait ma mère à passer son manteau, il avait l'habitude de vérifier soigneusement si le col était bien mis, soit qu'il fallût le relever, soit l'aplatir, pour qu'il ne dénouât pas le chignon. Selon mon humeur, ce geste m'agaçait ou m'émouvait. Attendrie : c'est bien un geste d'amant, et de vieil amant, à qui trente ans ont appris comment il faut ajuster un col. Rancunière : faut-il ainsi étaler la passion, et ne peut-il laisser ma mère se débrouiller ?

Julien, quand il m'aidait à enfiler mon éternel imperméable, me voyait toujours glisser la main entre mon cou et mes cheveux pour les dégager du vêtement où ils restaient pris. Je faisais cela machinalement, il en rêva comme d'une caresse, il imaginait la douceur d'une nuque tiède sous le léger rideau de cheveux noirs. Dès qu'il put l'oser, il n'y manqua pas. Je reconnus tout de suite le geste de mon père : ah ! me dis-je, ceci doit être un signe de passion. Agacée, je trouvais qu'il eût pu inventer d'autres gestes. Quel manque d'imagination ! puis : je suis ridicule, il ne copie pas, puisqu'il n'a jamais vu mes parents, c'est le hasard qui dicte deux fois la même chose. Mais avec tout cela, je vis ce geste devenir habituel. Je n'osais pas dire qu'il me déplaisait et Julien ne le sentait pas. Plus tard, Alker le remarqua et me dit en souriant : Heureux signe ! c'est le même geste que celui de ton père. Voilà qui garantit ton avenir.

Je me fis de longs raisonnements très compliqués, d'où il ressortait que, ayant entendu parler du complexe d'Œdipe, je ne tenais pas à ce que mon amant, d'aucune manière et même aussi insignifiante, me fît penser à mon père.

Habitué sans doute à voir mon compagnon retirer mes cheveux de mon dos, Alker, un jour qu'il me présentait mon manteau, les attrapa et les souleva. Je me sentis charmée : que c'est gracieux ! et ne songeai plus à Julien, à mon père, ni à ce pauvre aveugle d'Œdipe.

Je voulais aimer. Et puisque c'était Julien, je voulais aimer Julien. N'était-ce pas le seul moyen d'écarter l'ennui ? Et quand je regardais mes parents, n'avais-je pas la preuve qu'il n'y a de bonheur qu'en aimant ? On nomme toujours bonheur ce que l'on cherche le plus avidement. Pour moi, c'était le contraire de l'ennui et de l'inquiétude. Comme tout le monde, j'avais connu des moments d'exaltation vive, et je ne serais contente que lorsque ma vie n'en serait plus qu'une succession ininterrompue. Toutes les grandes sottises se font dans l'espoir d'assurer son bonheur. Au lieu de reconnaître sagement que le pain quotidien se mange sans sel, on s'évertue à reproduire l'exceptionnel.

Au moins, mon goût du bonheur avait cela de bon que j'en donnais à Julien. J'avais, pour le susciter, une certaine adresse naturelle. Comme l'âne derrière sa carotte, je courais derrière l'amour : Julien l'attrapait, et nous nous hissions vers les sommets. Après cela, venait la chute dans la réalité : qu'importe, nous regrimpions tous les soirs, et cet effort nous distrayait. Nous nous retrouvions tièdes et nous quittions brûlants. Bientôt la certitude que nous brûlerions nous échauffait d'avance.

J'avais hérité de mes parents la manie du bonheur : cela n'y conduit pas toujours.

Mais l'été avait passé, et nous nous trouvions aux portes de l'hiver. Le bois qui avait protégé nos amours devenait impossible. Un froid précoce nous en chassa après quelques soirées passées à se promener d'un pas rapide et à grelotter dès que nous nous arrêtions pour nous embrasser. Nous en revenions épuisés, pour trouver enfin, dans l'autobus qui nous ramenait trop vite, écrasés par la foule, la seule intimité qui fût encore possible. Comme nos baisers étaient courts, nous les croyions discrets mais ils distrayaient les voyageurs. La fièvre de ces retours affolés m'ôtait la crainte d'être vue, il arriva plusieurs fois que, au moment de descendre, je reconnusse quelque fournisseur de mon quartier. Cela ne m'effrayait pas trop : mes parents n'étaient pas gens à entendre des ragots. Moins délicats, l'épicier ou la boulangère, quand ils me voyaient passer, me suivaient de regards indiscrets. Plutôt que m'inquiéter, cela me rassurait : ils me croyaient amoureuse, n'était-ce pas la preuve que je l'étais ?

Par une précaution ridicule dont l'absurdité ne paraissait pas aux yeux des enfants que nous étions, après vingt baisers sous les yeux de mes voisins scandalisés, Julien me laissait descendre seule et ne quittait l'autobus qu'à l'arrêt suivant, pour que l'on ne nous vît pas ensemble dans mon quartier.

Nous ne pouvions pourtant passer les soirées dans les autobus, et nous entrions parfois dans des cinémas pour nous réchauffer. Les ouvreuses, nous jugeant sur la mine, nous plaçaient au fond de la salle : les amoureux y sont à l'aise et n'effarouchent pas les familles. Pour gagner nos places, nous dérangions des couples enlacés qui nous laissaient passer avec bienveillance. Assis, il n'y avait plus qu'à faire comme les autres. Un peu de gêne passait vite, l'exemple nous entraînait.

Les baisers nous avaient d'abord semblé le moins important de notre bonheur. Mais nous en étions privés. Notre jeune sensualité s'énerva très vite. Elle s'était contentée de peu, ce peu retiré, elle exigeait davantage.

Lorsqu'il faisait moins froid, nous délaissions les cinémas pour de longues promenades en ville. Les monuments publics nous revirent. Ce fut sous l'œil moqueur des anges guerriers du Parc royal que, pour la première fois, une main d'homme fit sauter les boutons de mon corsage. Ce grand événement nous convainquit, chacun pour soi, que les filles deviennent toujours des femmes.

Plus perspicace que mes parents qui ne songeaient pas à s'étonner que tous les soirs je disparusse jusqu'à des heures tardives, Alker commençait à s'interroger. Il n'osait pas me demander : Qui est-ce ? mais se doutait qu'un singulier avait remplacé le pluriel. Enfin un soir :

— Tu deviens bien jolie, me dit-il, ce qui me fit plus de plaisir que la suite, assez embarrassante : Saurai-je en l'honneur de quel heureux mortel ?

— Vous ne le connaissez pas, assurai-je, ne songeant à parer qu'au danger le plus pressant.

Alker se mit à rire : Au moins tu ne nies pas ! je te croyais dégoûtée du flirt ? J'étais décontenancée. Il me regardait, les yeux bridés par un sourire moqueur. Ho ! ho ! pas de confidences ?... Serait-ce sérieux ? Bientôt plus attentif : Apparemment, tu n'en sais rien toi-même ? Je détournai la tête, il m'attrapa le menton et me força à le regarder. Ne suis-je plus ton confident ? Au moment où le récit de jeunes amours me récompenserait de tant de patience !

Je ne pus me tenir de rire : N'êtes-vous pas un peu voyeur ?

— Mais si, dit-il gaiement, et ça te plaît !

Ce n'était pas faux. Je n'avais jamais détesté qu'Alker violât mes secrets : ce n'était pas les lui livrer. J'étais adossée au mur, dans la bibliothèque. Un peu plus loin, mon père préparait le jeu d'échecs, ma mère son éternelle broderie. L'aimable voyeur me regardait dans les yeux. Il dut y lire que je ne parlerais pas ce soir, et, en homme qui a tout son temps, se dire : Demain... Un silence tomba sur nous, chargé de ma première fuite devant Alker. Je ne sus que plus tard que je tremblais. Alker me regardait toujours : Petite fille, va... dit-il doucement, et sa main vint effleurer mes cheveux. Ses yeux se rétrécirent, il se pencha un peu vers moi. À peine : juste assez pour qu'entre nos deux visages un courant naquît, juste assez pour que l'ombre d'un désir nous fît reculer, effrayés.

— Le jeu est prêt, dit mon père.

Et Alker se détourna, alla s'asseoir, avec un petit sourire distrait.

Pas même un désir, son ombre. Suffit-il, pour cerner en un cœur de nouveaux contours ? Je ne pouvais en tenir rigueur à Alker, qui était plus habitué à désirer les femmes qu'à leur porter une tendre affection. Ni à moi-même : sait-on se prémunir contre ce que l'on ne connaît pas encore ? Ce peu de chose était facile à oublier.

J'allai retrouver Julien. Ce désir-là, je pouvais m'y livrer, et même, ne le devais-je pas ? Il accompagnait, il signait l'amour. Nous avions vingt ans, nos baisers se devaient d'être fougueux et nos mains indiscrètes. Pour m'assourdir, jamais l'orage ne serait trop fort.

— Prends garde, Catherine, dit Julien avec un brusque essoufflement.

Dans la pénombre, je distinguais ses yeux dilatés, sa pâleur. Avais-je le même visage ?

Nous nous taisions, immobiles, les yeux sur l'écran où l'ombre s'agitait. Avant d'aller plus loin, nous regardions la route. Ce n'était déjà plus pour en décider ; je savais que nous n'échapperions pas à ce que nous avions déclenché. Nous avions voulu l'amour. Le désir nous répondait. Il n'était plus temps de reculer, et, même si nous avions un peu peur, nous n'y tenions pas du tout.

Je me dis, avec un peu d'attendrissement devant moi-même, que je n'avais que dix-huit ans. Sans doute, Julien pensait : « J'en ai déjà dix-neuf. » Les fruits étaient bien verts, mais c'était un charme de plus et aussi une hypocrite excuse.

Je savais que c'était ma dernière chance de quitter Julien à temps. Mais pour quoi d'autre ? Je refermai mes yeux un instant dessillés, la vague emporta les hésitations et nos mains s'enlacèrent plus fort. Julien soupira : quelle autre fille connaissait-il, qui sût orner d'amour le désir ?

Plus que nous ne croyions, nous étions faits l'un pour l'autre, inhabiles à ne pas mêler les sens et le cœur. Sans doute, nous allions vite l'apprendre, mais notre adolescence s'enchanta de cette facilité devant l'illusion.

Au sortir du cinéma, nous nous regardions, chancelants et du rire dans les yeux, pendant que la foule s'écoulait. J'ai soif, dit Julien. Nous entrâmes dans un café ; mon reflet dans un miroir me surprit : était-ce bien moi, cette fille dépeignée, rose et rieuse, qui seyait si bien au grand garçon brun qui l'accompagnait ? À quelques pas de nous, une dame qui nous regardait se retourna vers son compagnon : le joli couple ! dit-elle à mi-voix. La sagesse des nations parlait par sa bouche, comment douter encore que nous fussions faits l'un pour l'autre ? Il était si facile de se fier à notre jeunesse, à notre grâce d'amants puérils. Nos eaux gazeuses arrivèrent, qui nous grisèrent parfaitement.

Rassurés sur soi-même et sur l'autre, nous nous rappelâmes tout à coup que nos rencontres n'étaient pas toute notre vie et que, théoriquement, nous faisions des études dites supérieures. Pour mon compte, c'est surtout à moi-même que je les trouvais supérieures. Mais Julien s'affola : il avait du retard, c'était grave. Nous nous sentîmes héroïques, quand nous décidâmes que trois soirées par semaine seraient consacrées au travail.

Mon père, moqueur, la première fois qu'il me vit regagner ma chambre après le dîner au lieu de prendre mon manteau pour sortir : Tiens, tes amours se calment ?

— Non, dis-je sur le même ton, mais l'Histoire romaine me guette.

Un père qui se respecte, et en ce temps-là, acceptait-il si facilement l'idée que sa fille soit nantie d'un amoureux ? Ma mère jeta sur moi un regard de tendre indulgence. Nous y étions ! Mes parents me voyaient au bord du mariage ! Dans leur simplicité, ils n'imaginaient pas d'autre issue à de jeunes amours ; et quelle heureuse perspective, qui éloignait le spectre de la jeune fille à diplôme ! Leur tendresse se réjouissait, je connaîtrais bientôt un bonheur semblable au leur.

Je sentis mon premier – et seul – remords devant ces parents si faciles à tromper, en découvrant combien nous étions loin, Julien et moi, de voir le mariage au bout de notre idylle. Nous n'y avions jamais pensé, et, ce jour-là, si j'y songeais, ce fut pour m'en détourner. Nous étions trop jeunes, trop peu sûrs... ce serait pour plus tard.

Cela avait dépendu de si peu de choses ; eussé-je, le premier soir, dit à Julien : Venez me chercher chez moi, au lieu de : Retrouvons-nous devant le palais de justice, nous entrions dans l'engrenage des fiançailles, je serais peut-être sa femme. Cette idée bizarre fait rêver.

Noël arrivait, que d'habitude je passais à la campagne chez mes grands-parents. Je me doute, dit mon père en souriant, que tu n'as pas envie de quitter la ville en ce moment, mais je tiens à ce que tu te reposes. Tu te coucheras tôt, rien ne te retenant dehors, je le dis sans malice ! Tu en as besoin, tu es pâlotte. Puis, comment expliquer ton absence aux parents de ta mère ?

L'indulgence devenait effarante. Si peu de sévérité ? Après tout, il est d'usage que l'on tienne les filles plus serré, me dis-je, et, pour tout le reste, cet homme ne se départ jamais de l'attitude la plus conventionnelle. Pour un peu, il me laisserait ici, où j'ai un amoureux que je pourrais voir jour et nuit, et surtout – il n'a pas l'air d'y songer – la nuit ! Ma mère semblait entrer fort bien dans ses raisonnements. Ils ne se sont jamais beaucoup souciés de moi ; après tout, est-ce aujourd'hui qu'ils vont commencer ? Cela m'embarrasserait d'ailleurs, soyons juste. Vais-je réclamer de l'amour à mes parents, à mon âge, et quand j'ai Julien pour m'aimer ? Quinze jours sans moi, il sera malheureux !

Idée toujours charmante aux yeux d'une amoureuse. Mais je me trompais sur mes parents. L'apparente légèreté était dictée par le remords perpétuel de ne pas assez m'aimer. Ils s'étaient mis en tête de ne pas me gêner dans mes amours : là, au moins, nous serons des parents honorables. Ils ne se doutaient pas que, quand tout serait fini – et manqué –, je me donnerais le méchant plaisir de rejeter sur eux une part de responsabilité dans mes sottises.

J'allai donc à la campagne. C'était avec la certitude que je m'y ennuierais. Mais j'avais l'humeur joyeuse, et je fis des boules de neige pour mes petits cousins sans déplaisir.

Julien et moi avions décidé de ne pas écrire, une lettre tombe trop facilement entre des mains auxquelles elle n'est pas destinée. Au fond, se dit-il, le mal ne serait pas si grand et, dès le troisième jour, arrivait une longue enveloppe blanche. Mon grand-père la remit à ma mère qui me la tendit aussitôt. – Comment, tu ne l'ouvres pas ? Tu perdras cette fille, Anne, tu ne fais pas tout ton devoir. Je vais l'ouvrir, moi. Je m'enfuis avec ma lettre. La veillée de Noël fut consacrée à des discours sur l'éducation des filles. Je rêvais aux baisers de Julien.

Il était plus heureux que moi.

Seul, et n'ayant plus l'habitude de l'être, il était allé voir Alker. Surprise devant cette réapparition, questions malicieuses, au bout d'une heure il avait tout avoué et passait agréablement son temps à parler de nos amours. Alker fut extrêmement étonné de découvrir ainsi ce que je lui avais caché. Il répéta toute une soirée : Catherine et toi ? Comme c'est bizarre ! avec tant d'insistance que Julien se sentit vexé : Ne suis-je pas assez bon pour elle ? Alker hochait la tête, répétait seulement que c'était bien curieux, sans expliquer mieux sa surprise.

Quand il fut enfin revenu de son émoi, il vit combien Julien s'ennuyait seul. Accompagne-moi, je conduis une amie au théâtre, nous te trouverons bien une place.

— Une amie ?... dit Julien en levant un sourire moqueur.

— Enfin... à ton âge on peut te l'avouer : la chair est faible. Son mari est absent ce soir, et elle avait les places.

— Hé bien ! souffla Julien jeté en plein adultère.

La faiblesse s'appelait Antoinette et accueillit Julien avec plaisir : c'était une distraction de plus. Est-il beau ! s'écria-t-elle en le voyant, ce qui fit rougir et Julien et Alker. Tiens-toi bien, dit Alker, ce jeune homme ne fréquente habituellement que des ingénues. Elle exigea des détails et s'éprit du portrait qu'on lui faisait de moi. J'adore les jeunes filles, assura-t-elle. J'imagine que c'était sur le ton de l'ogre qui proteste de son amour pour les petits enfants.

Julien prit l'habitude de sortir avec Alker et Antoinette. Souvent le mari les accompagnait. Julien aimait beaucoup Alker, Antoinette avait une gaieté railleuse qui l'amusait, il se plut vite en leur compagnie. À mon retour, il entendait bien passer ses soirées avec moi, mais il eût regretté d'être privé d'eux. Pour tout concilier, nous sortîmes à quatre.

Ma maîtresse n'est pas une personne à fréquenter pour une jeune fille, se disait Alker. En même temps, il résistait difficilement au plaisir de me mêler à sa vie. Il se dit qu'il ne tenait qu'à lui de maintenir les distances entre Antoinette et moi. C'était mal la connaître.

Je savais sa position quand je la rencontrai et la regardai avec l'étonnement de la candeur devant l'adultère. Ce n'était que mon deuxième contact avec les amours coupables, encore Mme Lagrange était-elle veuve. Mais le mari d'Antoinette était parfaitement vivant et, pour achever de m'étourdir, l'accompagnait la première fois que je la vis. Il s'appelait Jean, touchait à la trentaine, et se distinguait par le goût du calembour et une forte musculature. C'était mon premier mari cocu, et je lui prêtai trois fois plus d'attention qu'à l'infidèle. Je me disais : pourquoi cet homme est-il trompé ? et cherchais en lui une réponse qui se trouvait chez sa femme. Nous nous étions retrouvés dans un café avec le projet d'aller au cinéma. C'était la première fois que je revoyais Alker depuis les aveux de Julien ; il me lança un petit regard moqueur, à quoi j'eus le plaisir de pouvoir répondre par une œillade sur Antoinette.

— Ah ! voilà cette Catherine dont j'ai tant entendu parler, dit-elle. Et, s'adressant à son mari : Maurice et Julien m'ont distraite pendant ton absence, mais on ne parlait que de Mademoiselle, que voilà.

Le regard de Jean me jaugea. Cela se justifie, dit-il galamment, mais, excusez-moi, j'arrive à peine. Qui donc l'aime ? Maurice ?

— Oh ! c'est Julien, malheureux !

— Je suis flatté, mais mon âge aurait dû m'exclure, dit Alker souriant. Antoinette le regardait avec une petite grimace. Jean ne paraissait guère troublé : Comme elle est mignonne, soupira-t-il en se penchant vers moi. Est-ce qu'elle est farouche ?

Antoinette le repoussa d'une chiquenaude : Allons, tu vois bien que tu fais rougir cette enfant ! mais Jean discourait, s'enquérait : Êtes-vous sage, Mademoiselle ? Décidément, j'étais vouée à cette question. Alker semblait fort mécontent, Jean rêvait : Le goût de la définition l'emporte souvent sur le sens des nuances, qu'est-ce qu'une jeune fille ? disait-il. Question qui allume le regard des vieux messieurs et fait soupirer les mères. D'après Musset, cela rêve, mais fornique chez les bons auteurs modernes. Je me suis souvent penché sur ce doux problème. Il faut avouer que j'ai une tendance à serrer le sujet de trop près, ce qui m'est souvent reproché par ma femme. Instruisez-moi, jeune Catherine, déshabillez le mythe.

Le mythe se taisait, confondu, et sentait qu'il n'était jamais sorti des jupes de sa mère. Alker eut pitié de ma mine déconfite : Partons, dit-il. Le cinéma fut abandonné, nous allâmes danser. Jean me caressait le cou et l'oreille, puis me rendait à Julien avec des hochements de tête navrés : Je ne dois pas être son type ! Alker tournait, le corps étroit de sa maîtresse plaqué contre lui, et

Julien, contaminé, me caressait distraitement la gorge. Parfois, Jean invitait quelque entraîneuse et se donnait le facile mérite de la scandaliser. Il ne dansait pas avec sa femme : Elle est trop maigre, m'expliqua-t-il ; au lit, cela a un côté maniable qui n'est pas dénué d'intérêt, mais pour danser, c'est un peu sec. Enfin, affolée, incrédule, je ne trouvais de repos qu'entre les bras d'Alker, plus tendre et paternel que jamais.

— Ça t'effraie, petit lapin ? me dit-il avec un sourire rassurant. Tout cela n'est que gestes, ne t'y laisse pas prendre. On cherche à étonner les autres pour s'en faire accroire sur soi-même.

Pourtant je me fis l'idée, parfaitement fausse, que Jean trompait sa femme et mettait de la complaisance à ignorer qu'elle le lui rendait. Alker reconduisit tout le monde en voiture et, comme j'étais la dernière sur la route, nous finîmes la soirée en tête à tête devant ma porte.

Alker se taisait. Il avait arrêté le moteur, ce qui signifiait que je ne devais pas descendre tout de suite. Je croyais deviner les discours qu'il préparait : quelques considérations morales sur les rapports des jeunes filles et des dames adultères, puis : Julien. Mais :

— J'ai laissé tes parents ignorer toute une part de ma vie, commença-t-il. Je savais qu'elle les aurait choqués, et je les aimais beaucoup, je voulais garder leur amitié. S'ils avaient su, jamais ils ne t'auraient confiée à moi. Si j'avais été honnête homme, je n'aurais pas profité de leur ignorance pour me lier avec toi. Aujourd'hui, je tiens plus à toi qu'à eux et je ne me sens pas le courage de faire ce que je devrais, c'est-à-dire leur avouer que je ne mérite pas leur confiance.

Hé bien ! Hé bien ! voilà un homme qui eût vite éliminé le thème du devoir des débats cornéliens ! J'étais étonnée, je croyais les complications morales n'appartenir qu'aux adolescents. Puis tout cela manquait de gravité, Jean ni Antoinette n'étaient le diable, et le spectacle de la légèreté ne perd que les filles destinées à se perdre. Je tenais plus à Alker qu'aux bons principes. Si vous croyez, dis-je, que je vous laisserais... Après tout, nous sommes au XXe siècle.

Il m'ordonna de lui ficher la paix avec le siècle. Je sais, aussi bien que toi, que la mode n'est pas aux bonnes mœurs. Mais nous ne sommes pas si sensibles au goût du jour qu'il nous écarte de nos natures.

— Soit, dis-je. Sans doute ma nature est celle d'une jeune personne très correcte à qui on présentera un mari dans une soirée de famille. N'exagérez pas vos responsabilités !

— Refuserais-tu d'être cette jeune personne ?

— Je ne la suis pas, et vous le savez, c'est tout. C'est même cela qui vous plaît en moi : « Catherine ou l'Éducation des filles », par Maurice Alker.

Il se mit à rire.

— Non, dit-il, sur le coup j'ai bien l'impression que c'est mon cousin Julien qui aura les honneurs de la signature !

Les scrupules moraux s'éloignaient déjà. Nous étions plus épris d'honnêteté qu'honnêtes. Alker, quand il s'était dit : j'agis mal, croyait avoir payé un tribut suffisant à ses principes et allait de l'avant. J'étais mise en garde : nous pouvions nous livrer au plaisir d'étudier un jeune cœur.

Il attaqua de front : il ne croyait pas que Julien me convînt, il avait été très étonné d'apprendre nos liens. Il parla dix minutes, avec beaucoup de circonlocutions délicates.

Je songeais : quoi donc, entre cet homme et moi, me faisait admettre qu'il discutât mon choix ? Les tendres liens de confesseur à pénitente ? Je ne me croyais pas amoureuse de lui. D'ailleurs, n'avait-il pas Antoinette, et moi Julien ? Un jour, l'ombre d'un baiser avait passé entre nous ; ces choses-là n'affolent que les ingénues, parmi lesquelles je prétendais ne pas me compter. Le désir ne prouve rien, pour des gens aussi sensés que nous.

Malheureusement Alker, du premier coup, frappait juste. Cette fois, je ne pouvais pas étudier avec un intérêt condescendant les petits mouvements de mon cœur. Ils avaient trop besoin de protection. Je fis défiler les raisonnements connus sur la fréquence des couples qui semblent mal assortis, et que l'amour lie étroitement. Je fus imprudente en disant qu'il vaut mieux mettre quelque complaisance à aimer que s'ennuyer par intransigeance. Il ne me manqua pas : Ce ne sont pas des raisonnements d'amoureuse, petite !

Je me fâchai : Et quand vous m'aurez convaincue que je n'aime pas Julien ? avez-vous mieux sous la main, ou faudra-t-il attendre patiemment le phénix que je pourrai aimer sans descendre au-dessous de l'idée que vous vous faites de moi ? Il tendit une main pacificatrice, me caressa les cheveux : Ne sois pas méchante, je t'aime beaucoup.

Je serrai les dents. Je n'allais pas me mettre à avoir envie d'Alker chaque fois qu'il me touchait, que diable ! Sa main s'attarda, il avait un sourire triste. La petite aberration se dissipa.

— Mais Julien m'aime... dis-je doucement.

Ces mots résonnèrent longtemps entre nous. Parmi nos doutes, nous sentions bien que cela seul était sûr. Là, nous pouvions accrocher une certitude, et comme nous étions épris de certitudes, nous les questionneurs, les anxieux ! L'amour de Julien, le désir pour Antoinette : sur ces faits, on pouvait édifier un moment de la vie. Sinon sur nous-mêmes, nous pouvions compter sur eux.

Au moment de nous séparer, Alker m'attira contre lui et me baisa le front. Je ne m'y attendais pas, ce geste me mit les larmes aux yeux. Oh ! Alker, chuchotai-je, nous nous aimons bien, n'est-ce pas ?

— Oui, petite, nous nous aimons bien.

Sitôt rentrée, je me hâtai de me coucher et de m'endormir. Il était tard, j'étais lasse, et, quel bonheur ! le sommeil me terrassait. D'ailleurs, eussé-je malgré moi le temps de penser, quel amour résisterait à la lucidité ?

Le lendemain, Julien me fit les honneurs d'une scène de jalousie. Les libertés prises par Jean le choquaient rétrospectivement. Il y eut quelques journées agitées. Je ne pouvais m'empêcher de penser à la tendresse d'Alker, à la perspicacité d'Alker, à la douceur cruelle de notre entente. Julien me semblait si jeune, si fragile. Et moi-même, étais-je sûre ? Pouvais-je me fier à ces élans dont je sentais trop qu'ils avaient plus de violence que de force ? Au plus fort de mes incertitudes, je me blottissais dans les bras de Julien, et nous étions comme deux enfants perdus qui se serrent l'un contre l'autre pour se rassurer. Vingt fois le jour, je lui demandais : M'aimes-tu ? et c'était pour que son oui si prompt me fît mieux sentir l'obligation de l'aimer. Mon ardeur chancelante s'accrochait passionnément à la sienne ; il ne sentit que la passion et se crut mieux aimé. Jamais Julien ne fut aussi sûr de moi que dans ces heures où le moindre faux mouvement pouvait m'arracher à lui, comme à l'arbre la feuille à demi détachée.

L'amour se raille toujours un peu des amants.

Alker ne tarda pas à téléphoner pour nous convier chez lui. À présent, le nous n'était plus mes parents et moi, mais Julien et Catherine. Cette idée me charma, elle adoucissait mon inquiétude. Je n'étais plus le tiers éternellement accroché à ce couple. À côté de Marcel et Anne, il y avait désormais mon amoureux et moi. Je vais chez Alker, où je retrouverai quelques-uns de ses amis dont j'ai fait la connaissance dernièrement, dis-je sans trop mentir à ma mère qui n'osait pas me demander ce que je faisais de mon temps. Je savais qu'Antoinette y serait. Jean, qui m'effrayait, avait un empêchement.

Ce fut le début des soirées à quatre. Chaque fois que Jean était retenu à son laboratoire, sa femme lui disait : Je vais voir si Maurice et les petits amoureux sont libres, ce sera plus amusant que de rester seule. Nous passions une heure ou deux ensemble, puis Julien et moi partions. Alker ramenait Antoinette chez elle à minuit, feignant de nous avoir d'abord reconduits. Jean, déjà rentré, les attendait avec des boissons, et remerciait Alker d'avoir distrait sa femme.

Cet homme ne songeait pas un instant qu'il était trompé. D'ailleurs : l'était-il ? Maintenant que je l'ai enfin comprise, je sais que, dans ses liaisons, Antoinette trompait plus l'amant que le mari. L'abeille butine de-ci de-là mais un fil invisible la rattache à sa ruche : passant des bras d'Alker à ceux de Jean, elle oubliait Alker auprès de Jean, mais jamais Jean auprès d'Alker. L'un pour le corps, l'autre pour l'esprit ; ce qui empêchait que l'on s'y retrouvât, c'était l'inattendu d'une répartition qui consacrait Alker aux plaisirs du lit et le robuste et simple Jean aux joies spirituelles. Avec un peu d'habitude, on trouvait là tout le mystère d'Antoinette, moins compliquée de la tête que du ventre. Jean et elle lisaient les auteurs en vogue, aimaient les films tirés de Simenon et le jazz New Orleans. Mais c'était avec Alker qu'elle préférait faire l'amour. Elle se demandait elle-même pourquoi, d'un amant à l'autre, elle était si obstinément infidèle à un mari avec qui elle s'entendait si bien.

C'était, dans le genre Poulbot, une fort agréable personne. Remuante, l'œil vif et la main preste, plus piquante que jolie, plus maligne qu'intelligente, et on était plus accroché que séduit. Elle n'avait pas de passions, mais des goûts exigeants, et se prit de goût pour moi : j'étais encore ce que l'on est convenu d'appeler une vraie jeune fille. Si habituée qu'elle fût à elle-même, elle n'échappait pas à la rage commune de se trouver des justifications. En attendant que je lui ressemblasse, il fallait obtenir que ma sympathie approuvât sa vie. Toute innocence la menaçait, qui semblait comporter un reproche latent.

Elle m'invitait à prendre le thé, l'après-midi, dans des salons déserts. Elle se confiait, s'expliquait, et n'osait pas encore me conseiller ouvertement.

Tout de suite, elle me tutoya. Cela me gênait. Je n'étais pas arrivée à tutoyer Alker, qui ne m'avait jamais vouvoyée et que je connaissais depuis toujours. Pour Julien, il avait fallu que m'apparût le ridicule du vouvoiement dans une passion déclarée.

Chaque fois, je m'étonnais de l'entendre dire : Maurice, où je ne disais jamais que : Alker.

— Vois-tu, Maurice me plaît beaucoup. C'est un amant parfait ; mais seul Jean compte vraiment. Je perdrais dix Alker, je me consolerais à l'idée qu'il y en a bien un onzième. Mon mari seul est irremplaçable. Je m'étonne moi-même de le tromper, mais il faudrait renoncer au plaisir. Au bout de sept ans, il ne m'émeut plus, et je ne le trompe peut-être que dans la crainte de regretter ne l'avoir pas fait quand j'aurai cinquante ans et que tout sera impossible. Tu ne peux pas encore comprendre, mais peut-être, quand tu seras mariée depuis sept ans avec ton Julien, tu te diras que j'avais raison.

— Je ne sais pas... dis-je, troublée à l'idée d'être mariée depuis sept ans avec Julien.

— Il est très gentil, et vous allez bien ensemble. Mais l'entente morale va toujours un peu aux dépens de l'entente physique. Un jour vient où l'on est encore jeune et condamnée, sauf infidélité, à faire l'amour avec un homme qui n'y prend plus guère de plaisir et n'en donne pas davantage. Il y a sans doute des femmes qui s'y résignent, moi pas. J'aime trop le plaisir pour renoncer à lui quand il n'a pas encore renoncé à moi. Je ne sais pas ce que tu feras, et tu ne peux pas davantage le savoir ; mais, tu sais, on s'habitue.

On s'habitue ! l'entente morale aux dépens du plaisir ! c'était beaucoup en une seule fois, pour une vierge, même peu sage.

— Ce que j'admire, continua un autre jour l'aimable verseuse de vitriol, c'est que vous ne fassiez pas encore l'amour. Sans doute n'est-ce qu'à mon âge que l'on regrette la longueur de certaines attentes comme du temps perdu. Mais enfin, n'est-ce pas trop difficile ?

Après tout, la morale courante n'oblige pas les dames à conduire au lit les demoiselles, me disais-je vaguement. Antoinette avait, pour le plaisir, une âme de prosélyte. Heureuse avec Alker, elle avait hâte que je le fusse avec Julien. Notre chasteté la gênait. Que tout le monde fît l'amour, et elle se sentirait plus à l'aise pour le faire.

Dans la rue, j'étais souvent surprise par l'insistance avec laquelle les hommes la regardaient. Était-elle si jolie ? Alker lui-même reconnaissait que non. Mais elle avait un tel air de familiarité avec le plaisir ! Il était impossible d'imaginer qu'un désir pût l'offenser.

Julien feignait la distraction et laissait Antoinette renverser pour lui les derniers obstacles. Il était d'un milieu où l'on professait la largeur d'esprit : c'est-à-dire que les préjugés s'y renouvelaient selon la mode. Ils ne disparaissaient pas, on les rangeait dans le tiroir du dessous, comme, dans les ménages économes, au fond d'un placard le bric-à-brac de ce qui peut toujours servir. Mais le fond de notre âme est moins bien clos qu'un placard, et Julien avait grandi dans une ambiance délicatement colorée par les bons principes. Ma virginité le gênait. N'osant l'attaquer de front, il attendait que j'en fusse lasse, et presque, que je vinsse la lui offrir. Si le désir le pressait, l'amour le retenait. Il crut que l'un devait céder à l'autre jusqu'au jour où il trouva le moyen d'appuyer le désir sur l'amour. Trop jeune pour le définitif, trop tendre pour le provisoire, il ne restait que le biais de la passion : n'excuse-t-elle pas tout ?

Alker imposait silence à ses scrupules pour le plaisir des rencontres à quatre, dont il raffolait. Parfois un peu inquiet : Veille à n'aller jamais plus vite que ton cœur, me dit-il un jour pour ultime leçon de morale. Hé ! cet homme-là comptait-il que, du coup, je resterais en chemin ?

Une fois admise l'idée que l'attachement au pucelage vient de préjugés, je tenais beaucoup moins à mes préjugés que je ne voulais l'avouer. Des principes de raison me guidaient : et quand je dis « me guidaient »... Les ayant acceptés une fois, je les suivais toujours, dussent-ils me mener aux pires sottises.

Enfin, tout nous conduisait au lit. Deux ou trois fois la semaine, nous rencontrions un couple adultère, et très heureux dans son adultère. Seul à seule, la question nous assaillait : Pourquoi pas nous ? que nous tentions encore d'écarter à force de baisers. Bel épouvantail, pour le désir !

L'amour qui est aveugle avance à grands pas. C'est sans doute pourquoi les filles trébuchent.

On tient pour acquis qu'il suffit d'être deux pour faire une histoire d'amour : toute notre originalité fut de n'y arriver pas à moins de quatre. Et même cinq : ne faut-il pas compter Jean ? Sans lui, pas d'adultère, et : Les femmes mariées ont sur les autres l'avantage de ne pas chercher à se faire épouser, disait Alker. Une telle idée le portait inévitablement à n'aimer que celles-là. De plus : Je ne puis être amoureux au-dessous d'un certain âge, sans tomber dans le ridicule. Rien ne vieillit un homme comme le goût de la chair fraîche, et j'ai de la coquetterie. Parmi les femmes de trente ans, on n'en voit guère qui ne soient déjà mariées, ou bien elles ont tourné vieilles filles et espèrent qu'on les tire de là. Comme certaines peuplades primitives, je me dis, devant une femme vierge après vingt ans : quelle tare secrète l'a réduite à cela ? et je fuis. Tu vois que mes principes, comme mes instincts, me condamnent aux épouses légitimes.

Nous chuchotions dans un coin du salon. Julien s'approcha, me prit par l'épaule et, machinalement, j'inclinai la joue pour caresser sa main que je savais un peu pâle et veinée de bleu. Alker nous regardait. Je sentis que nous offrions une image très plausible de l'amour heureux et, comme à chaque fois, cette idée m'enchanta : les apparences prouvaient que j'aimais. Sont-ils jolis ! dit Antoinette en tendant un verre à Alker. Il le prit, avec distraction. Il eut, furtivement, l'expression d'un homme qui a posé le pied sur un serpent. Et, d'instinct, je relevai la tête et m'écartai de Julien.

Sur cette aventure d'enfant, je sens bien qu'aujourd'hui c'est un regard d'adulte que je porte. Il est facile, après, de comprendre. Mais je me demande toujours jusqu'où allaient nos clairvoyances – et où commençait notre prudent aveuglement.

Nous étions allés au cinéma. À dix heures, un peu étourdis, nous hésitions devant la voiture : Que faire ? Il y eut, entre Alker et sa maîtresse, un bref regard de connivence, puis : Autant rentrer, dit Antoinette, reconduisons les tourtereaux.

La voiture d'Alker n'était pas très grande parce qu'il n'avait pas besoin qu'elle le fût. Ce curieux personnage ne sentait pas ce que l'ampleur de la carrosserie ajoute à l'homme. On y était un peu à l'étroit, ce qui plaît aux amants et l'avait souvent servi en stratégie amoureuse. Ce soir-là, Antoinette se tenait toute droite dans son coin, silencieuse, pendant qu'Alker conduisait vite, impatiemment. Julien et moi nous taisions, un peu haletants. De biais, j'entrevoyais le profil d'Alker, quand les lumières de la rue l'éclairaient au passage. Cette dureté, ce sourire crispé, je les connaissais, depuis Louis, depuis Vincent, depuis Julien. Quand mon amoureux m'attira près de lui, je n'osai pas le regarder.

— Tu vas trop vite, Maurice, dit-il, tu effraies Catherine.

Alker me regarda en ralentissant : Mais nous y sommes. Je reconnus la grille du jardin. C'est vrai, murmurai-je, étonnée d'être au bout d'un trajet qui m'avait paru si long. Antoinette se pencha, regarda la maison à travers les arbres dénudés.

— Il n'y a personne, dit-elle en ne voyant pas de lumière.

— C'est que le salon où l'on se tient le soir donne de l'autre côté, expliqua Alker. Les fenêtres trouaient d'ombre la façade claire.

— Où est ta chambre ? demanda Antoinette.

Cette fois, ce fut moi qui répondis qu'elle était au rez-de-chaussée, à gauche. Je n'aime pas les silences qui en disent long ni un certain poids que prend l'informulé, mais Antoinette savait s'en servir. Il y avait, répartis entre nous quatre, des liens avoués ou secrets, qui nous faisaient nous deviner trop bien. Antoinette répéta rêveusement : Au rez-de-chaussée... Alker tressaillit, Julien ne bougea pas.

Et Antoinette ? Savait-elle pourquoi elle voulait que je fusse la maîtresse de Julien ?

Je m'ébrouai : Hé bien, bonsoir... et tendis, par-dessus le dossier, une main maladroite qui effleura leurs épaules avant d'être serrée distraitement. Comme j'allais poser sur la joue de Julien le chaste baiser de l'au revoir : Tu ne descends pas ? lui demanda Antoinette avec un sourire moqueur, il n'est pas si tard. L'invitation rencontrait trop bien ses vœux pour qu'il ne se hâtât pas d'optempérer.

Nous les regardâmes s'éloigner. Antoinette avait baissé la vitre et agitait au-dehors le mouchoir des adieux. Alker faisait jouer les clignoteurs. Nous riions. Puis ils passèrent le coin, et nous nous retrouvâmes, debout l'un en face de l'autre, sur un trottoir dont la prudence nous avait toujours tenus écartés. Nous étions déconcertés. Nous échangeâmes de petits sourires maladroits. Julien passa un bras autour de mes épaules et m'attira plus près du mur, dans ce qui, l'été, était l'ombre du marronnier. Pour sortir de l'embarras, rien ne valait un long baiser. Nos bouches se connaissaient bien et savaient conduire leurs jeux. Le corps, pour finir, se ressemble toujours, c'est l'instrument du plaisir, mais les baisers nuancent l'amour. Nous nous racontâmes des choses charmantes. La pluie glissait sur nos visages, trempait nos cheveux et nos manteaux.

Soudain, un bruit de pas me fit lever les yeux. Je retins un petit gémissement d'horreur : à vingt mètres, je reconnaissais mes parents.

Julien ne s'émut pas, m'enveloppa plus étroitement, me poussa contre le mur et souffla : Mets la tête dans mon cou.

Immobile, le cœur battant, je les entendais s'approcher en devisant paisiblement.

— Comme il fait doux, disait ma mère, on dirait une pluie de printemps.

— Oh ! février pourrait encore nous surprendre, répondait mon père.

Ils passèrent devant nous. Ils étaient trop bien élevés pour porter le regard sur ce couple enlacé contre la grille de leur jardin. Et trop innocents pour accueillir une seconde l'idée monstrueuse que cette jeune fille, serrée de si près, pût être leur fille, Catherine. Catherine était au cinéma avec Alker, aimable Alker, qui la sortait, lui présentait des amis, et, leur évitant ainsi la corvée de la produire dans le monde, leur permettait de se promener en amoureux par les soirées douces de février, en échangeant de paisibles réflexions sur le temps qu'il fait.

Trompés par Alker, trompés par Catherine, enfermés dans leur passion.

Mon père prit la clé dans la poche de son imperméable, et, à deux pas de moi, ouvrit la porte du jardin. J'osais à peine respirer, de crainte qu'il me reconnût à mon souffle. Aurait-il poussé les cris du père outragé, ou, plus gêné que nous, offert à Julien de venir partager le thé du soir ? Ils entrèrent, refermèrent la porte du jardin, ouvrirent celle de la maison. Enfin, ils disparurent, et Julien relâcha son étreinte avec un petit rire qui me choqua. Je voulais bien tromper mes parents, mais point qu'on s'applaudît si ouvertement d'y réussir.

— Tu as eu peur, dit-il en me souriant. Il avait l'air modeste et heureux de l'homme qui a sauvé une vie ; je me sentis attendrie. Je ne fis pas de réflexions sur la promptitude avec laquelle il était entré dans l'idée qu'il ne fallait pas être reconnus.

— Et s'ils m'avaient vue ?

— Bah ! j'aurais demandé ta main !

Et reprit le baiser interrompu. Doucement : Alker et Antoinette ont bien de la chance...

— Tais-toi, va, gémis-je.

C'était indécent, mais quelle part avait cette indécence dans la fièvre qui nous rejetait l'un vers l'autre, bouches irritées, joues brûlantes ? Les mains de Julien glissaient, tièdes, sous mon chandail, et je creusais le dos pour les aider à gagner plus vite leur but. Nous chancelions, jambes nouées, égarés, emportés, et ce qui montait là de sourde et battante angoisse, n'était-ce pas l'avant-goût du plaisir ?

Nous allions nous quitter. Julien jouait avec mes clés. Nous parlions du lendemain, du rendez-vous à prendre. Donne, dis-je la main tendue vers le trousseau. Il hésitait, me le tendit à regret. Nous pensions au soir où il ne me le rendrait plus. Je n'osais pas le regarder : il suffisait bien qu'il y songeât. Aurais-je pu laisser voir que je devinais ses pensées sans les repousser ? Je ne voulais pas repousser.

Était-ce aimer ? J'entrais dans toutes ses pensées, et sitôt entrée, je ne pouvais me défendre de l'y suivre.

Et lui, sentant bientôt que je le devinais trop bien...

La lumière était allumée dans le salon. Sans doute mon père s'était remis à quelque travail retardé par la promenade. J'entrai. Ma mère lisait, assise à côté de lui dans une bergère. Une seule lampe éclairait le livre et le dossier. C'était un paisible et classique tableau d'intimité heureuse. Ils levèrent les yeux vers moi, me sourirent. Mes desseins secrets ne me donnèrent pas de remords. Le bonheur des autres est toujours une provocation. Bonne nuit, Catherine, dirent-ils ensemble.

Julien brûlait d'aboutir. Il ne parlait pas, et croyait que c'était par délicatesse, quand c'était par prudence. Après, il pourrait toujours dire : je n'ai pas demandé, j'ai reçu. Alker l'avait mis en garde contre ma virginité : la prendre, c'était s'engager. Mais l'accepter ?

Je piétinais encore devant quelques ultimes réflexes moraux. Dans ses bras : pourquoi pas ? Mais dès que l'étreinte se relâchait, la peur, la pudeur, et, plus forte encore, l'habitude de la sagesse me retenaient.

Les circonstances étaient toutes en faveur de la résistance. Qu'à certaines heures un divan propice se fût offert, et je cédais. Mais nous étions toujours ces amoureux errants qui n'ont, pour abriter leurs baisers, que les encoignures sombres ou les cinémas. Je ne pouvais être surprise : ma chute exigeait la préméditation.

Hors ses bras, la curiosité, peu à peu, venait me talonner. Elle était plus adroite et plus sûre que le désir. Quand Julien me caressait, et que d'une main hésitante j'arrêtais sa main errante, si mes tempes battaient, c'était aussi d'impatience. Cette angoisse, ce frémissement, que deviendraient-ils si je laissais Julien les exalter ?

Mes doutes eux-mêmes travaillaient pour lui. Il montrait trop d'amour, trop de tremblante tendresse pour que le remords ne me prît pas. Je savais bien que j'avais aimé exprès. Mes feintes avaient entraîné sa sincérité : ce scrupule était insoutenable. Je croyais que la possession suppléerait à tout. Vierge, j'étais bien placée pour croire en ses lieux communs. Ne me modèleraitelle pas plus simple, ne me rapprocherait-elle pas de Julien ?

À côté de cet espoir, la force du désir ne comptait plus, je me serais donnée à n'importe qui le suscitait.

Qui songe à se demander où font l'amour les filles et les garçons qui vivent chez leurs parents ? Nous ne tenions, Julien et moi, notre courte science que de nos lectures : les amants y sont toujours logés de façon propice. Les hôtels effrayaient nos innocences. Si Antoinette n'avait suggéré la solution, nous nous serions trouvés plus démunis devant cette question pratique que devant les barrières qu'il avait fallu renverser pour y arriver.

Chaque soir, maintenant, Julien me reconduisait jusqu'à ma grille. Comme par jeu, mais chaque soir, c'était lui qui prenait les clés dans ma poche et me les tendait. Il souriait, pour adoucir la question qui passait dans ses yeux. Vint le soir où je n'eus plus la force de ne pas répondre, et où je dis : Garde-les.

Il ferma les yeux, sourit, se pencha pour déposer sur ma tempe un baiser léger. Je le regardais, adossée à la grille. Avant de passer le coin, il se retourna et me fit de la main un petit signe. Je me sentais paralysée. Il s'arrêta alors, inquiet sans doute de mon immobilité, et je dus faire l'effort de lever et d'agiter la main. Il disparut. Longtemps je restai là, l'esprit vide.

Au moment où je sonnai, mon père traversait le vestibule pour monter se coucher. Il vint m'ouvrir.

— J'ai dû oublier mes clés, dis-je.

Le lendemain, je les déclarerais perdues.

En le regardant gagner sa chambre au premier étage : voilà donc pourquoi j'ai voulu dormir en bas.

J'ouvris ma porte. Un miroir me renvoya l'image d'une fille pâle, aux yeux agrandis d'un cerne sombre. Allons, me dis-je avec un dérisoire effort vers l'ironie, il ne reste plus qu'à procéder au coucher de la mariée.

Mais je n'avais à ôter ni voiles blancs, ni couronne d'oranger. Sans les prestiges du cérémonial qui rassurent les filles, ni la surprise des sens qui les égare, l'heure semblait bien difficile. Mille effrois naturels et quelques autres se liguaient contre moi. J'étais debout au milieu de ma chambre, frissonnant dans mon petit manteau gris. J'avais mal au cœur et je pensais vaguement que c'était bien le moment d'être malade. Loin des bras de Julien, je ne comprenais plus pourquoi j'avais donné ces malheureuses clés.

Et si l'on nous surprenait ? Cette idée m'acheva, je claquais des dents. Je voyais se dresser le père outragé, la mère en larmes, et, dans le froid de l'hiver, Catherine jetée à la rue, le fruit du péché entre les bras. Toutes images qui perdent beaucoup de leur ridicule quand on s'apprête à perdre le plus cher trésor des filles. Ah ! je n'étais plus guère une jeune personne émancipée des préjugés ! Enfin je fis un effort, et, comme le soldat qui récite sa table de multiplication pour se distraire du danger et recouvrer la raison, je me répétai : J'aime Julien, voyons ! j'aime Julien. Il fallait se reprendre, et d'abord se conduire comme tous les soirs. Dans cette belle idée, je commençai de me déshabiller ; le manteau sur une chaise, la jupe sur l'autre, j'étais déjà en petite culotte quand je me sentis frémir : Julien me trouverait donc en chemise ! La jupe rejoignit mes hanches, le manteau mes épaules. Je m'assis. Me relevai pour aller éteindre la lumière : il ne fallait pas que ma mère, voyant un rai filtrer sous la porte, fît une irruption inopportune. Rassise enfin : mais quoi donc me prouve qu'il viendra cette nuit ? Au contraire, sa délicatesse l'en empêchera : on ne prend pas les clés et la fille le même soir.

On accueille toujours bien ce qui rassure. Je me sentis apaisée. D'ailleurs, mon attention était déjà requise ailleurs : et s'il venait quand même, ce serait pour me trouver dans ce fauteuil, l'attendant dans l'ombre ? Fi ! Je me relevai, rallumai, me mis au lit, sans plus songer que j'allais donc le recevoir couchée. Il ne viendra pas ce soir, me dis-je encore, et j'y croyais presque. Je n'avais plus qu'à m'endormir. Je feignis un grand calme, mais le moindre craquement me faisait sursauter, le cœur battant. Alors, hypocrite, je m'étonnais de ma nervosité. Rien ne bougeait pourtant, dans cette maison où, à part moi, tout dormait. Du temps passa. J'entendis sonner une heure. Ah ! il ne viendra certes plus ! Il y eut un peu de tranquillité, je dus dormir quelques minutes.

Julien, cependant, poussait la grille du jardin. Il eût jugé bien indélicat, ayant les clés, de ne pas s'en servir aussitôt : quel manque d'empressement ! La porte de ma chambre s'ouvrit en gémissant. Dressée, les mains sur la bouche pour retenir mon souffle, je le regardai entrer. Il referma, tourna la clé dans la serrure, puis : Catherine ?... Attends, attends, dis-je en cherchant fiévreusement mon peignoir. Il restait immobile, n'osant pas bouger dans l'obscurité de cette chambre inconnue. Vêtue, je m'approchai de lui en aveugle, les mains tendues. Je l'atteignis aux épaules, il me prit les bras, je me jetai sur sa poitrine. J'ai peur, dis-je. Tremblants, nous écoutâmes longuement si rien ne bougeait.

Revenant enfin à nous : Mais tu as froid ! m'écriai-je. Sa joue était humide, ses mains glacées contre mon cou encore tiède du lit. Il faut te réchauffer, ôte ton imperméable et enveloppe-toi dans mes couvertures.

De la main, je le guidai vers le divan. Il s'assit, dos au mur ; je rassemblai les couvertures autour de lui. Laisse, laisse, disait-il. Mais je m'attardais à ces soins qui couvraient mon embarras : Julien était dans ma chambre, afin d'y devenir mon amant, nous étions en situation, et je ne connaissais pas mon texte. Comment allions-nous faire pour passer de cette arrivée désordonnée et chuchotante aux grands élans de la passion ?

Julien, que le sens des situations troublait moins que moi, trouva tout naturellement le moyen d'enchaîner. Quand il fut bien entouré de laine : Allons bon, maintenant je ne peux plus te prendre dans mes bras ! Il se dégagea, m'attira contre lui et ramena sur nous le tas de couvertures. Il faisait bon là-dedans, je me blottis contre lui, un peu réconfortée. Mes cheveux lui chatouillaient la figure ; il rit, releva ma tête et, puisque aussi bien j'étais à portée de sa bouche, glissa un baiser sur mes lèvres. L'habitude nous guida et la caresse, commencée en jeu, s'échauffa rapidement. Haletante, accrochée à son chandail, je me laissai glisser. Après quatre mois de bancs publics et de cinémas, nous découvrions enfin le plaisir d'être étendus, corps et jambes mêlés. Les couvertures tombèrent, nous n'en avions plus besoin. Entre les baisers, nous riions doucement, les yeux dans les yeux. C'était charmant. Nous nous épanouissions enfin, et je feignais de ne pas entendre une petite conscience tapie en moi qui veillait toujours et me disait : Ah ! comme c'est charmant.

Pour l'instant, ces nouveaux agréments nous suffisaient, nous ne songions pas à des plaisirs plus poussés. Mais nous pensâmes que nous les savourerions mieux avec plus de confort : mon peignoir, les épaisseurs de son chandail s'enroulaient entre nous, et à la longue nous meurtrissaient. Julien voulut lisser les étoffes, il se souleva et entreprit d'abord de dénouer la cordelière qui me coupait la taille. Les pans s'étaient emmêlés ; tout à sa tâche, il les suivait pour les dégager. Sa main, plus audacieuse qu'elle ne le voulait être, effleura brusquement ces muscles que l'on nomme, en latin, *custodes virginitatis*, et qui réagirent avec une violence propre à convaincre qu'ils sont fort bien nommés. Je tressaillis. Excuse-moi, chuchota-t-il gêné. Je balbutiai que ce n'était rien, que j'étais bien sotte, mais je ne pouvais réprimer un petit tremblement. Mon propre effroi m'étonnait. Il recula un peu, je défis et rejetai moi-même l'importune cordelière. J'étais agacée, je gourmandais mes réflexes, moins hardis que moi, de n'être pas au courant des décisions que j'avais prises. Outre ce que l'on sait, il y a, dans la virginité, une habitude à perdre.

Cet incident jeta un froid. Julien n'osait plus m'embrasser ; à peine, dans sa crainte de me déplaire, s'il me gardait entre ses bras. Roides et maladroits, nous entreprîmes de faire la conversation. Les sujets s'épuisèrent très vite : quelques considérations sur l'heure, sur le temps qu'il faisait eurent bientôt raison de nos ressources. Les prévisions météorologiques me rappelaient mes parents et la promenade où ils avaient failli nous surprendre. L'idée de surprise était gênante, je revoyais le père outragé. Et je trouvais que si, après trente ans de mariage, il est permis de parler de la pluie, cela est ridicule la première nuit qu'on passe avec un amant, qui n'était d'ailleurs pas encore amant. Julien, lui, songeait à l'heure, et que nous la laissions fuir de façon bien inconsidérée. Ainsi, nous trouvâmes-nous ramenés à nos obligations : il fallait faire l'amour.

Julien se retourna vers moi et m'embrassa : c'était, dans notre embarras, le recours habituel aux baisers, mais qui manqua son effet. Nous étions tout à fait rassasiés de hors-d'œuvre, malheureusement notre inexpérience ne nous fournissait pas de transition. Julien me posa une question précise, à quoi je répondis par un oui tremblant et qui ne nous avança pas beaucoup. Le cœur me battait à grand bruit. Julien me serra contre lui et soupira qu'il se sentait un peu nigaud. Cet aveu me parut charmant, je me détendis et jetai quelques baisers sur sa joue râpeuse. Nous étions plus à l'aise. Il fait bien chaud, dit-il, et l'intention était trop claire pour que je ne me sentisse pas rougir. Il entrouvrit mon peignoir sur le pyjama qui était, hélas, de finette. Je n'en ai pas d'autre, soupirai-je, pendant qu'il le tâtait d'un doigt circonspect.

— Oh ! je ne tiens pas tellement au pyjama !

C'était l'occasion de se dévêtir en plaisantant. Nous la manquâmes, nous n'avions même pas l'adresse de saisir le hasard. À chaque pas, nous butions, cela devenait inquiétant. L'énervement nous gagna. Effrayés par notre inexpérience, à force de n'oser pas laisser l'instinct nous guider, nous n'avancions plus guère. Nous balbutiions, toute exaltation tombée. Il devenait urgent de sortir d'impasse : jamais nous n'aurions imaginé qu'il fût si difficile de faire l'amour ; dans les livres, tout semble si simple, une fois les amants au lit. Enfin, une brusque rage prit Julien, il arracha résolument son chandail et mon peignoir. Il y eut quelques secondes très affairées, la gêne cédait devant l'activité, et bientôt, parmi la rudesse des couvertures emmêlées, l'émouvante moiteur de nos peaux nues.

L'air que nous respirions était glacial. Quand j'ouvrais les yeux, c'était sur la grande croix noire que ma fenêtre dessinait contre le ciel plus clair. Julien haletait, le visage enfoui dans mon cou. De petites gouttes de sueur coulaient le long de mes tempes. La face du monde était-elle changée ? La petite douleur se réveillait, lancinante, et que les filles ne connaissent qu'une fois. Je léchais mes lèvres salées qui avaient le goût de sa peau.

Les battements de nos cœurs s'apaisèrent lentement. J'étais heureuse. Je ne m'inquiétais pas du peu de plaisir : je manquais de points de comparaison. Julien, dominé par la crainte de me faire souffrir, n'avait pas eu plus que moi le loisir d'être heureux, mais il ne songeait pas à se sentir déçu. Le contentement d'être enfin amants nous suffisait, la volupté eût été superflue et presque gênante. Les plaisirs des âmes comblaient nos sens.

Dans le silence de cette chambre, je m'enchantais d'entendre une respiration se mêler à la mienne. Je songeais à une autre chambre, au premier étage, où deux souffles se répondaient comme les nôtres. Désormais, mon bonheur répliquait à celui-là, je n'avais plus rien à lui envier. J'avais un amant. Et quand je serrais Julien entre mes bras, était-ce l'amant ou Julien ? Je m'étais donnée à lui ; mais presque autant, je m'étais délivrée d'eux. Le spectacle de leur passion ne me serait plus intolérable. Il me sembla que, désormais, j'aimerais mieux mes parents.

On a vite fait de dire que l'amour donne de l'esprit aux filles : j'étais à mille lieues de sentir le saugrenu de cette demoiselle qui avait un élan de tendresse filiale, parce qu'on venait de la dépuceler sous le toit paternel.

Notre lassitude heureuse nous charmait, mais semblait hors de proportion avec le bref émoi qui l'avait provoquée. C'est qu'il ne la fallait pas mesurer au plaisir, mais à l'angoisse qui avait précédé. À présent, nous rions de nos enfantillages, nous ne les comprenons plus : tant de trouble pour ôter un pyjama ? La montagne franchie, on se retourne : quelle est cette taupinière ? Parce que nous nous sommes pris, nous nous sentons déjà des amants : ainsi, chaque pas désormais nous semblera le dernier, nous ne verrons que le chemin parcouru, jamais celui qui reste. Nous avons encore tout à apprendre, mais nous croyons déjà tout savoir. Il n'y a que les très jeunes amants pour croire si vite à leur expérience.

À celui de s'appartenir enfin, s'ajoutait le charme de se croire des adultes. Nous n'avions pas tout à fait quitté le monde de l'innocence, mais, déjà, nous l'évoquions avec la nostalgie indulgente de la maturité. Julien me contait son attente anxieuse devant la porte du jardin, sa crainte d'être observé par des voisins. Au moment où il allait ouvrir, une lumière avait brillé au premier étage : mes parents ne dormaient donc pas ? Il avait encore attendu une demi-heure.

— Mais qu'avait-il fait entre le moment où il m'avait quittée et celui où il s'était retrouvé devant ma porte ?

Il était retourné chez lui, avait fait semblant d'aller dormir. Mon père ne tolérerait pas que je découche avant ma majorité. Il a ses principes. Nous ne songeons pas à nous moquer des parents bernés ; cela nous semblerait vulgaire, mais surtout nous avons, au fond, bien trop peur d'eux. Parce qu'enfin, nous sommes mineurs. C'est tout juste si, au cinéma, on nous laisse entrer aux programmes interdits aux enfants. Quoi ! dit Julien en riant, nous entrons tout juste, peut-être, mais nous entrons !

Il m'avoue que, avant qu'Antoinette ne suggère ma chambre, il a pensé aux hôtels. L'idée de te conduire là ne m'enchantait pas, mais je ne voyais rien d'autre. En fait, nous n'aurions pas pu : Alker m'a dit qu'on demande les cartes d'identité ; il faut avoir vingt et un ans.

L'irruption d'Alker me gêne un peu. Bah ! nous sommes mieux ici. Mais je m'étonne silencieusement : Il songeait déjà ouvertement à ce à quoi j'osais à peine penser ? Et peut-être en parlait avec Alker ? Ah ! cela est agaçant. Je me dis que j'ai un sursaut de pudeur.

Puis, avec un cynisme inconscient, nous organisons l'avenir. Je ferai huiler les gonds de ma porte qui grincent dangereusement. Il faudrait aussi que ma chambre soit moins froide. Jusqu'ici, je me suis contentée du feu ouvert qui chauffe bien, mais s'éteint la nuit. Je demanderai à mes parents de faire mettre un poêle. Je ne songeai pas un instant à l'incorrection de les faire intervenir dans le confort de mes nuits amoureuses.

J'ai beau chercher, aujourd'hui, je ne vois pas de regret devant ce que j'avais fait. Le « qu'allez-vous penser de moi ? » manquait tout à fait. Julien, plus au courant des usages, songea bien à me demander, vaguement, si je ne lui en voulais pas. Mais un « de quoi ? » distrait fut tout ce qu'il obtint. Je ne me souvenais déjà plus de ma virginité perdue. Il m'assura qu'il ne me quitterait jamais. J'en fus agacée. Je me disais : Bon ! cela est entendu, les assurances sont de trop ; quand ce qui me gênait c'était, inavouablement, l'idée de n'être jamais quittée. Les illusions que je me faisais sur mon amour n'allaient pas aussi loin que je l'eusse voulu.

Mais le petit nuage s'éloigna très vite. Julien s'émerveillait du bonheur d'être ensemble : Quand je pense, disait-il, que nous avons pu passer quatre mois à nous promener au bois. Que de temps perdu ! Je fis chorus. Nous nous lamentâmes sur notre sottise qui nous avait fait attendre si longtemps, sans songer qu'avec plus de précipitation, le contentement eût été moins vif. Serrés l'un contre l'autre, nous savourions la douceur de nos nudités. Et dans cette joie, nos cœurs étaient plus engagés que nos désirs : le plaisir ne nous avait pas assez éblouis pour être de nouveau recherché. Devenir amants, pour nous, cette nuit-là, ce fut surtout la douceur d'une intimité enfin complète.

À cinq heures, un double sursaut nous arracha à ce que nous prenions pour une rêverie tranquille, et qui était, le plus ingénument du monde, le sommeil du juste fatigué. La rue s'éveillait. Le père de Julien se levait à six heures ; il fallait être rentré et couché avant de risquer le rencontrer. Julien bondit du lit, ramassa ses vêtements épars sur le tapis. Déjà plus audacieuse, j'allumai une petite lampe de chevet pour qu'il pût s'habiller facilement. Ce qui faillit l'arrêter, le spectacle d'une Catherine à demi nue dans la lumière rose étant, expliqua-t-il, irrésistible. Mais le temps pressait, et ce désir-là venait un peu tard.

Quand enfin il fut habillé, la gaieté m'abandonna ; je ne voyais plus que le vestibule sombre et sonore, les deux portes et le jardin qu'il fallait franchir. Julien était plus faraud, il avait déjà passé sans encombre. J'allai ouvrir la porte de ma chambre, écouter longuement le silence. Derrière moi, mon amoureux attendait, et, pour se distraire, glissait la main dans le décolleté de mon peignoir mal attaché. Laisse, soufflais-je, insensibilisée par la peur. La maison craquait de partout, mais enfin elle n'était plus toute jeune... À la fin, il fallut se décider. Julien me donna un dernier baiser que je reçus avec quelque distraction, et je le guidai dans l'ombre jusqu'à la porte.

Une fois seule, je ne craignais plus la lumière. Je souris à mon image dans la glace ; l'amour m'allait bien, et même la fatigue, qui adoucissaient mon visage un peu aigu. Je me sentais très heureuse en regagnant ma chambre. Et contrairement à la tradition, les meubles familiers et les murs connus ne me semblèrent pas chargés de réprobation.

Arrivée devant mon lit, ce fut bien autre chose. La réprobation était là, mais dangereuse, mais irréfutable. C'était une couche défaite, oui, le désordre se répare. Autre chose allait être moins facile à réparer. Ah ! si j'avais vite oublié ma virginité, elle se vengeait ! J'avais devant les yeux la preuve, jadis tant prisée par les familles, mais dont la mienne ne pourrait guère me féliciter. Diable ! me dis-je, n'aurais-je pas pu cesser d'être pucelle avec plus de discrétion ? Je me sentais défaillir. Je n'aurais jamais prévu cela, c'était le genre d'horrible détail que la bienséance passe sous silence. Je m'assis devant le corps du délit et, histoire de me permettre de réfléchir, allumai une cigarette. Ma mère, ménagère ordonnée, comptait son linge et mes dates. Il ne fallait pas songer à invoquer ce que l'on a si noblement nommé l'éternelle blessure de la femme. Ce drap devait être lavé, mais la cuisine n'avait pas d'eau chaude et la salle de bains se trouvait au premier étage, non loin de la chambre de mes parents. L'effroi me fit sursauter : il était cinq heures et demie, et je n'avais guère le temps d'évoquer les grands noms de la littérature française. J'arrachai le drap et, résolument, me mis en route. C'est que lavé, il devrait sécher, et comme il n'en aurait pas le temps, il faudrait le sécher au fer. Le matériel de repassage se trouvant dans la salle de bains, il n'y avait plus à hésiter.

Déambulations furtives dans la maison endormie, terreurs devant les longues plaintes des conduites d'eau, j'étais loin des émotions délicates qui succèdent aux bonheurs amoureux. Comme il y a un dieu pour les filles folles, je ne fus pas entendue. Pour faire passer le temps, je rêvais à travers les nuages de vapeur qui montaient du fer chaud : je n'avais pas attendu les vingt ans, Alker n'aurait pas à soupçonner de tare secrète... À sept heures enfin, j'étais au lit, plus épuisée par les soins ménagers que par mes écarts de conduite. Hélas, à huit heures et demie, il fallut me présenter à la table du déjeuner, vacillante et affolée par les réflexions naïves de ma mère qui s'étonnait devant ma mauvaise mine.

— J'ai mal dormi.

— À ton âge ! dit mon père en s'asseyant, mais c'est anormal !

— Aussi, voilà des mois que tu te couches trop tard. Nous ne sommes pas assez sévères.

— Je me coucherai désormais plus tôt, dis-je avec une docilité dont, trop fatiguée, je ne savourai pas toute l'hypocrisie.

Ce jour-là, je dormis partout : aux cours, dans l'autobus, dans le café où je déjeunais de sandwiches. Plus tard, je pris l'habitude des nuits sans sommeil, mais cette première journée fut un interminable supplice. Mes yeux se fermaient tout seuls, mes camarades me demandèrent sournoisement ce que j'avais fait de ma nuit.

— Tiens ! dit Louis qui passait par là, l'amour !

Pas tout le temps.

— La lessive, dis-je à la fin, pour que l'on me fichât la paix. Et personne ne crut à ma sincérité.

Le soir, Julien m'attendait à la sortie de mon dernier cours. Il me demanda si je l'aimais, je répondis que j'avais sommeil. J'allai me coucher au sortir de table.

Au creux de la nuit, il se glissait dans ma chambre.

Je rêvais qu'il était là. Sous son baiser : est-ce le rêve encore, ou s'il m'embrasse vraiment ? Bientôt une caresse trop vive pour le songe m'arrachait à mes doutes et je remis à plus tard de savoir qui, de la réalité ou du sommeil, m'offrait tant d'émoi.

Vertige, vague, houle, tout a été dit, mais, oh ! l'étonnement du premier plaisir ! Prête à n'accueillir que le bonheur de l'autre et, soudain attentive, écouter croître une improbable mélodie, corps qui cesse d'être chair, mais, lente vibration, s'éploie, s'exalte, nuit traversée, est-ce encore moi ou si une autre réalité s'y substitue ? Incrédule, clouée, libre, tournoiement lointain de planètes folles, galaxie au creux du ventre, giration : un retour lent porte, désentravés, Julien et Catherine sur la grève, miraculés guéris d'une chair anonyme. Nous restâmes longtemps enlacés. Nous quittions un monde et, abusés toujours par notre impatience, croyions qu'on est adulte quand on n'est plus enfant. Le plaisir démasque, il y a quelques secondes de vérité parfaite. Je l'avais senti, et aussi que j'allais l'aimer pour cela autant que pour lui-même. Mais il passe, et rend la mieux convaincue des filles à sa condition quotidienne qui est de chercher maladroitement une fuyante véracité. À peine revenus, nous allions, comme si nous n'avions rien appris, retomber dans nos éternels errements.

Cette fatigue, que nous goûtions pour la première fois, nous charmait également, et je me souvins, moqueuse, de la nuit précédente. Fallait-il être ignorant pour avoir été si heureux ! J'admirai que nous n'eussions pas songé à être déçus et sus gré à notre candeur qu'elle n'eût rien abîmé. Mais soudain : Comment se fait-il qu'il ait eu envie de revenir ? Cette petite secousse nerveuse n'avait pas eu tant d'attraits qu'ils pussent l'emporter sur la fatigue et Julien n'avait pas dormi plus que moi.

— Ah ! s'écria-t-il, je croyais que tu ne m'aimais plus !

Je tombai des nues. J'ai bien senti ta froideur, ce soir, quand je suis venu t'attendre, dit-il, réticent. En même temps, il s'éloignait de moi, s'étendait sur le dos. Ce fut à mon tour de me pencher sur lui : Quelle froideur ? Il ne répondit pas. J'allumai pour mieux le voir. Il détourna les yeux, agacé, lointain. Mais Julien, qu'as-tu ? Ne venons-nous pas, et pour la première fois, d'être vraiment heureux ?

— Je ne veux pas te devoir au plaisir.

Me devoir au plaisir ! Où donc allions-nous ? Mes questions pressantes lui arrachaient bientôt des explications, et je pus comprendre quels doutes glaçaient cet amant si récemment comblé.

Je lui avais paru, à la sortie du cours où il était venu m'attendre, si distraite, si indifférente, qu'il s'était affolé. Il crut avoir déplu, et qu'il allait déjà me perdre. À ses questions sur un prochain rendez-vous, j'avais répondu le plus décourageant des « oui, oui, bientôt... » pour courir vers mon autobus sans plus me soucier de lui. C'est que je dormais debout, j'étais à demi inconsciente. Peut-être, mais il fallait me rendre compte qu'il ne s'en doutait pas. L'angoisse l'avait pris, puis la colère, et bientôt la décision de ne jamais me revoir l'arrachait au lit et le jetait chez moi. Il ne se rassurait pas, il me serrait violemment contre lui et s'écria tout à coup : Tu n'as pas le droit de ne plus m'aimer, après ce que je t'ai fait !

Cette phrase nous frappa tous les deux, Julien aussi étonné de l'avoir dite que moi de l'entendre. Il nous sembla qu'elle était de ces absurdités que l'amour arrache, et qui n'ont de sens que dans l'amour. J'aime donc bien fort ? se dit Julien, et moi : Il m'aime donc tant ? Nous nous étreignîmes, ravis l'un d'aimer tant, l'autre d'être tant aimée. Sous son baiser, je me répétais : Tu n'as pas le droit, après ce que je t'ai fait... Ah ! cela ne voulait vraiment rien dire. S'il m'avait nui en me prenant, cela me donnait-il des obligations envers lui ? À la rigueur, c'est plutôt au séducteur que l'on impose des devoirs envers la vierge déshonorée. Je souriais contre la bouche de Julien, et je l'aimais, lui si sage, d'avoir dit ce qui me semblait une sottise.

Et pourtant, dans cette sottise, je sentais trembler une vérité inquiétante. Car, à défaut du droit, aurais-je l'audace ? Il était mon premier amant : auprès de lui, j'étais une amante heureuse ; loin, une fille ébréchée. J'étais encore trop proche de mon ignorance et d'un monde où l'on croit à la vertu des filles, pour ne pas, sans amant et sans virginité, craindre de me sentir un jour bien démunie.

Le baiser qui glissait sur mes lèvres, me donnait l'envie de me rassurer. Il attachait trop de prix à ce qu'il avait eu : il ne me quitterait pas. Et moi, l'ayant aimé une fois, pourquoi ne l'aimerais-je pas toujours ? Ces belles idées ne me parurent pas ridicules.

— Là, dit-il sur ma bouche, j'étais bien fou. Je le trouvais aussi. Il avait beau dire, ce grand affolement n'était guère fondé : après tout, je me souvenais parfaitement lui avoir dit que je mourais de sommeil, que j'en étais comme malade. Il n'était pas indispensable qu'il désespérât si vite. À mes questions obstinées : Il n'y a plus rien, je t'ai tout dit. Il mentait mal, comme qui attend qu'on lui arrache la vérité : bientôt, elle venait.

Il m'avait quitté heureux. Mais dans son bonheur entrait plus de contentement que d'exaltation amoureuse. Au réveil, il ne restait que le piquant d'avoir fait une chose dangereuse en rejoignant une fille chez ses parents, la gloire de l'avoir eue vierge, la vanité de posséder une maîtresse. À côté de quoi, les inconvénients pesaient tout à coup très fort. En somme, avec ce bel exploit, il encourait le scandale, la grossesse, le mariage. Il fut pris de panique. Il avait beau se dire : il y fallait penser plus tôt, l'amour cédait. Julien passa la journée à m'aimer de moins en moins ; quand il me vit, il en était à l'indifférence.

Et voilà que j'avais paru froide. Tendre, je l'ennuyais ; distraite, il se réenflamma, et d'autant plus violemment que les remords le fouettaient.

J'écoutais silencieusement cette longue explication bafouillée, entrecoupée d'excuses, de protestations de tendresse et de baisers inquiets. Tu te tais, disait-il, m'en veux-tu ? Ah ! je n'y songeais guère. Après ce que je t'ai fait et il y fallait songer plus tôt. J'entendais mieux, à présent. Au bout d'une journée où il avait essayé de retenir l'amour par le devoir, il se voyait devant une fille qui se moquait de l'amour et du devoir. J'allais mépriser ce qui lui coûtait tant à donner ? Ce n'était pas un cri d'amour. C'était du dépit.

Mais moi-même ? Durant cette longue journée, il ne pensait peut-être à moi que pour ne plus m'aimer, mais enfin, il pensait à moi : je découvrais que je n'avais pas une fois pensé à lui. Quoi ? vers cet amant à qui ce devait être l'amour qui m'avait donnée, pas un élan ? J'avais, pendant vingt-quatre heures, tout simplement oublié de l'aimer. Ah ! Juliette, Yseult, Héloïse, étions-nous assez loin du compte ? L'effroi me jeta dans les bras de Julien, il me reçut avec le soulagement de celui qui voit pardonner ce qu'il a cru impardonnable. Nous nous retrouvions enfin, et le même mouvement nous emporta, arqués, gémissants et heureux, des bouleversements de l'âme à ceux de la chair.

Ainsi, cet amour à peine éclos avait dû s'appuyer sur le doute ? Je crus que le plaisir l'affermissait. J'étais trop jeune, trop inexpérimentée pour voir que nous prenions la fougue pour de la passion et l'effervescence des sens pour celle du cœur. Nous mesurions la tendresse au plaisir : celui-ci nous rassurait sur celle-là.

Nous surenchérissions toujours un peu sur nos sentiments et en faisions trop dans la crainte de n'en pas faire assez. Ainsi nous balancions autour de l'amour, et parfois, au vol, comme à la foire les enfants qui tournent sur les chevaux de bois arrivent à accrocher l'anneau doré qui les tente, nous capturions un peu de véritable émoi, une bribe de brillante sincérité propre à bien nous leurrer.

Après l'orage, encore tremblants des dangers que notre amour a courus, nous nous émerveillons : quelle réponse nos corps viennent de donner à nos doutes ! Plus rien désormais ne pourrait nous séparer, nous sommes des amants prédestinés. Ces plaisirs-là ne mentent pas et nul ne les a jamais connus. Enfin, nous n'avions pas vingt ans.

Cette fois-là, l'heure ne nous surprit pas endormis. J'allumai la petite lampe que, pudeur et prudence, nous gardions éteinte. Julien se plaignait d'avoir encore à courir jusque chez lui avant de pouvoir dormir. Il se tut, les yeux sur moi. Je détournai la tête. Mon corps, déjà habitué à ses mains, ne l'était pas à son regard. Julien, charmé, dénombrait ses trésors : épaule encore un peu creuse, téton menu, ventre pâle, avec sa noire petite tête de renard. Comme, troublée, j'essayais de murmurer quelque protestation : Tais-toi, va ! dit-il, et j'obéis, gagnée peu à peu à son émerveillement. Chacun rêve : C'est à moi, tout ça ? J'apprends mon corps, dont gaspilleuse, je ne m'étais encore servie que pour marcher, respirer, avoir mal. Je comprends la pudeur, cette savante économie de la sensualité. Et notre silence s'étire, si dense que, tout à coup, le tic-tac de la pendulette nous assourdit.

— Cinq heures ! s'écrie Julien affolé.

Il bondit du lit, je pris mon peignoir.

Pendant huit jours :

— Est-elle sage ! disait tous les soirs mon père moqueur, elle se couche à neuf heures.

Et je rougissais.

À minuit, Julien arrivait.

Chaque soir, il jurait qu'il ne viendrait pas, qu'il fallait dormir. Mais à minuit, n'y tenant plus, il se relevait et courait jusque chez moi. Je m'y attendais, et quand il entrait, nous riions autant de nos sages promesses que de nos faiblesses. Le jour, nous grappillions de-ci, de-là un peu de sommeil. Nous traversâmes cette semaine en somnambules. Je ne me réveillais tout à fait que pour la même angoisse : passera-t-il ? Il eût suffi d'un si petit hasard pour que mon père surprît Julien. Cela n'arriva pas : les périls extérieurs nous dédaignaient.

Le temps n'était pas si lointain où nous jouions à gendarmes-voleurs. Les enfants mendient de vrais dangers à la réalité : nous recevions la traversée de la maison jusqu'à ma chambre. Julien, qui se croyait un homme depuis qu'il avait une maîtresse, retrouvait les ruses de Sioux, les pas feutrés, les arrêts subits des jeux si récents.

Devant le plaisir, nous étions à la fois farauds et intimidés. S'il nous donnait l'illusion d'être des adultes, il amenait des dangers qui effrayaient notre irresponsabilité. Il était très agréable, après gendarmes-voleurs, de jouer à papa-maman. Encore fallait-il s'en tenir au simulacre et que le jeu ne nous entraînât pas trop loin. De salutaires terreurs nous incitèrent bientôt à la prudence. L'éducation des filles comportant, sur certains sujets, de regrettables lacunes, Julien fit appel à la science de camarades mieux renseignés. Tiens ! tiens ! se dirent-ils en me regardant. Et Louis me félicita d'être devenue raisonnable.

Les excès de cette semaine ne nous effrayèrent pas. Le plaisir était un jouet neuf, on n'imagine pas que l'on puisse s'en lasser. Il n'y avait plus dans la vie d'autre problème que celui du vestibule à franchir. La possession me payait d'avoir compté sur elle.

— Hé bien, Catherine, me dit Alker au téléphone, tu m'as donc oublié ?

— Presque, répondis-je en riant.

— Que signifie ce presque ?

Que j'avais passé mon temps à dormir et à faire l'amour, mais cela ne se pouvait dire. Il m'avait fallu ces puissantes distractions pour rester huit jours sans penser à lui. À présent, j'éprouvais que le son de sa voix tendre et moqueuse suffisait à me ramener – était-ce à moi-même ou à lui ? Il y eut une périlleuse seconde, pendant laquelle je faillis connaître que c'était, en tout cas, m'ôter à Julien.

Je me taisais. Alker eut un rire indulgent. Allons, je ne saurai pas ce que veut dire ce « presque » et si je dois m'en offenser. Mais viens ce soir avec l'heureux élu de ton cœur, Antoinette se plaint beaucoup d'être réduite au tête-à-tête avec moi.

— Est-ce possible ? dis-je naïvement.

— Tu me flattes, petite fille ; laisse-moi sur cette agréable parole et appelle ton père.

Alker aimait-il Antoinette ? Je m'étonnai, d'abord, de ne pas encore m'être posé cette question, ensuite de me trouver devant le plus irréfutable des « non ». Elle lui plaisait, l'amusait, et il faut bien avoir une maîtresse. Il me l'avait dit : auprès d'elle, il remplissait la fonction éminemment sociale d'amant d'une femme mariée. Or s'il raillait volontiers les impératifs de la vie en société, il savait qu'à moins de s'aller mettre dans un désert, on finit toujours par s'y soumettre. Il n'avait pas de goût pour le désert. Il méprisait assez ses semblables pour leur jouer, en toute quiétude, n'importe quelle comédie : et, puisqu'on attendait celle de l'homme du monde, ce serait celle-là. Le seul danger qu'il courût parfois était de se laisser prendre à son propre jeu. Il trouvait fort amusant d'assurer l'équilibre d'un ménage en couchant avec une femme mariée : je sentais qu'il admettrait avec moins de facilité de protéger l'équilibre d'une famille en couvrant ma liaison avec Julien.

— Hé quoi, il n'est pas nécessaire de l'informer que... Je savais qu'il ne tarderait pas à deviner. Mais il ferait, pendant un certain temps, semblant de l'ignorer, ce dont nous nous trouverions tous deux très bien ; une si honorable discrétion satisfaisait à la fois ma pudeur et son sens des convenances.

C'était compter sans Antoinette.

Je dis à Julien que nous étions attendus le soir chez Alker. Je ne craignais plus de l'appeler au téléphone. Il eut un peu de dépit à l'idée que je préférais Alker à la nuit dont cette visite allait nous priver, mais il est bien connu que le doute entretient l'amour, me dis-je en raccrochant, sans remarquer combien je songeais peu, d'habitude, à douter de Julien.

Ce soir-là, Antoinette était très belle et le savait. Elle avait envie de s'amuser et semblait enchantée de nous revoir. Apparemment, Alker n'avait pas menti, il était temps de faire cesser le tête-à-tête.

— Comme tu es élégante ! lui dis-je, éblouie.

Elle n'avait pourtant qu'une petite robe de quatre sous, sous l'habituelle couronne de cheveux ébouriffés. Mais, sur ce corps étroit, tout prenait grande allure. Je me sentais un peu jeunette, avec mon chandail noir et mes cheveux raides. Elle était femme, et moi fruit croqué vert. Je devinais que, dans le secret de ma chambre, je m'étais fait un certain nombre d'illusions sur la maturité qu'apporte le dépucelage.

— Tu n'es pas trop mal non plus, dit-elle avec indulgence en venant s'asseoir près de moi. Mais tu as l'air bien fatiguée ! Pour des yeux de vierge sage, ces yeux-là sont bien battus. Auriez-vous avancé vos hésitations ?

L'attaque était prompte. Vraiment, Antoinette avait grande envie de s'amuser.

— Alors ? Que faites-vous ?

On ne pouvait pas répondre « l'amour ».

— Ben, dis-je d'un ton prudent, on se tâte...

Julien se détourna pour réprimer un fou rire. Oh ! dit Alker, on ne parle pas ainsi à des enfants ! Antoinette me regardait rougir avec un extrême intérêt. Elle eut un petit sourire.

— Il est vrai, poursuivait Alker en nous apportant nos verres de jus de fruit, il est vrai que, de nos jours, on prétend qu'il n'y a plus d'enfants.

— Oui, soupira Antoinette en s'adossant nonchalamment, et je crains bien que désormais, leur problème soit justement de n'en pas faire...

Oh ! non ! me dis-je avec angoisse. Julien se tourna brusquement vers la fenêtre. Sur le visage d'Alker, le sourire s'effaçait. Il hésitait à comprendre, les yeux fixés sur sa maîtresse. Enfin, il tourna le regard vers moi, cherchant une protestation que ma contenance embarrassée, mais embarrassée sans indignation, ne lui apporta pas. Il devint pâle et je sentis qu'il se persuadait ; mon cœur se serra. Pour la première fois, peut-être, depuis que je le connaissais, je songeai : On voit qu'il a quarante ans. Cet éventail de fines rides autour des yeux, et le pli aux commissures des lèvres, avais-je jamais regardé cet homme ? Dépouillé du sourire qu'il portait comme un masque, il était plus beau et moins jeune.

C'est à la douleur qu'on connaît la blessure. Alker s'étonnait de souffrir, où il n'eût dû que rire ou se choquer, et moi où ma seule pudeur devait être touchée. Il se redressa, fit une petite grimace. Sa maîtresse le regardait, surprise, incertaine.

— Je n'ai pas à savoir cela, Antoinette, dit-il froidement.

Quel rétablissement ! J'aurais applaudi : à nous les préjugés, les bienheureux principes, derrière quoi abriter l'intolérable émoi !

— Tiens, dit-elle sans comprendre, et pourquoi ?

— Tu oublies que je suis l'ami des parents de Catherine et qu'ils me font confiance.

Antoinette, qui se fichait des convenances, n'aimait pourtant pas qu'on la rappelât à l'ordre. Sa voix se fit sèche : Il est un peu tard pour y songer.

— Oui, je n'aurais pas dû la laisser te connaître.

— Remarque que ce n'est pas moi qui l'ai...

Julien, qui gardait le dos tourné, rentra un peu la tête dans les épaules.

— Je t'en prie, Antoinette, dit Alker choqué.

Il y eut un court silence. Antoinette regardait, étonnée, cet homme dont elle ne devinait pas que, vacillant, il s'était raccroché où il avait pu, quitte à ce que ce fût l'honneur des filles. Mais moi, je l'avais donc deviné, et tremblant avec lui, je n'avais respiré qu'en le voyant reprendre son souffle ? Je tressaillis. Le regard d'Alker croisa le mien : quelle dangereuse compréhension y lut-il, pour s'en détourner si vite ? Un tourbillon d'idées folles m'assaillait, contre quoi la seule défense était de crier bien fort, et jusqu'à m'en convaincre, que j'aimais Julien.

Antoinette eut un petit geste agacé et but une gorgée de jus de fruit.

— Es-tu bourgeois, mon pauvre Maurice ! dit-elle sottement, mais c'était le soutenir dans son personnage :

— Et je ne m'en suis jamais défendu, que je sache ? D'ailleurs je ne le suis pas assez, ou Catherine ne nous aurait pas fréquentés.

Etc. il parla dix minutes sur le thème des mauvaises fréquentations, qui exposent les filles à rencontrer des exemples dangereux. C'était prêter plus que de raison à l'esprit d'imitation, et je savais qu'il ne pensait pas un mot de toutes les sottises qu'il disait. Il gagnait du temps sur lui-même, les lieux communs servaient de paratonnerre. Julien étudiait toujours les rideaux, en garçon qui découvre avec confusion qu'il ne suffit pas de prendre une maîtresse pour devenir un homme. Je fis un effort pour m'arracher à l'inertie et me porter au secours d'Alker.

— Que de bruit pour rien, dis-je après une longue et pénible recherche. Julien se retourna, il avait rougi.

— Maurice, je suis parfaitement conscient des responsabilités que j'ai prises vis-à-vis de Catherine.

Ah çà ! allait-il lui demander ma main ?

— Un drame de l'inconduite au xxe siècle ! En place pour le III ! clamai-je théâtralement. Le séducteur conscient de son indignité et la fille abusée devant le père noble, des consciences troublées, un dénouement incertain !

Antoinette rit et murmura : Intelligente Catherine ! Ce devait être plus vrai qu'il ne me paraissait, car Alker sourit et il y eut une légère détente. Remets-toi, lui dit Antoinette, ce n'était qu'une petite attaque de conformisme, ça passera vite. Et chacun reprit son personnage habituel, celui dont il ne savait pas que c'était un personnage. Un coup de sonnette acheva de remettre les choses en place : c'était Jean qui venait nous rejoindre.

Ce mari avait des finesses inattendues. Il prit le vent, renifla un peu et jeta un regard interrogateur à sa femme.

Un peu plus tard, nous dansions. Julien me tint des propos tendres, Jean des propos grivois, il était inévitable qu'Alker m'invitât. Antoinette semblait très naturelle, à peine si, de temps en temps, un regard plus incisif lui échappait. Alker en surprit un et ne put retenir un petit sourire. Cet homme-là... Que la jalousie de sa maîtresse fût un peu alertée, ce n'était rien, il aurait vite fait de l'apaiser. Moins facile serait de se tromper lui-même.

Brusquement, un peu d'angoisse tomba entre Alker et moi : que s'était-il passé ? L'aile d'une vérité dangereuse nous avait effleurés, laissant un inquiétant sillage de lumière. Il fallait vite – très vite – à la place de l'ignorance bâtir quelque mythe qui permît de tout sauver, rendre au goût que nous avions l'un pour l'autre sa légitimité rassurante. Je levai les yeux sur Alker : il me regardait, avec le sourire tendre qui avait si souvent calmé mes inquiétudes. Ah ! je n'allais pas si facilement me laisser priver de cette tendresse !

— Pardonne-moi, petite, j'ai été odieux. Après tout, si tu es heureuse, tes parents...

Bien sûr. Nous savions que mes parents ne comptaient pas. Que pouvaient-ils pour moi ? On prend son bonheur où on peut et comme il vient. Il n'était pas question de cela. D'ailleurs, je n'aurais pas pensé, toute seule, à lui en vouloir ; bien plutôt, il fallait me raisonner pour ne pas lui concéder un droit de regard sur mes actes.

Un peu de désir, me dis-je, un peu de désir qui rôde depuis toujours entre nous. Il n'y a pas de quoi s'effrayer, ce n'est pas une menace. Les gens civilisés savent peser les choses, et ne pas accorder d'importance à ce qui n'en a pas. D'un côté, les tempes grisonnantes, le prestige bien connu des quadragénaires ; de l'autre, le goût naturel pour le tendron : mais tout cela existait dès avant Antoinette et Julien et n'a empêché ni l'un ni l'autre.

J'y croyais. Et je sentais bien qu'Alker y croyait aussi. Que pouvions-nous faire d'autre, d'ailleurs ?

Nous étions nos propres dupes, oui ; mais sauf à tout détruire, il le fallait bien. J'avais eu tant de mal à me convaincre que j'aimais Julien, et tant besoin d'aimer pour supporter le bonheur de mes parents... et mes dix-huit ans effrayaient trop les quarante ans d'Alker pour qu'il osât ne pas mentir.

Il vaut mieux, me dis-je, que tout cela soit venu au jour. On est mieux armé contre ce que l'on connaît.

— Nous nous aimons bien, Alker, va, murmurai-je.

Et le léger baiser qu'il posa sur mon front acheva de nous rassurer.

Julien me raccompagna et ce fut ce soir-là que, pour la première fois, il entra directement chez moi. La chambre de mes parents donnait sur la rue, on pouvait voir de la lumière filtrer à travers les rideaux tirés. Ils étaient donc déjà montés. La même pensée nous vint. Est-ce possible ? demanda-t-il, un peu inquiet. J'ouvris silencieusement la porte. Rien ne bougeant, je fis rapidement passer Julien dans ma chambre. Puis j'allumai, criai : Je suis là ! La porte de mes parents s'ouvrit, ma mère apparut : T'es-tu bien amusée ? Il est tard, ne lis plus, maintenant.

— Non, non, dormez bien !

Debout devant la cheminée, Julien, secrètement amusé, cachait une gaieté dont il savait qu'elle m'eût choquée.

J'aimais Julien. Tout me l'assurait : il était mon amant, et je n'étais pas fille à se passer d'aimer un premier amant. Je l'avais autorisé à m'aimer, c'était me donner des obligations envers lui. D'ailleurs j'étais heureuse, j'y voyais une preuve d'amour. Enfin, je ne m'ennuyais plus. Entre nos nuits chuchotantes, les soirées à quatre et les cours d'Histoire, il y avait tout juste de la place pour le sommeil, point pour les interrogations. Quand j'y songe, plus qu'à Julien, c'était au plaisir, à l'amitié et à l'étude que j'appartenais : au moins, ce n'était plus à moi et qu'avais-je cherché de plus ?

Bientôt, le souvenir de la soirée où Antoinette avait publié ma chute n'amenait plus de malaise. Alker avait eu un accès de conformisme ; c'était drôle et un peu ridicule. Il mettait d'ailleurs beaucoup de bonne grâce à le faire oublier. Pendant quelque temps, il n'y eut pas d'allusions au nouvel aspect de mes amours ; nous ménagions des pudeurs, mondaines chez Alker, encore virginales chez moi. Mais peu à peu l'état de fait l'emporta, et l'habitude vint.

Nous découvrîmes même que ma nouvelle condition était en somme plus commode. Fille, il fallait respecter l'innocence, ne pas aborder certains sujets que le goût d'Antoinette et de Jean pour les choses de l'amour amenait souvent. Alker disait alors : Il y a des enfants, sur un petit ton moqueur qui raillait à la fois ses préjugés et ma candeur ; et Jean lançait un bizarre regard où l'impatience – Est-ce pour bientôt ? – se mêlait à un rien de gourmandise. Pendant quelque temps, chaque fois qu'il s'apprêtait à énoncer quelque horreur : Ah ! mon cher Julien, je suis bien aise qu'il n'y ait plus d'enfants ! soupirait-il. Alker, d'abord un peu mécontent, finissait toujours par rire. Lui-même, quand il discourait sur le bonheur ou le mariage : Après tout, Jean n'a peut-être pas tort.

Ainsi j'entrais tout à fait dans leur monde d'adultes, où, jusqu'à présent, ni eux ni moi n'avaient osé m'admettre. Je sentis combien l'état de pucelle m'avait mal convenu, et qu'avec Julien j'avais découvert bien plus que le plaisir.

Peu à peu, je me souciais moins de me demander si j'aimais Julien : je le rendais heureux. Il m'avait délivrée de l'obsession du bonheur. Il fallait seulement protéger ma quiétude. Je n'en étais pas encore au point d'admettre ouvertement les compromis, et comme j'avais les yeux naturellement portés à s'ouvrir, j'étais la plupart du temps très occupée à les garder bien clos.

Ce fut une période fort agréable et sans doute la plus équilibrée. J'aimais beaucoup la vie que je menais.

Nous étions cinq excellents camarades et, réunis, nous oubliions les liens amoureux pour ne plus sentir que l'amitié. Nous passions de longues soirées, assis dans des endroits peu éclairés, écoutant un jazz rêveur, et bavardant éperdument, sur l'amour, la vie, la jeunesse. Jean m'endoctrinait, sous l'œil paisible d'un Alker certain que son pouvoir sur moi ne courait aucun risque.

— Toi qui es très jeune, méfie-toi des formules. La communion de la chair, par exemple, tu dois déjà le savoir : l'une des plus vastes foutaises que la rage de poétiser le sexe ait inventées. Le moment où les amants se rejoignent tout à fait, où la fusion s'accomplit ! Alors que, peut-être, on ne pense jamais moins au partenaire que dans ce moment-là ! Chacun est enfermé dans la sensation, et pour autant qu'on pense, on ne pense qu'à... tu vois ce que je veux dire ? C'est l'heure de la solitude à deux. On dit que le plaisir est partagé, quand il est simultané : il y a des mots qui entraînent les idées. Partagé, coupé en deux, les deux ne font plus qu'un, là où il y en a pour deux, il y en a pour trois, on peut aller loin dans ce sens ; mais le chiffre trois me fait rêver et je cesserais d'être correct...

— Tu l'étais donc ? demandait Antoinette en riant. Il se taisait, l'air vague, perdu dans quelque inavouable contemplation. Bientôt, il ajoutait, inexplicablement : Car voyez-vous, moi, au fond, j'ai une âme de poète.

J'aimais bien Jean. En vérité, nous l'aimions tous bien, et ce n'était pas sans remords que nous nous rappelions parfois être les complices de son infortune. Il y gagnait d'ailleurs d'être fort choyé : chacun avait à cœur de se racheter vis-à-vis de lui. Et ne fallait-il pas l'admirer : cocu sans le savoir, il réussissait le tour de force de n'être généralement pas ridicule.

— Bah ! me dit Alker, un jour que je lui faisais part de mes troubles de conscience, le mari d'Antoinette devait être un mari trompé. Où l'on joue le rôle de complice ou d'instrument du destin, il serait vain de s'affliger.

En somme, Jean avait une compensation : le bon goût d'Antoinette qui savait choisir ses amants.

— Et ne t'émeus pas trop, ajouta-t-il. Il a des amis, sa vie est agréable, il est heureux. Averti, du jour au lendemain, il renie ses amis, exaspère sa femme, la perd et ne s'en console pas. Antoinette serait insupportable si elle était fidèle : elle bovaryserait. Les gaietés de l'adultère la distraient de l'amour. Quelle nostalgie lui en viendrait, si elle était honnête ! Il lui faudrait découvrir qu'elle ne l'a jamais connu et se poser la gênante question : existe-t-il ?

— Existe-t-il ?

— On le dit, c'est tout ce que j'en sais.

Et, dans ma bienheureuse torpeur, je ne me souciais pas d'en savoir davantage. Julien pour les nuits, Alker pour l'esprit, à mon gré cela pouvait durer toujours.

Dans cet agréable *andante* allaient éclater les vacances de Pâques.

Le mieux est l'ennemi du bien, oui, et même si nous avions été capables de prévoir le danger, comment nous protéger ? Reconnaître une menace, c'est aussi admettre que l'on est vulnérable, nous ne le pouvions pas. À force de mimer la simplicité, nous arrivions, parfois, à être simples. Ce n'était pas pour accepter de bon gré nos complications.

Nous. Je n'ai plus rien à me cacher. Pourtant je me vois, aujourd'hui encore, mettre de l'hypocrisie dans un nous équivoque qui feint de n'exclure pas Antoinette et Julien. L'un était de bonne foi, mais l'autre ? Point naïve, mais indifférente à tout ce qui n'était pas son plaisir immédiat, sans doute en savait-elle plus qu'elle ne prétendait et, sûre qu'elle trouvait son meilleur soutien dans notre peur de la vérité, se moquait-elle d'un ennemi qui combattait pour elle. Il y eut beaucoup de mensonges entre nous quatre, mais Antoinette ne dupa jamais soi-même ni les autres. Julien au bonheur, elle aux plaisirs, Alker à l'espoir de tout concilier et moi à mes principes : qui à l'amour ?

Un congrès de chimie était prévu à Rome. La maison qui employait Jean avait intérêt à y être représentée et le désigna. Peu galante, elle n'invitait pas Antoinette, et Jean qui eût aimé se montrer plus gracieux n'en avait pas les moyens. Enfin seuls ! clama gaiement Antoinette. Puis, rêveuse : Hélas ! les beaux Italiens... Alker soupira : Tu ne me laisses pas beaucoup d'illusions. Et, en aparté pour moi : Je crains bien que mon règne ne s'achève. Je n'imaginais pas que l'on puisse se lasser de lui : Cela vous ennuie ?

— Nous nous plaisions bien, à quatre, dit-il, en homme qui tient déjà plus au décor de sa passion qu'à la passion elle-même.

Ce départ de Jean n'étonnait pas, il serait bien plus inattendu que mes parents eussent à voyager.

Depuis quelque temps déjà, mon père songeait à renoncer à l'import-export. L'affaire était en gérance, rapportait peu, causait souvent des ennuis, et on lui fit une offre intéressante. Mais conduire une transaction à trois mille kilomètres des acheteurs est peu pratique et les pourparlers traînaient. Je crois que l'on cherche à vous berner, lui disait Alker, il faudrait aller là-bas. Une telle perspective n'était pas faite pour l'enthousiasmer. Il sentait pourtant qu'il convenait d'agir et doublait la longueur de ses lettres et la précision des instructions qu'elles portaient. Les choses traînèrent quelques semaines, et un soir arriva certain télégramme qui mit le paresseux en face de son devoir. Il tempêta, jura furieusement, jusqu'au moment, où, avec une feinte innocence, je mis le doigt sur la plaie : Mais, emmène donc maman... Il y eut un éclair de gaieté dans les yeux d'Alker.

— Moi ? Tant de frais inutiles !...

— Là n'est pas la question. La fatigue du voyage.

— Je la crains plus pour toi que pour moi.

Etc. Alker et moi n'osions pas nous regarder.

— Et laisser Catherine seule ?

— Excusez-moi, je dois partir, dit Alker à qui ces mots-là ouvraient des horizons et qui jugeait sans doute plus décent de ne pas assister à la suite des opérations.

Les difficultés furent exactement proportionnées au désir inavouable de permettre que je restasse. À minuit et demi, le danger d'un voyage assez fatigant à quelques mois des examens et l'aveu d'un retard dans mon travail : « je comptais justement sur ces vacances pour le rattraper », avaient emporté la partie. D'ailleurs, Alker a pris des places pour la *Passion selon saint Jean*, chantée par une chorale allemande, je ne puis manquer cela.

Au dehors, Julien, fort inquiet de voir le vestibule allumé, se demandait que faire.

— Au fond, je n'aurai pas trop à m'inquiéter, la bonne sera là, elle est fort sérieuse et ne négligera rien.

Je n'avais pas songé à cela. La bonne était impossible, je n'aurais pas plus de liberté qu'avec mes parents. Il fallut invoquer le peu de besoin d'être servie, le plaisir de prendre mes repas dehors, un congé qui avait été demandé : l'affaire fut classée et Catherine convaincue à bon marché qu'elle avait du talent pour l'intrigue.

Julien avait renoncé à entrer. Je n'en fus pas trop émue, j'avais travaillé pour lui. L'impatience de lui apprendre de si grandes nouvelles m'empêcha de dormir et, surtout, la perspective de quinze nuits sans angoisse.

Jean partait le lundi suivant. Au petit déjeuner, j'obtins, le plus facilement du monde, que cette date parût la meilleure à mes parents.

Pendant quelques jours, la pudeur nous empêcha, Alker et moi, de nous regarder en face.

Le lundi, nous allâmes conduire mes parents à l'aéroport, la bonne à la campagne et Jean à son train.

À cinq heures, plantés tous les quatre sur le quai numéro trois de la gare du Midi, nous nous regardions.

Nous sentions bien que les jours prochains allaient nous étonner, mais incertains, mais inquiets, cherchions en vain par où prendre cette liberté inattendue que le hasard nous offrait.

— Allons boire quelque chose, dit Alker.

Rien de plus triste qu'un buffet de gare. Mais surtout, on n'y voit que des gens sûrs d'eux. Ils vont quelque part, ou en viennent, ils ont bonne conscience. Devant nous s'ouvrait une semaine qui n'appartiendrait qu'à notre bon plaisir. Et voilà que, les contraintes disparues, nous sentions, au vide qu'elles laissaient, quelle place elles occupaient dans notre vie, que même nous appuyions notre vie sur elles, et que, sans elles, nous ne savions plus comment vivre. Est-ce ainsi que des amants accueillent la liberté ? La culpabilité, chez nous, prenait toujours de bizarres visages, et nous ressentions notre manque d'élan comme une faute. Antoinette jouait machinalement avec sa cuillère, Alker rangeait des cigarettes dans un étui, Julien se taisait. L'instant s'éternisait, gravait son vide dans nos mémoires. Enfin, nous nous réveillâmes, avec des exclamations confuses, des rires, toute une agitation nerveuse qui oubliait qu'elle n'avait pas encore de but.

— Dînons chez moi, proposa Alker, je n'ai qu'à donner un coup de téléphone à Marguerite.

C'était exactement ce qu'il fallait. La maison d'Alker nous était bien connue ; là, souvent, nous avions trouvé l'illusion d'être libres ; là, ce soir où la liberté nous effrayait, nous trouverions l'illusion d'être encore contraints. Nous avions besoin de transitions. Déjà, dans la voiture, nous retrouvâmes des gestes familiers : la poignée où accrocher le sac à main, la vitre à baisser pour jeter la cigarette achevée.

Le dîner fut paisible et un peu silencieux. Nous commencions à deviner. Il y avait du recueillement dans notre attente.

Nous n'avions jamais eu besoin de soupirer : Ah ! si je pouvais faire à mon gré... les circonstances nous réservaient toujours, par-ci, par-là, quelques heures dont user selon nos vœux. C'était peu d'exigence ? Il nous suffisait ainsi. Discrets ou prudents, nous n'avions pas demandé plus que les soirées dérobées, les nuits dangereuses. Antoinette l'adultère et moi l'inconduite de mineure, nous vivions très bien notre aventure dans le cadre d'une société qui tolère la rapine, pourvu qu'elle soit discrète. Et voilà que, d'un coup, mari et famille nous livraient à nous-mêmes. Il y avait donc plus que nous n'avions eu jusqu'alors ? Et en demandions-nous tant ? Habitués à nos désirs modestes, nous étions désemparés devant ces largesses inattendues. Mais enfin, nous n'étions pas incapables d'élan, et nous sûmes nous hisser où il fallait. Antoinette et Alker crurent qu'ils s'aimaient, Julien s'émerveilla avec simplicité et les petites voix se turent en moi. Pour la première fois, nous goûtions à cette paix qui, plus tard, alimente les regrets. Quand Antoinette dit, en souriant, que les pyjamas d'Alker seraient beaucoup trop grands pour elle, je ne crois pas qu'il avait été clairement entendu qu'elle passait la nuit ici, mais nul ne fut étonné. Julien me prit la main, nous regardâmes Alker : Bien sûr, dit-il, vous restez aussi. Marguerite préparera la chambre d'amis. Je vais téléphoner aux parents de Julien. Il ne songea même pas à nous faire donner deux chambres, nous avions oublié les hypocrisies.

Nous montâmes.

Problèmes, doutes, questions, tout s'était tu. Les deux couples d'amants appuyés l'un sur l'autre qui se souhaitaient le bonsoir devant les portes de leurs chambres s'aimaient de toute éternité. Il n'y avait plus, dans leurs sourires voilés, qu'accord, acceptation et silence.

Notre chambre était vaste, avec de grands meubles d'acajou aux formes démodées et des tentures de cretonne à fleurs. Un couvre-lit de dentelle au crochet la marquait de respectabilité bourgeoise. Sur cette couche, l'amour ne pouvait plus être ce plaisir dérobé par des adolescents pressés de jouer aux grandes personnes, mais un geste paisible et lent qui scelle l'accord des cœurs. Je t'aime, disait doucement Julien, je t'aime. Un parfum de lavande montait des grands oreillers, et j'écoutais chanter en moi d'admirables certitudes.

Ainsi débuta le séjour chez Alker. Nous y connûmes le goût du bonheur. Cela est bien imprudent : quoi, ensuite, ne paraîtrait fade ?

Mais cela ne devint vraiment le séjour chez Alker que le jeudi. Jusque-là, nous passions encore nos journées séparément : Antoinette retournait rue d'Écosse, Julien chez lui. Le soir, nous nous retrouvions pour le dîner, et si nous restions souvent la nuit, ce n'était jamais prémédité. Le jeudi tout changea.

Ce jour-là, il était prévu que nous déjeunerions ensemble, Antoinette était en retard. Quand elle arriva : J'ai eu la visite d'une vieille tante, que Dieu la bénisse ! sans elle je partais à l'heure et je ratais ce télégramme. Essoufflée, elle se laissa choir dans un fauteuil pendant que nous chantions les louanges des P.T.T. : Jean remettait son retour d'une semaine. Il était invité chez un collègue, à Florence, et estimait ne pas pouvoir manquer cela. Consolations suivaient par lettre.

— Tu n'as qu'à annoncer à tes parents que tu vas achever les vacances dans ma maison de campagne et nous restons tous ici, dit Alker à Julien.

Antoinette alla fermer son appartement. Je fourrai des pantalons et des chandails dans une valise et Julien entassa ses livres dans la voiture d'Alker. Vers la fin de l'après-midi, nous aménagions, dans un grand tumulte. Ce n'était que pour dix jours ? dix jours semblent une éternité aux imprévoyants. Il y avait une gaieté d'escapade, les rires résonnaient dans la maison. J'accrochai mes vêtements à côté de ceux de Julien et, appuyés l'un contre l'autre, nous contemplâmes cette armoire qui prenait des allures conjugales. Julien me serra plus fort, son sourire chercha le mien et bientôt nous chavirions sur le vaste lit où s'attardaient les rayons du soleil couchant.

Nous apprenions les douceurs de la sécurité. Le rire d'Antoinette passait devant notre porte, et par la fenêtre ouverte entraient les parfums du printemps et le chant d'un merle. Julien, dressé sur un coude, me regardait. Il était un peu pâle, il avait les cheveux en désordre. Il était beau, nous nous aimions. Bientôt, nous rejoindrions nos amis pour le dîner. La table était dressée sous la tonnelle. Antoinette avait allumé des bougies et comme il faisait encore un peu frais nous nous étions enveloppées de grands châles qu'elle avait trouvés au grenier. Nos rires, nos paroles légères résonnaient dans le jardin ombreux. Des bouteilles de champagne furent ouvertes, dans une gaieté gracieuse et tendre.

Le séjour dans un château en Espagne est très agréable. On y a bonne conscience.

On se fie toujours au bonheur, et rien ne semble plus honnête que la paix de l'âme. Je ne me méfiais pas : par où se fût introduite la méfiance ? Deux couples d'amants heureux d'être ensemble, l'amitié ajoutée à l'amour : qui eût songé à mal, et qu'amitié et amour ne fussent que des déguisements ? Jamais apparences ne protégèrent mieux un mensonge.

Je ne doutais plus d'aimer Julien. Le réseau délicat de nos affections s'étendait entre nous, et qu'importait au fond si les mailles en étaient mal nommées ? Désir, amour, amitié : du moment que l'équilibre se fait en faveur du bonheur, pourquoi peser trop précis ?

Il était si facile de croire que l'ordre selon lequel nous nous séparions tous les soirs était bien l'ordre selon lequel nous nous aimions.

Alker faisait l'amour avec Antoinette, moi avec Julien : si parfois nous nous étions méfiés de notre amitié, nous ne nous y fiâmes jamais comme alors. Les sens nous rassuraient sur les cœurs et les nuits sur les jours. À l'abri de notre aveuglement, le piège, déjà, se mettait en place.

Sa maîtresse. Mon amant. Nos alibis.

Julien ni Antoinette n'étaient naturellement portés à s'interroger sur eux-mêmes. Alker et moi commencions à avoir de bonnes raisons de limiter nos investigations : personne ne s'étonna devant le paradoxe de ces amants si épris qui se mettaient à quatre, quand le hasard leur offrait l'occasion d'être à deux. C'eût été s'exposer à découvrir trop de choses : et plus que les inavouables vagabondages du désir. Mais cette complicité secrète qui toujours lie la femme à la maîtresse, l'époux à l'amant, quand ils croient ne rien savoir, et qui nous accrochait si bien les uns aux autres.

À quelques amis qui eussent pu nous surprendre chez lui, Alker avait dit qu'il s'absentait : c'était nous assurer le secret, nous n'offensions pas la bienséance tant qu'elle nous ignorait.

Le matin, Alker allait au bureau, Julien au laboratoire, et je coupais des robes avec Antoinette. Nous barbotions dans la féminité : les toiles roses et noires, les lourdes soies blanches avaient envahi la lingerie, jusqu'ici consacrée plus prosaïquement au raccommodage des essuie-mains et des serviettes. Antoinette rôdait, parmi le déploiement inerte des couleurs, un coup de pied négligent repoussait du noir, un orteil nu attirait du rose. Elle était absente, le visage fermé, éteinte comme la cigarette oubliée au coin de sa lèvre molle. Et tout à coup, somnambulique, fixant le vide d'un œil morne, mais les dieux parlaient en elle, guidaient sa main vers la toile élue, et elle avait pour l'arracher au tas le geste péremptoire du visionnaire que la transe a saisi. Je la voyais se dresser, visitée, possédée, égarée et précise, et plier, tendre, trembler bafouillante, puis couper d'un ciseau souverain, le souffle court, moite, dieu tragique en proie à sa création ou folle à son délire, Pythie au trépied, orgasme, et qui, quand elle s'effondrait chancelante et radieuse, n'avait, sous mes yeux incrédules et qui attendaient tout, inventé qu'une robe.

— Elle est pas mal, non ? disait-elle alors avec une modestie quêteuse d'éloges.

Encore ahurie, je soufflais à peine qu'elle courait déjà vers la machine à coudre, mêlant à la crécelle aiguë du mécanisme d'alertes et frivoles considérations sur la mode et le temps qu'il ferait cet été : Parce que, ces robes légères, on a si peu l'occasion de les porter, ici. Eh bien ! me disais-je, eh bien... en reprenant péniblement pied dans le quotidien.

Quand Alker rentrait, il nous trouvait bardées d'épingles, rayonnantes de gaieté et, charmé, nous donnait à chacune le même baiser sur la joue en assurant qu'il n'avait jamais si bien compris combien le goût du harem est naturel à l'homme. Puis c'était Julien, qui n'embrassait que moi, ce qui faisait Antoinette protester qu'il n'y a pas de justice en ce monde. Il allait alors déposer sur son front un baiser prudent qu'elle recevait avec tous les signes extérieurs de la joie la plus vive. Après ce rite, nous passions à table sous l'œil morne de Marguerite. Elle était profondément scandalisée. La pauvre femme voyait sombrer quarante ans de dignité bourgeoise : quoi ! sous ce toit jadis sanctifié par des mariages et des extrêmes-onctions, c'est la maîtresse de Monsieur, c'est Mlle Catherine et son amant qu'il lui fallait servir ! On sentait qu'elle entendait Mme la mère de Monsieur se retourner dans sa tombe.

Après déjeuner, Antoinette retournait à sa couture, non sans m'avoir légué quelque ourlet à finir. Julien ramassait ses livres et s'installait dans la bibliothèque ; la porte en était ouverte sur le bureau où travaillait

Alker. Moi, symboliquement, c'est dans l'embrasure de cette porte que je m'asseyais par terre avec mon ourlet ou un cours, à portée de voix et de regard côté bureau et côté bibliothèque. Parfois Alker m'appelait : Petit lapin, tu tapes si bien à la machine, viens m'achever cette lettre ; ou Julien : Catherine, retaille-moi ce crayon, dis, apporte-moi un verre d'eau. Je jouais les épouses serviables pour tous les deux et nous étions très contents. La lettre terminée, nous étions repris par notre goût de bavarder ensemble et Julien, qui ne pouvait plus travailler, venait fermer la porte pour retrouver un peu de tranquillité.

— Quelle agréable existence nous menons ! disait Alker après avoir ri devant le geste résigné de Julien, et qu'il serait facile d'imaginer que cela durera toujours. Peut-être vais-je regretter ne m'être pas marié : une femme qui tape mon courrier et fait ses robes, double économie, la maison remplie de présence, mais alors, tu ne serais pas là.

— Tiens ? Pourquoi ?

— Les femmes sont jalouses, mon enfant : cela nous paraît curieux, mais elles y tiennent. N'en auraient-elles pas naturellement le mouvement qu'elles s'y sentiraient obligées, de la même manière que toi qui te fiches éperdument que l'épicier te vole, mais sens bien qu'il faut, sous peine de perdre sa considération, réclamer les cent sous qu'il te doit.

— Vous vous souvenez de cela ? dis-je en riant.

— Si je te faisais la cour, je répondrais, d'un ton pénétré : je retiens tout ce que vous me dites, chère amie, c'est un très bon lieu commun et qui ne manque jamais son effet. En vérité, je le retiens souvent car je m'y reconnais. J'ai fait si souvent des choses ineptes pour satisfaire l'épicier : qu'eût pensé de moi la société, si prompte à s'effaroucher et qui, de l'épicier voleur ou du volé qui s'en fout, sait bien quel est le plus dangereux ?

Tout en parlant, il continuait de ranger ses papiers, examinant, signant, hésitant. Je le regardais, assise en travers dans un fauteuil, et je comprenais très bien ses succès auprès des femmes : ce mélange de moquerie et de tendresse, le regard qui tout à coup se levait et piquait sur un visage désarmé, atteint avant d'avoir pu se masquer, une solitude aux aguets : mais cela qui me touchait, était-ce bien ce qui avait retenu Antoinette et d'autres ? Ou la courbe d'une lèvre sensuelle, la ligne sèche de la joue, le large front, tout ce qui procédait des thèmes habituels de la beauté masculine, et moins unique, interchangeable en somme – qui n'a, vingt fois, retrouvé sur un visage indifférent une forme de paupière, une couleur d'yeux qui semblait la couleur même de l'amour, pour, blessé comme par un sacrilège, se dire : cela n'appartenait donc pas qu'à lui ? – n'est jamais qu'une forme, sans l'âme qui l'habite, et peut aussi se dire : yeux : bleus ; nez : aquilin, dans le langage précis de l'identité judiciaire ? Alker, pour moi, c'était l'expression irremplaçable d'un sourire, un regard qui avait une couleur alors que je n'eusse pu dire la couleur exacte de ses yeux. C'était un visage d'où la solitude s'enfuyait sitôt qu'il me souriait.

Quand je retournais ouvrir la porte et m'asseoir sur le tapis :

— Tu t'es bien amusée ? demandait Julien tendre et distrait, pendant qu'Alker se replongeait dans ses papiers.

Tout de suite, nos journées avaient trouvé leur rythme. J'avais détesté la régularité : c'était la mère de l'ennui ; je me pris à l'aimer. Il était agréable de savoir que Marguerite à quatre heures apporterait le thé, et que nous discuterions de la soirée en grignotant les biscuits faits à la maison. Le bonheur n'a pas besoin d'imprévu et se goûte très bien dans le retour des heures semblables.

Quinze jours. Il n'y avait plus d'inquiétude, l'équilibre s'était fait sur le fil étroit du rêve. Nous vivions harmonieusement l'instable, comme s'il devait durer toujours, dormeurs extasiés qui ont oublié les réveils, oiseaux ivres envolés trop haut dans l'azur et qui seront sans force pour le retour.

Arrivés à certains sommets, le cœur se fatigue et oblige à redescendre : mais là-haut, que l'air était vif ! Sur le lit de la chambre d'amis, nos baisers, certains soirs, n'étaient plus que tremblante douceur, et nous avions, pour nous caresser, des délicatesses de convalescents. Tout fondait en tendresse. Que tu es belle, me disait souvent Julien. Et j'y croyais. Nos yeux, moins vifs, prenaient le regard lent des somnambules, je sentais mes gestes perdre les dernières brusqueries de l'enfance. Quand je songe à Julien, et que parfois le remords me gagne, j'offre en expiation le bonheur chez Alker dont la sincérité me semble beaucoup racheter.

Jeunes, charmés de croire en notre amour, insouciants et joueurs, nous devions offrir un gracieux spectacle. Le bonheur est contagieux. Entraînée peut-être par la nôtre, la liaison d'Alker refleurissait. Je l'avais senti déjà plus épris du décor que de la femme : la femme ne quittant plus le décor, il avait un renouveau d'amour. C'est aussi que l'atmosphère agissait sur elle : moins alerte, elle prenait parfois une certaine douceur. On la voyait rêver, et c'était un charme inattendu, parmi tant de vivacité, que l'apparition d'une gravité, d'une lenteur somnambulique. Elle reprenait vite ses élans, mais laissait en nous un sillage de nostalgie. On pressentait une autre Antoinette ; Alker soudain attentif la regardait, comme on fait pour quelqu'un que l'on cherche à reconnaître.

Seule la muette désapprobation de Marguerite apportait une ombre dans cette Arcadie. C'était, planant sur nos innocences, le spectre morose de la moralité que nous outragions. Alker, un peu inquiet car il tenait à cette servante modèle, essayait de la séduire, de la rassurer :

— Monsieur Maurice, je n'ai pas à me permettre de juger.

Vite satisfait, cet homme immoral se promettait d'avoir des remords. Mais plus tard.

De nous tous, c'était Antoinette qui sentait le mieux l'extravagance d'une situation qui agissait sur elle comme un alcool. Depuis cinq ans qu'elle trompait son mari çà et là, elle avait eu le temps de se blaser de la clandestinité. Aujourd'hui, les circonstances renouvelaient agréablement les données classiques de l'adultère. Le blâme perpétuel de Marguerite qui nous gênait ne faisait qu'ajouter à ses plaisirs : c'était le symbole de tout ce qu'elle foulait d'un pied si léger. Sans lui, moins consciente de ce qu'elle transgressait, elle en eût moins joui. Sa perversité avait des côtés collégiens qui la faisaient paraître moins dangereuse qu'elle n'était. En vérité, elle n'était dangereuse que pour nous : Antoinette possédait l'antidote. Cette chèvre folle ne s'aventurait jamais trop loin du piquet. Jean revenu, elle retrouverait une vie qui lui convenait. Et nous ? Julien et moi, des familles qui ne pouvaient rien pour notre bonheur et le danger de voir mourir un amour qui, imprudent, avait refusé les chaînes et le piquet. Alker aurait le soulagement d'une Marguerite enfin rendue à la dignité bourgeoise. Nous emporterions des souvenirs, oui, des souvenirs brillants, éblouissants : juste ce qu'il fallait pour rendre terne tout ce qui suivrait.

Car enfin, cela ne durerait pas, et certaines heures nous trouvaient désemparés, tournant en rond autour de nos illusions. Des « et ensuite ? » cruels sabraient dans nos insouciances. Je me serrais plus fort contre Julien, pour que le tremblement du désir masquât celui de l'inquiétude.

Un soir où nous étions allés danser : Ils font immanquablement rimer amour avec toujours, dis-je en écoutant le chanteur de service, et la prosodie l'interdit :

il faudrait mettre amour au pluriel, amours, toujours. Avouez que c'est plus gai ! Alker feignit l'effroi : Ô sceptique propos d'une amoureuse !

Je me sentis rougir. Julien qui dansait avec Antoinette, passa près de nous sans nous voir.

— N'y aurait-il pas quelque présomption à supposer qu'il m'aimera toujours ?

— Ton devoir serait au moins de l'imaginer.

— Bien sûr, pourquoi pas ?

Il me regarda, égayé :

— Est-ce que tu veux dire « pourquoi pas lui ? » ?

J'eus un sursaut. Décidément, cet homme-là était trop fin, qui, avant moi, savait distinguer le sens caché d'une parole imprudente. J'eus un bref remous de colère, puis très vite, cet émoi trouble que me donnait toujours sa perspicacité. L'émoi l'emporta.

— Alker, vous êtes un monstre, mais cela me plaît.

— Oui, dit-il calmement, cela nous plaît.

Il y avait une petite lueur au fond de ses yeux : lumière au bout d'un souterrain, et c'était là que j'aimais m'éclairer.

Qu'y pouvais-je, si Julien n'éclairait pas ? Nous n'aimons vraiment que ceux qui sont faits à notre image, cela est si vrai que, d'après ce que l'on dit, Dieu a fait l'homme lui ressembler, sans doute pour être sûr qu'il ne s'en déprendrait pas. Qu'y avait-il de commun entre Julien et moi ? Mon véritable frère, c'était Alker, l'homme des doutes, des lucidités, celui qui m'était tellement semblable qu'il rôdait toujours entre nous comme un relent d'inceste. Dans les bras de Julien, je goûtais aux agréments que la nature offre à une fille de vingt ans, saine et normalement constituée : cela peut retenir longtemps puisque l'on prétend que cela retient parfois toujours. Et j'y étais sensible, et j'y tenais : mais pas au point que je m'y pusse retenir. Puis, vite effrayée par mon propre bon sens : qu'avais-je à y gagner ? et je fuyais, tremblante. Qu'Alker vît clair et s'y complût, c'était son affaire. Je n'étais pas de taille. Lui non plus, d'ailleurs, n'allait pas jusqu'au terme de sa clairvoyance et ne l'eût pas osé plus que moi. Un jour, pourtant, le morphinomane se trompe et la dose est forte : trop d'Alker pour Catherine, trop de Catherine pour Alker, comment allions-nous sortir de ces vacances ?

Et j'aime à m'attarder au souvenir de ces jours-là. Ils furent les seuls où nous connûmes, en toute quiétude, le bonheur de ne pas nous quitter. Antoinette et Julien étaient là, pour nous protéger l'un de l'autre et donner à notre tête-à-tête les apparences honnêtes qui nous rassuraient. Ils étaient la légitimité, l'innocence, le devoir. Antoinette avait trente ans et répondait aux idées que l'on se fait sur la maîtresse d'un séduisant célibataire ; Julien était jeune et beau, ainsi qu'il sied au premier amant d'une jeune fille : nous menions l'adultère et l'inconduite d'une mineure selon les exigences de l'immoralité la plus traditionnelle ; nos temps et nos mœurs s'en accommodaient fort bien. Plus pénible eût été d'admettre un goût gênant pour la fille-de-mon-associé, ou pour l'ami-de-papa. Les clichés du courrier du cœur et de la littérature à quatre sous étaient passés par là avant nous ; ils nous épouvantaient, nous ne voyions qu'eux. Quand l'élan me portait vers Alker : ah ! oui, me disais-je, voilà le charme bien connu des tempes grisonnantes qui agit sur moi, et derrière le cliché, je ne sentais plus la réalité. Et lui-même, qui estimait ne pouvoir se donner que des femmes de trente ans : Allons, en suis-je déjà au goût de la chair fraîche ?

D'ailleurs, quand je parle d'élans... Seuls ceux du désir nous avaient parfois avertis. Les mouvements du cœur, nous pouvions toujours les prendre pour de l'affection : c'est un beau et noble sentiment dont il n'y a lieu que de se louer. Il n'y eut pas, pendant ces vacances, de ces instants troubles où l'on s'émeut pour deux visages trop proches l'un de l'autre, où plus rien n'existait au monde que sa main sur mes cheveux. Et sans doute fut-ce à cause de ce côté conjugal que l'amour prenait et qui nous était encore inconnu. Pour une fois, ma jeunesse et l'expérience d'Alker étaient à égalité, jamais il n'avait vécu avec une femme. Les amours clandestines ont le tort d'être commandées moins par l'inspiration que par les possibilités, et le rendez-vous à heure fixe ne tient pas compte des états d'âme. Antoinette était dans la maison, Julien ne me quittait pas, ces états d'âme avaient leur direction tout indiquée. On ne braconne pas quand la chasse est ouverte. Jamais nous ne nous étions sentis aussi innocents.

Nous étions gens pudiques, et ne cherchions pas, sur nos visages du matin, les traces de la nuit. Autour de la table du petit déjeuner, il n'y avait que la gaieté de se retrouver. À peine si, entre amants, passait parfois un regard chargé.

À peine, une fois, les yeux illisibles d'Alker s'attardèrent sur moi, pour fuir, rapides, quand ils rencontrèrent les miens. Au coin de sa lèvre, je vis se former un irrépressible sourire, car s'il savait que la rapidité même avec laquelle il s'était détourné le trahissait, il ne lui déplaisait pas de se trahir auprès de moi. Et son regard revint quérir sur mon visage un sourire semblable qu'il devinait s'y former, et qui se laissa prendre, dans un vertige de complicité.

Nous aimions nos équivoques. À cette époque, il nous semblait que rien n'égalerait jamais cette intimité.

À peine, une fois, sous l'étreinte de Julien, la brûlure de penser qu'à quelques pas de nous...

Nous ne sortions guère. Le soir, nous lisions, nous bavardions, éparpillés dans le salon au gré de notre fantaisie. Antoinette, couchée sur le tapis, faisait des patiences en trichant pour gagner, Julien fouillait parmi les disques pour y trouver la musique fine et douce qui convenait à notre humeur, le temps s'enroulait autour de notre immobilité et, parce que nous ne bougions pas, nous croyions qu'il ne coulait plus.

Chaque soir, venait le moment où nous nous séparions devant les portes de nos chambres, conjugalement, naturellement, en vieux ménages que le bonheur n'étonne plus.

Il y eut encore une promenade à la campagne, nous manquâmes la *Passion selon saint Jean* et soudain nous nous trouvâmes au dernier jour.

C'était fini. Nous touchions au bout de notre éternité.

Antoinette, au fond, était assez contente de revoir Jean pour ne sentir que des regrets modérés. Elle dut se taire devant notre consternation. Tout à coup, nous parlions bas, comme s'il y avait eu un mort dans la maison.

Pour nous consoler, nous nous berçâmes de tendres paroles : c'était trop beau, ces choses-là ne peuvent durer, nous nous aimions tant... Il fallut plier les robes neuves, rassembler les livres. Plus tard, il y aurait l'échange des souvenirs, ceux qui mettent un peu d'émoi sur les visages, mais à présent, rien qu'une fin, et cette appréhension furtive qui me serrait le cœur quand je pensais que demain, à midi, il me faudrait affronter le retour de mes parents, les questions, les mensonges.

Assise en face des autres, je me sentais lasse de feindre. Pendant quinze jours, tout avait été trop facile : j'allais retomber dans les coups de téléphone truqués, les portes ouvertes avec une prudence terrifiée, et les nuits, surtout, que j'avais goûtées longues et calmes et qui redeviendraient cette quête silencieuse d'un plaisir défendu. En regardant le calme visage d'Antoinette qui rêvait à son mari, je me dis que je ne devais pas être faite pour les bonheurs clandestins. Voyait-on que son amour se lassât de ruser ? Le mien ne s'amusait plus des obstacles, la haute altitude l'avait anémié. Alker souriait distraitement, il avait l'air d'attendre. Commencées sur le quai d'une gare, nos vacances s'achevaient dans une atmosphère de salle d'attente. Après tout, me dis-je enfin, n'est-ce pas le sort de toutes les vacances ? Mais ce n'était plus un rapide qui nous emporterait : à peine un petit train de banlieue, cahotant sans grandeur sur une voie secondaire. D'une heure à l'autre, ces deux semaines s'éloigneraient, fondraient dans la grisaille. Un jour, en me retournant, je m'apercevrais que l'horizon les cachait. Je sourirais avec indulgence. J'aurais peut-être, pour y accrocher le regret, une carte postale qui jaunit lentement, une robe faite par Antoinette, et dans l'âme la saveur inutile des amours perdues. Comment fait-on pour croire que l'on aimera toujours ? Pour le savoir, je n'avais qu'à regarder Julien : qu'il levât vers moi son regard toujours prêt à la tendresse ou au désir, et les doutes fuyaient, la vie s'ordonnait d'elle-même autour de l'espoir. Je lui fis de la main un petit signe, pour l'appeler. Il se pencha : Triste ? et je lui souris, tristement. À quoi pensait-il, en apparence si calme ? Cher Julien, qui ne songeait pas au doute ! Les désamours le surprendraient toujours en pleine confiance : Quoi, hier encore, elle était tout pour moi ? Après tout, j'étais plus sûre que lui, toujours prête à lutter contre un cœur rétif. Il tomberait d'un coup dans ses oublis, et moi, jamais sûre d'aimer vraiment, je ne serais jamais sûre de n'aimer plus. Alker se leva, déclara qu'après tout nous n'enterrions personne, et décida d'ouvrir une bouteille de champagne. C'était en somme une solution que d'aller chercher la gaieté où elle a réputation d'être.

Antoinette devait rentrer tôt, pour chasser l'air d'abandon que ces quinze jours avaient dû donner à son appartement. Nous l'accompagnâmes mélancoliquement rue d'Écosse. Après quoi, j'allai coucher chez moi, et Julien chez lui. Ainsi, nous étions à nouveau disséminés aux quatre coins de la ville.

Le lendemain :

— Tiens, me dit gentiment ma mère, comme la maison est en ordre ! je ne t'aurais pas soupçonnée d'avoir ces qualités de ménagère.

Je fis, distraitement, le sourire modeste qui convenait.

D'Italie, Jean avait rapporté un souvenir pour chacun. Je reçus un petit collier de boules de verre dorées, gravées de guirlandes de fleurs. Je l'ai encore. La dorure en est partie, et le fil si usé que je n'ose plus le porter. J'y vois aujourd'hui le symbole de nos amours, de ces jours brillants que le souvenir doit ménager : la couche d'or est si fine, et si fragile, le verre, autour du vide...

Funambules obstinés, nous changeâmes de corde et revînmes d'un équilibre instable à l'autre. On est très vite repris par le quotidien. Nous rentrâmes dans nos habitudes, le séjour chez Alker sombra dans le passé.

Car le quotidien, maintenant, c'était l'amour incertain, les nuits dangereuses. Les vacances leur avaient ôté le goût d'exceptionnel. Comme Antoinette que le retour de Jean ramenait à l'ordre conjugal, au normal, nous eûmes, Julien et moi, l'impression de rentrer dans la légalité : notre légalité était pourtant toujours cette débauche de mineurs sous le toit familial. Nous ne le sentions plus. Nous avions été trop loin : un seul pas en arrière et l'on se croit revenu.

Alker vint dîner à la maison et ma mère le remercia pour le soin qu'il avait pris de moi. C'est si gentil de vous occuper de cette petite fille. Il assura que ce n'était rien, ma mère insistait, mon père riait, bon enfant. D'ailleurs, elle m'a étonnée, j'ai retrouvé la maison dans un tel ordre ! Sans doute était-elle souvent chez vous ? Au moins, ne vous a-t-elle pas trop dérangé ? Je sais que Marguerite tient à ses habitudes... Je regardais ailleurs, horripilée de sentir chaque parole prendre un double sens, Alker souriait, répondait, aimable et disert : l'ami de la famille à qui on confie sa fille pendant une absence, et qui lui offre une chambre pour y dormir avec un amant. Il sentit ma gêne, détourna la conversation. Obstinée, ma mère revenait toujours à ses remerciements : elle mesurait la peine qu'Alker s'était donnée pour moi au plaisir d'avoir passé quinze jours en tête-à-tête. C'était trop de gratitude.

— Après tout, dis-je sèchement, il n'en a pas souffert. Je ne le dérange pas, lui.

Il y eut un silence pénible. Vingt ans de consciencieux efforts s'écroulaient. Aurais-je encore de la rancœur ? me disais-je, stupéfaite de mes propres paroles. Ma mère était pâle, mon père montrait la distraction violente du cardiaque qui attend le prochain battement de son cœur pour savoir s'il vivra. Pourquoi ne disait-il rien ? Brusquement je fus prise de panique : j'avais Julien, j'avais Alker ; quoi donc me manquait encore, qui laissât tant de place à la solitude ?

— Je veux dire que c'est en effet Marguerite que je dérangeais. La pauvre n'a pas l'habitude de cuisiner pour deux, et elle a été si charmante.

Alker leva sur moi un regard soulagé. Allons, je n'étais pas trop méchante, j'avais très bien détourné le coup. Ma mère souriait comme une noyée qui sent le rivage sous ses pieds, mon père prit enfin l'air moqueur :

— Avec ton énorme appétit, ce dut être terrible !

— Oh ! dit-elle, l'appétit n'y fait rien, je saurai remercier Marguerite.

Il ne s'était rien passé. La maison avait tremblé sur ses bases, mais elle était solide.

— Tu m'as étonné, petite, me dit Alker, plus tard, dans la bibliothèque.

Je m'étais étonnée moi-même.

— Ce n'est pas que je leur en veuille, mais leur comédie m'agace.

Il haussa les épaules :

— Voudrais-tu qu'ils t'eussent mise à l'Assistance ? C'était la première fois qu'il reconnaissait si ouvertement ma qualité d'enfant malvenue. Il faut comprendre les autres, Catherine ; cela existe, les gens qui n'ont pas désiré d'enfant ! Tes parents ont fait de leur mieux, je te le jure : j'étais là pour le voir.

C'était vrai ! Je n'y avais jamais songé, mais il avait dû, selon l'expression consacrée, me faire sauter sur ses genoux. Il sourit :

— Bien sûr. Et je t'ai donné des biberons, et tu as mouillé mes pantalons.

Cette idée me charmait. Est-ce que je vous plaisais ? dis-je en riant.

— Oui, répondit-il brièvement, les yeux sur moi.

Et tu me plais encore... je sentais se former en lui les mots qu'il ne prononçait pas. Ma main se leva, se posa sur son bras et le même élan, déjà, nous inclinait l'un vers l'autre, quand mon père l'appela :

— Et nos échecs, Maurice ?

L'autre fois, songeais-je en regagnant ma chambre, dans le même coin de la bibliothèque, nous nous étions repris avant le moment des échecs. Cette fois, sans mon père, où allions-nous ? Et j'aime Julien, et j'aime nos nuits, je n'ai même pas l'excuse d'Antoinette, que l'intimité avec Jean ennuie. Je suppose que je dois être une de ces femmes que l'on dit faciles. Mais oui, voyons, c'est cela, c'est un tempérament ! ô rassurante idée ! on n'est pas responsable d'un tempérament, le tout est d'y résister, etc. Et si j'en parlais honnêtement à Julien ? L'aveu, si souvent, nous protège contre nous-même. Non, Julien ne songerait qu'à se fâcher, j'aurais le spectacle d'une jalousie sans nuance qui m'ennuierait à périr. Le seul à qui j'en pourrais parler, c'est Alker, et c'est le seul avec qui ce soit impossible. Pourtant, comme il comprendrait bien, comme il saurait mêler taquineries et conseils, et je le quitterais si rassurée !

Je passai une excellente soirée à inventer les paroles qu'eût dites Alker. Un peu après minuit, Julien arriva. Par remords envers lui, je m'étais si bien occupée à penser à Alker, que j'avais totalement oublié que je l'attendais. J'étais assise devant l'âtre où mourait le feu, et j'ouvris de grands yeux en le voyant entrer. Il ne remarqua pas un étonnement qui aurait dû le vexer. Il était préoccupé, l'idée que j'allais devoir m'intéresser à ses tracas m'ennuya. Qu'y a-t-il ? demandai-je d'une voix dolente en me redressant pour recevoir son baiser.

— Mes examens ! Je ne serai pas prêt.

— Eh bien, tu recommenceras ton année ! J'étais toujours un peu étonnée qu'il n'eût pas, devant ses études, la même insouciance que moi envers l'Histoire romaine. Il se fâcha : Les filles se marient, leurs études sont un superflu. Moi, je dois avoir un métier, gagner ma vie ; je suis un homme, quoi !

Un homme ! à son âge, il exagérait. Je me moquai un peu et nous nous disputâmes. Très étonnés, nous découvrîmes que c'était notre première dispute, ce qui provoqua beaucoup d'admiration. J'avais remarqué au passage la petite phrase : les filles se marient, mais je n'émis pas de commentaire. Apparemment, l'idée que ce ne serait pas avec lui ne le ravageait pas.

Les temps étaient passés où nous nous croyions toujours plus loin que nous n'étions. Déjà sur la pente déclive de l'amour, nous nous voyons encore au sommet. Dans le paysage qui s'étend à nos pieds, nous ne reconnaissons pas, au loin, le lac d'Indifférence.

Radoucie, j'écoute Julien m'expliquer comment un garçon construit son avenir à coups d'examens réussis. Je m'ennuie. Heureusement, je ne m'en aperçois pas. Sa voix qui chuchote dans l'ombre a les mêmes résonances que la voix des premières nuits. Comme il fait un peu froid dehors, la chambre où le feu s'est éteint a retrouvé la fraîcheur de février. Les sensations reconstruisent autour de nous un monde semblable à celui de cette époque. C'est tout juste si, quand je bouge, je ne crains pas de sentir de nouveau la petite douleur, si bien oubliée depuis. Peu à peu la voix de Julien s'assourdit, le sommeil nous gagne. Un mouvement de ma jambe le réveille : Catherine, nous vieillissons ! Et notre gaieté, notre désir vinrent jeter un voile compatissant sur nos cœurs. Qu'il était facile de s'aimer, avec quelle promptitude le plaisir répondait à l'appel !

Mais le lendemain, il me restait comme une défaillance secrète. Bah ! me dis-je, c'est l'idée des examens. En somme, mes cours quotidiens ne sont pas des occupations mondaines. Moi aussi, je fais des études, et il y a toujours un peu de ridicule à manquer un examen : n'être pas capable de réussir une chose si facile ! qui ne dépend que d'un mois ou deux de travail assidu ! Oui, mais pourquoi diable des études d'Histoire ? Il y avait du soleil et de la gaieté dans l'air et j'éclatai de rire devant mes livres : *La Conquête des Gaules*, *Les Guerres puniques*, *La Décadence de l'Empire*... était-il possible d'étudier des choses pareilles ? Rien au monde ne m'intéressait moins. Je sortis de ma chambre, rencontrai mon père dans le vestibule :

— As-tu jamais porté quelque intérêt à l'Histoire romaine ? lui demandai-je. Il me regardait, indécis. Non, dit-il enfin. Je soupirai : C'est bien ce que je pensais, et rentrai dans ma chambre. Il m'y suivit : Cela t'ennuie, n'est-ce pas ? interrogea-t-il, partagé entre la pitié devant le monceau de livres sur ma table et le triomphe en face du dégoût pour les études.

— Je ne compte pas l'avouer, dis-je en riant.

— N'as-tu parmi tes relations personne à épouser ?

— Non.

— Alors, et jusqu'à nouvel ordre, consacre-toi à l'Histoire. C'est une noble étude. Mais qu'en feras-tu ?

Je m'assis et nous nous regardâmes rêveusement. Cet homme grisonnant, qui commençait à prendre du ventre malgré sa sveltesse, cet étranger, c'était mon père. Il m'avait engendrée, peut-être par distraction, mais enfin je lui devais la vie. Fallait-il l'en remercier ?

— Es-tu heureuse, Catherine ?

— J'essaie, dis-je avec sincérité. Cela me complique beaucoup la vie.

Il eut son petit rire moqueur :

— C'est un talent de famille. Nous avons tous la rage d'être heureux. Avec cela, on se prépare peut-être des catastrophes, mais on ne s'ennuie pas trop : tout est là.

En somme, ce père, que le hasard m'avait donné, était peut-être un homme intéressant.

— As-tu un amoureux ?

Diable ! c'était certainement un homme indiscret !

— Naturellement, dis-je, est-ce qu'une jeune fille qui se respecte se promènerait sans amoureux ?

— L'aimes-tu ?

Je lui dis poliment que je ne pouvais pas répondre, et nous continuâmes à bavarder légèrement. À la fin :

— C'est notre première conversation sérieuse, Catherine, et j'en suis très content. Tu me plais. Tu n'es pas sotte, et tu as pour le bon sens un goût rassurant, où je reconnais, d'ailleurs, l'influence de Maurice Alker, et bien que tu n'aies pas le style romantique qui me plaît, je dois reconnaître que tu n'es pas désagréable à voir. Les choses s'annoncent au mieux. Tu es assez réussie, et j'en remercie Maurice qui y a certainement plus contribué que moi. Je suis sans doute un père distrait, mais tu es si jeune ! J'ai près de soixante ans, la jeunesse est bien loin pour moi...

— Mais non, assurai-je en riant, tu es aussi jeune que moi ! L'amour conserve. Seulement ta jeunesse fleure encore la Belle Époque et la mienne est de date plus récente.

Il répéta que je lui plaisais, et il en paraissait légèrement surpris. Cette enfant faite par inadvertance, voilà qu'elle se transformait en une jeune personne avec de petites idées sur la vie, des goûts, un avenir : en somme, quelqu'un de très possible et qu'il n'était pas désagréable d'avoir à la maison. Je crois, dis-je le soir à Alker, que j'ai séduit mon père. C'est qu'elle est capable de tout, cette petite-là, soupira Jean qui n'était pas censé écouter. Alker et moi dissertâmes longuement sur le thème connu des relations familiales. Julien se distrayait en bavardant avec Antoinette et Jean. Naturellement, nos discours n'avaient pas d'originalité définitive des grandes idées, et il était parfaitement en droit de ne pas s'y intéresser. Il ignorait tout de mes parents, et, selon le mouvement naturel des enfants, tenait pour acquis qu'ils ne devaient guère jouer de rôle dans ma vie, fût-ce par leur absence. Les amants ingénus qui jurent qu'ils n'auront pas de secrets l'un pour l'autre font sourire. On a tort. Dans leur simplicité, ces amants sans détour ont pressenti le danger de ne pas tout savoir l'un de l'autre, et qu'en amour, l'ignorance se tourne contre l'ignorant. Je ne savais pas me livrer, Alker m'avait trop habituée au trouble plaisir d'être percée à jour malgré moi. J'étais assise là entre un homme qui savait tout de moi, sauf le lit, et un garçon qui n'en savait que le lit : de quel côté était le lien le plus étroit ? Un enfant eût trouvé la réponse, et nous étions trois à ne pas voir ce qui crevait les yeux.

Les soirs où nous sortions, Julien me reconduisait jusqu'à ma porte. La réussite perpétuelle de nos rendez-vous nous déshabituait de la peur et de la prudence. Je rentrais, mes parents étaient au salon ou dans leur chambre. Si c'était le salon, j'allais les y saluer ; si la chambre, je leur criais le bonsoir du vestibule. Mon père entrouvrait la porte, disait : Il est bien tard,

Catherine ; et : Bonne nuit, pendant que Julien se glissait furtivement chez moi. Les clés n'étaient même plus nécessaires. Je fermais la porte, nous nous déshabillions paisiblement, comme de vieux époux, en devisant à propos de notre soirée. Nous ne faisions même plus toujours l'amour, le réveil nous arrachait au sommeil à cinq heures, Julien s'habillait et s'enfuyait dans la maison silencieuse. Je l'accompagnais jusqu'à la porte, puis je retournais à pas feutrés retrouver la tranquillité du lit solitaire. Rentré chez lui, Julien devait regagner sa chambre avec autant de prudente discrétion qu'il en avait mise à quitter la mienne. Parfois, il rencontrait son père dans l'escalier. Déjà levé ? disait ce père abusé, et Julien : Je ne pouvais plus dormir. Puis, tout habillé, il allait achever sa nuit sur un lit vite défait.

Mais la proximité des examens et l'obligation de beaucoup travailler rendaient peu à peu impossibles ces nuits compliquées. Un soir : Rentre plutôt chez toi, lui dis-je, et dors. Ce qu'il fit avec joie. Il y songeait déjà, mais n'avait pas osé en parler, dans la crainte de me voir interpréter ce désir comme une chute d'amour. Je n'y pensais pas, ce à quoi je n'eusse pourtant pas manqué deux mois plus tôt. D'abord qu'il rentrât était exceptionnel ; bientôt qu'il restât.

Nous voyant moins, nous avions, d'une rencontre à l'autre, le temps de nous refaire un peu d'impatience. Après quelques jours : Je brûle d'envie de te revoir, disait-il avec une gaieté tendre. Et je courais au rendez-vous d'un pied ailé : tant de temps sans baisers, sans la bonne étreinte de son bras autour de mon épaule, c'était trop. Nos bouches, nos mains se reconnaissaient, nulle lassitude n'altérait leurs impatientes retrouvailles. Ah ! nous nous aimons toujours comme au début, me disais-je alors, sans me souvenir d'une époque où quatre jours sans nous voir eussent été une insoutenable épreuve.

Il faisait fort chaud, pour un mois d'avril, et nous reprîmes les promenades au bois. Quel contraste avec les dernières, ces courses affolées entre le froid qui nous pressait et le désir qui nous arrêtait. À présent, nous marchions lentement, il me tenait par les épaules, et nos corps qui se connaissaient bien épousaient le même pas, hanche à hanche et bientôt désir à désir. Les bosquets étaient proches et sombres, où s'égarer, parmi l'odeur âpre des aiguilles de pin desséchées.

Après tant d'autres, la découverte des plaisirs agrestes nous attarda un peu sur le chemin du désamour.

Je dansais avec Jean.

— Voyons, Catherine. Tu couches avec Julien. Je couche avec Antoinette. Avec qui couche Alker ?

J'éclatai de rire. C'était là poser nettement un problème. Après quoi, je me rendis compte qu'il était très dangereux de laisser Jean s'étonner que deux et deux fissent cinq. Je pris l'air pudique pour prétendre que, sans doute, Alker avait de la vertu. Il n'en croyait rien : Alker avait mauvaise réputation. Alors, dis-je, en m'excusant *in petto* auprès de cet homme insoupçonnable, il ne nous reste que trois hypothèses : il n'a pas de tempérament, il est homosexuel, ou il nous cache ses amours, ce qui n'est pas d'un véritable ami. Jean leva les bras au ciel et perdit le rythme : C'est trop ! Tu as une âme sans poésie, il faut laisser de la place au mystère. Et se lança dans un discours sur l'importance du mystère, seul refuge des âmes tendres, dans une époque où et qui... Ravie de le voir se détourner d'une dangereuse arithmétique, je l'écoutais avec cette attention marquée qui donne bonne opinion des filles. Il me dit que je lui plaisais : Tiens c'est comme mon père, il vient de me faire la même déclaration. Cela le découragea. Il me rendit à Julien en l'assurant qu'il fallait m'épouser, que j'étais du bois dont on fait les femmes fidèles.

— C'est que cela ne dépend pas que de lui, dis-je en me laissant tomber sur la banquette. Alker sourit, me tapota la main : Ton mari, je le trouverai, et crois que je saurai bien le choisir. Julien protesta : ce n'était d'ailleurs que son devoir le plus strict. Et la soirée poursuivit son cours habituel, déroulant l'alternance plaisante des duos tendres et des quintettes moqueurs.

Nous nous plaisions si bien, ensemble. Nos liens étaient étroits et d'autant plus qu'emmêlés. Les vieux amants finissent toujours par se ressembler : vos parents sont-ils cousins ? m'avait-on parfois demandé. Trente ans de sentiments semblables modèlent semblablement les visages. Il ne nous avait pas fallu si longtemps. Une espèce de mimétisme obscur jouait entre nous, qui nous faisait nous ressembler. L'ambiguïté commandait à nos gestes, nous glissions les uns vers les autres selon des pentes secrètes et, dans l'entrelacs de nos mythes, ne rencontrions jamais la vérité que par hasard. Obscurément, chacun imitait l'un pour mieux plaire à l'autre, et Jean, tournant vers moi la même attention amusée qu'Alker, ne se doutait pas qu'il voulait séduire Antoinette. Nous avions trop d'honorable inconscience pour cultiver les grosses ressemblances qui crèvent les yeux, mais enfin, Julien n'avait jamais autant aimé Alker que depuis qu'il m'aimait et n'aurais-je pas trouvé Jean un peu vulgaire sans la caution d'Antoinette ?

Souterrain, infaillible, l'inavoué nous guidait, et nous retenait les uns près des autres, dans un équilibre complexe où chacun était indispensable. Il fallait Julien et Antoinette pour qu'Alker et moi pussions nous voir tout notre saoul et sans troubles de conscience. Un soupçon de Jean était intolérable, qui eût menacé le château de cartes.

Mais c'est mue seulement par le généreux souci de protéger Antoinette que je fis part à Alker de l'inquiétante question.

— Ah non ! se récria-t-il, celui-là ne va pas tout ficher en l'air !

Je me mis à rire : quelle passion ! quel cri du cœur !

Il me regarda par en-dessous. Ce n'est pas tellement pour Antoinette, dit-il ; mais nous nous plaisons si bien tous ensemble. Si Jean se met à jouer les maris ombrageux, c'en est fini...

— Et il vous faudrait chercher une autre maîtresse, qui ne me plairait peut-être pas.

— Voilà ! Il était accablé, il soupira. C'est le charme de la stabilité. Si je le pouvais, j'épouserais Antoinette, tu en ferais autant de Julien, et nous serions tranquilles.

Je dis : Évidemment, sans remarquer que c'eût été une bien curieuse raison de se marier.

— Enfin, peut-être n'était-ce qu'une idée sans suite qui lui traversait la tête.

On va vite, sur le chemin du soupçon. Qu'une question sans réponse laisse un sillage, on n'a plus qu'à le suivre, et voilà un homme prêt à ennuyer mortellement femme et amis. Jean s'agitait autour de l'idée qu'Alker devait bien avoir une maîtresse et que, dans sa vie apparemment transparente, on ne voyait pas où il pouvait la mettre. Nous n'avions pas parlé du séjour chez Alker. Ce grand homme goguenard avait le langage cynique mais le cœur pur. Il avait été choqué par l'idée que Julien passait des nuits dans ma chambre.

— Tout de même, il y a les hôtels, ce serait plus convenable.

Comme quoi le sens de la bienséance se fourre partout. Que j'eusse un amant, c'était parfait, il avait en commun avec Antoinette le goût de voir tout le monde faire l'amour. Il convenait que je ne le fisse pas chez moi. Dans sa hiérarchie des valeurs morales, l'honneur des filles venait après le respect du toit familial. Il eût été très choqué d'apprendre qu'Alker nous avait reçus, Julien et moi, même sans se demander où était Antoinette. Mais les allusions inévitables à des sorties à quatre, le fait que ma robe eût été faite par sa femme, de petites choses lui avaient fait comprendre que nous nous étions souvent rencontrés. Ce fut peut-être cela qui déclencha tout ; il avait l'habitude du quintette, les vacances de Pâques le firent songer au quatuor.

Faisons de la place pour une maîtresse dans la vie d'Alker, nous dîmes-nous, et nous nous résolûmes, l'âme en peine, à nous voir moins souvent. Julien n'avait jamais le courage de renoncer au plaisir des soirées en groupe. J'eus la douleur de le voir résister victorieusement à la tentation du tête-à-tête amoureux. Je dois absolument travailler, disait-il, et il restait chez lui. Délaissés, Alker et moi nous consolions dans des promenades à deux qui rappelaient celles de mes seize ans. Nous bavardions éperdument de tout, sauf de nos amours, ce qui pouvait passer pour une réserve pudique. D'ailleurs, nous avions de grandes ressources en dehors de l'amour : il alla jusqu'à me questionner sur les guerres puniques dont il avait tout oublié, et quand je lui en parlais, elles me semblaient moins ennuyeuses. Ah ! lui disais-je, si je travaillais avec vous, je passerais de brillants examens !

Incorrigiblement légers, nous quittions souvent l'Antiquité pour des plaisirs moins nobles et nous égarions dans des fêtes de quartier. Les montagnes russes m'initièrent aux joies du mal de mer, je perdais allègrement toute la monnaie d'Alker dans les machines à sous. Je ne gagnais jamais, ce qui me désolait. Alker riait, changeait un billet, et je continuais. Tu me ruines, disait-il gaiement, mais enfin les femmes sont faites pour ça. Je m'enchantais à bon marché de l'idée que je ruinais un homme.

Il me reconduisait, entrait avec moi, et amusait mes parents avec le récit de mes exploits aux jeux de hasard. Bientôt la conversation tournait au sérieux et j'allais me coucher très contente.

Il y eut, un soir où je rentrais avec Alker, un curieux échange de regards entre mes parents, sur lequel la prudence interdisait de s'interroger.

Au bout de quinze jours de montagnes russes, je sentis, avec un léger malaise, que je me passais trop aisément de Julien, et sans doute Alker fut-il repris par le sentiment du devoir, car il téléphona à sa maîtresse pour lui demander des nouvelles de Jean. Elles furent mauvaises : il l'assaillait de considérations éculées sur l'amour, qui se fane ; sur les femmes, qui ne sont pas sérieuses ; sur l'ennui, qui est un des éléments constitutifs du mariage.

Mais il devait avoir déjà dit tout cela, qui n'était pas bien neuf ? Non. Il y avait dans ses regards, dans son attitude, quelque chose de trop attentif. Il ne nommait pas Alker. Antoinette s'agitait. Quand je la revis, je ne reconnus plus le Poulbot vicieux qui m'incitait à la débauche. La chèvre folle tremblait pour son piquet.

Mais que faire ? Nous discutâmes longuement l'inquiétude de Jean. L'idée dominante était : Avec qui couche Alker ? et l'absence de réponse l'agaçait. Le goût d'apparier son monde conduisait doucement cet homme à la jalousie. Le raisonnement était simple : il était impossible qu'Alker n'eût pas de maîtresse. Or, on ne lui en connaissait pas. *Ergo* : cette maîtresse était inavouable.

Serait-ce ma femme ?

Après qu'il l'eut trouvée naturelle pendant six mois, l'intimité qui réunissait sa femme et son ami à un couple d'amoureux devenait suspecte. Par quoi, assemblés, ces gens-là se ressemblaient-ils ? La vérité l'aveuglait, mais bientôt ses yeux s'habitueraient. La paresse luttait encore contre la jalousie : cette vie confortable, auprès d'une femme qui partageait tous ses goûts, il ne la mettrait en péril que contraint. Depuis longtemps la camaraderie avait remplacé la passion. La jalousie risquait de la ramener, mais c'eût été pour tout détruire. Il chercha des œillères : Antoinette avait-elle changé ? semblait-il qu'elle se lassât de lui ? Et s'il fallait répondre non à ces questions, comment la croire coupable ? Il ignorait que si elle restait la même, c'est qu'elle l'avait toujours trompé et que l'amant changeait de nom mais pas l'infortune. Ainsi restait-il encore au bord du doute. Ce malade n'attendait que de mettre un nom sur sa maladie pour se croire guéri : Antoinette comprit qu'il fallait donner une maîtresse à Alker.

Mais qui et comment ? Et puisque aussi bien il n'y avait rien à faire, nous décidâmes d'attendre que les événements nous pressassent. Nous divertissions Antoinette en tenant des conseils de guerre fantaisistes. L'objectif ne manquait pas de grandeur, puisqu'il s'agissait de sauver un mariage, ce pilier toujours branlant de la société. Comment convainc-t-on un mari qu'il n'est pas trompé ? Nous nous lancions dans de rocambolesques inventions, quand Jean attaqua de front.

Ce fut au retour d'une soirée en commun. Rêveusement :

— Je me demande qui fait ménage à trois : nous, ou Julien et Catherine ? demanda-t-il. Elle leva sur lui un regard innocent. Je me dis, en l'écoutant, qu'un regard innocent était bien difficile à imaginer sur ces traits-là.

— Jean, tu es choquant, Catherine n'est pas fille à ça.

— Non, mais toi ?

— J'ai pris le parti de rire, dit-elle piteusement.

— Il fallait t'indigner, affirma Alker.

— Mais cela l'eût frappé, ce n'est pas mon genre !

— Dans certaines circonstances, les réactions, quand elles sont naturelles, sont toujours les mêmes. Toute femme honnête s'indigne si l'on doute d'elle ; ton mari eût été convaincu. Tu aurais enchaîné sur une scène de ménage, cassé quelque potiche et amené une réconciliation d'alcôve : nous serions tranquilles.

— Oui, mais tout cela ne t'aurait pas donné de maîtresse, et demain il recommençait.

Ce qui laissa Alker sans réplique.

Il y eut une heure de discussions. Où trouver une maîtresse ? Alker jeta des noms, la sagacité d'Antoinette ne fut pas prise en défaut : Très bien, dit-elle avec ironie. Au moment où il a des soupçons, où la discrétion qui entoure ta vie sentimentale l'inquiète, je sors de ma manche Mme X, et il ne verrait pas que la carte est fausse ? Ta maîtresse doit être probable, mais pour quelque raison qui est encore à trouver, inavouable, même à tes plus intimes amis.

— C'est facile, admit-il, donne-moi Marguerite, ma gouvernante. J'ai le goût des vieilles dames : cela n'est-il pas inavouable à souhait ?

Antoinette rêvait, l'œil vague. Nos registres d'expression sont assez courts : je reconnus la sienne. Elle l'avait eue, un soir pluvieux, pour regarder la fenêtre de ma chambre, et répéter, distraitement : Au rez-de-chaussée... Aussi me méfiai-je : qu'allait-elle dire ?

— Catherine.

— Quoi Catherine ? dit Alker qui, comme moi, avait déjà compris.

En somme, l'idée n'avait rien d'extraordinaire, et même, les circonstances l'imposaient. Ce qui ne l'empêchait pas d'être choquante, au premier abord. Après quoi, on s'y habituait très bien. Quoi, Catherine ? répéta Julien, jusqu'à présent assez silencieux. Les yeux brillants, Antoinette se dressait, emportée par l'inspiration lyrique.

— Catherine, monstre d'hypocrisie, prise au piège de la maturité et de l'expérience, nous trompe tous, et plus spécialement Julien. Emportée par une sensualité trop jeune pour savoir se discipliner, elle trouve, entre les bras du quadragénaire perverti par la vie les émotions violentes que l'amour pur ne dispense pas longtemps. Ah ! femme qui a péché péchera encore, car qui a bu boira, petit poisson deviendra grand et qui vole un œuf vole un bœuf.

— Mais elle est folle, se lamenta Julien.

Antoinette leva une main impérieuse : – Non, j'ai du génie. Car cela, Jean le croira, fiez-vous-en à ma parole.

Julien soupira : Oui, et moi, j'aurai l'air cocu.

D'un geste léger, Antoinette rejeta une si dérisoire objection.

— Ce serait parfait, dit calmement Alker, s'il n'était impossible de compromettre Catherine, qui est une fille à marier.

Antoinette hésita un instant avant de s'étonner : Mais il est bien évident que cela ne sortira pas d'entre nous. Jean a son petit côté galant homme.

Après quoi, nous ne trouvâmes plus d'objections à faire.

Il était pourtant difficile d'aller, tout de go, annoncer à Jean une découverte qui détruisît ses soupçons, le danger était toujours de les raffermir. Nous comprîmes bientôt qu'il devait découvrir mon crime lui-même.
– Organisons un flagrant délit, proposa Antoinette. Jean ouvrira une porte, par hasard, et tombera sur une situation du type qui ne laisse aucun doute. Le négligé de la passion étant un symbole, il faudra peu de choses pour l'évoquer : un lit en désordre, une cravate dénouée. Oh ! les écailles lui tomberont des yeux et il courra vers moi, m'apprendre qu'il sait enfin sur quel autel Alker sacrifie à Vénus.

Les dernières protestations de Julien sombrèrent dans le fou rire général. Pourtant : qu'Alker et moi eussions accepté, ce n'était rien. Mais lui ? Quand j'y songe, je m'aperçois que, de nous tous, c'est Julien que j'ai le moins compris. Sentimental, imprévoyant, pris à tous les pièges, il ne voyait jamais où il allait et ne s'étonnait qu'arrivé. Aucun de nous ne se demanda vraiment quelle figure il ferait, après la réussite de la mystification : sentions-nous qu'il n'y aurait pas d'après ?

Nous entrâmes dans les détails. Antoinette s'amusait follement : la dangereuse jalousie de Jean était oubliée, il n'y avait plus qu'une plaisante supercherie à mettre sur pied. Emportée par le goût du jeu, elle étincelait, vive, blagueuse, ironique, sous l'œil ravi d'Alker. Cet amant, hier si proche de la lassitude, était repris et la suivait d'un regard charmé. Il se tournait de temps en temps vers moi, pour me dire, admiratif : Elle est étonnante, n'est-ce pas ? Julien, lui-même, avait quelque peine à ne pas oublier ce que l'honnêteté exige d'un amant fidèle. Et moi ? Ma foi, je m'amusais. Ce fut très joyeusement que nous creusâmes la tombe de nos amours.

Le lendemain, j'avais la tête lourde et la vague nausée qui suivent les grandes débauches. Nous ne nous étions pourtant grisés que de mots. Je me dis que j'avais une nature délicate et que c'était tout à mon honneur.

Si nous avions pu jouer notre petite comédie tout de suite, peut-être se serait-elle passée comme prévu. Mais il fallut attendre. Il était facile de dire : un jour où Jean passera à l'improviste chez Alker... encore devions-nous être avertis assez tôt pour préparer la mise en scène. Nous eûmes le temps de nous dégriser, et ce qui avait été jeu facile devint agaçante corvée dont on avait hâte d'être débarrassé. Huit jours passèrent. Julien travaillait, je ne le vis guère ; Antoinette n'osait plus rencontrer Alker. Ne sachant pas que nous avions trouvé le moyen de dissiper ses soupçons, l'époux à berner progressait méthodiquement dans la jalousie. Antoinette se rongeait. Enfin, un après-midi, à quatre heures, Jean lui téléphona : Je serai en retard, je dois passer chez Alker prendre un livre.

Elle nous avertit aussitôt. Je traversai les Alpes avec les armées de César, et je me dis : Zut ! en appelant un taxi. Pourquoi un taxi ! demanda ma mère surprise. Tiens ! pour aller plus vite ! et elle oublia de s'étonner que je dusse aller vite.

Marguerite vint m'ouvrir. Elle avait un rôle à jouer, il avait fallu la mettre dans la confidence. Elle m'accueillit avec la politesse froide qu'elle réservait d'habitude aux belles amies d'Alker. Agacé, Alker lui répéta brièvement ce qu'elle avait à faire. À l'arrivée de Jean, il faudrait dire que Monsieur était au premier étage, dans le petit bureau, et, au lieu de l'y conduire, prétexter de quelque occupation urgente pour rejoindre sa cuisine.

— Cela est déjà arrivé cent fois, mettez-y du naturel.

C'était peu de chose, mais la complicité lui répugnait. Elle nous quitta sans un mot. Bien sûr, bougonna Alker, c'est elle qui a raison, et cette histoire est ridicule. Enfin, à présent que nous y sommes engagés... Il jeta sur moi un regard incertain : Cela ne t'ennuie pas trop, petite ? Je haussai les épaules : Je me demande naturellement quelle figure je ferai devant Jean, après. Mais il faut parfois un peu d'altruisme, dans la vie.

— Noble parole ! Et qui ne te sied guère ! Enfin allons-y.

Jean monterait, se trouverait devant une porte entrouverte ; il ne connaissait pas assez bien le premier étage pour distinguer que cette porte ouvrait sur une chambre et non sur le petit bureau. Il passerait la tête en appelant Alker, etc.

Nous montâmes.

Nous étions mal à l'aise. L'air de blâme de Marguerite nous poursuivait. Il soulignait l'équivoque. Naturels et complices, peut-être menions-nous notre comédie dans l'esprit d'une allègre supercherie, ainsi que l'attendaient Antoinette et Julien. Mais, sous cette égide soupçonneuse, nous ne sentions plus, de la situation, que ce qu'elle avait de suspect. Marche à marche, nous quittions le monde des apparences honorables. Nous allions feindre d'être amants : ce jeu-là correspondait à trop de choses bien cachées en nous pour ne pas nous inquiéter. Se laisser entraîner par Antoinette aux prises avec l'inspiration était une chose : une autre de monter un escalier, l'un devant l'autre, seuls et parfaitement déconcertés.

Je me disais vaguement : C'est ainsi qu'il monte avec Antoinette, les soirs où... Puis : Mais non ! sans doute il la tient enlacée, ils bavardent. Il se taisait.

Il ouvrit la porte avec un sourire qui s'efforçait vaillamment au naturel. C'est ici, dit-il. Je le savais bien. N'avais-je pas séjourné quinze jours chez lui ? Je ne pus me tenir de tourner la tête vers la porte qui avait été celle de ma chambre, et il ne manqua pas de remarquer ce geste très : « C'est là que j'ai vécu, c'est là que j'ai aimé... » et d'en sourire. Je rougis, il m'ébouriffa gentiment les cheveux en murmurant : Gamine, va ! et nous nous sentîmes beaucoup plus à l'aise. Après tout, nous étions bien la petite Catherine qui n'avait pas de secret pour lui, et l'ami de la famille, immoral avec mesure, enclin à étudier l'âme des jeunes filles. Nous trouvâmes, pour défaire le lit et organiser le désordre de la passion, un peu de complicité joyeuse, mais qui retomba sitôt qu'il n'y eut plus rien à faire.

— Eh bien, tout est prêt, dit Alker.

Il n'y avait plus qu'à s'asseoir et attendre Jean. Dehors, le soleil brillait, des enfants criaient en jouant, de temps en temps une voiture passait. Plus loin que cette rue tranquille, la ville s'agitait. Julien était à son laboratoire, pris par les mystères de l'entropie. Antoinette s'adonnait aux joies du ménage en attendant le retour d'un Jean enfin rassuré. Et nous, derrière les rideaux tirés, nous n'avions rien à faire que garder la pose. Alker avait ôté sa cravate et défait les premiers boutons de sa chemise, j'étais pieds nus sur le tapis. Cela devait suffire pour créer l'illusion ; cela suffisait en tout cas à créer un malaise.

Il était quatre heures et demie. Jean n'allait pas tarder. Dix minutes, un quart d'heure, pensais-je, il fait sa courte apparition, repart aussitôt, et le bonheur d'Antoinette est rétabli. Dix minutes, c'est bien peu de chose. Et je disais : Ce tapis est très beau, ou bien : De qui est cette toile ? elle est charmante. À quoi Alker répondait péniblement : Oui, il est chinois, et : Un petit maître hollandais du XVIIIe...

Jean fut en retard.

Nous l'attendions pour cinq heures au plus tard. À cinq heures et demie, j'avais étudié à fond tout le mobilier de la chambre, il n'était pas encore là. Alker téléphona à Antoinette. Il viendra, dit-elle, il doit être retenu ; s'il avait changé d'avis, il m'aurait prévenue. Attendez. Moi, je dois absolument sortir, je rentrerai assez tard, mais j'aurai tout de suite les nouvelles.

Nous étions seuls. Antoinette sortait, Julien s'instruisait.

Une impatience nous taraudait. Nous supposions que c'était de voir arriver Jean.

Alker fumait en silence, le visage fermé. Il se disait qu'il avait admis que la fille de ses amis fréquentât sa maîtresse, qu'elle eût un amant et, aujourd'hui, se perdît aux yeux de Jean. Il mesurait avec étonnement le chemin parcouru.

Ce chemin qui nous avait conduits devant un lit défait avec, entre nous, le mensonge préparé pour Jean, et dont il ne fallait pas trop s'approcher, crainte de s'y engluer les pattes comme des mouches.

La lumière déjà tamisée par les rideaux déclinait avec l'après-midi. Parfois nous lancions quelque parole hésitante qui se perdait dans le silence. Depuis combien d'heures étais-je assise dans ce fauteuil ? J'avais la tête vide, j'oubliais de fumer les cigarettes que j'allumais ; soudain, presque consumées, elles me brûlaient les doigts, il fallait alors faire l'effort de se redresser, de se pencher vers le cendrier pour les y écraser. Mes gestes m'étaient étrangers. Debout contre un mur, Alker regardait dans le vide. Nous n'en finissions plus d'attendre. On nous avait déposés sur une île déserte en nous disant : Ce n'est que pour un moment. Alors, dociles, nous restions là.

— Euh... tu n'as pas soif ? demanda Alker, pour dire quelque chose.

— Non, merci, répondis-je poliment. Et je cherchai si l'idée de la soif n'amènerait pas quelque sujet de conversation. A-t-on soif sur les îles désertes ?

Non, cela ne convenait pas. Il me sourit : Nous avons l'air un peu gourdes, petite, nous sommes là, silencieux...

Il cherchait à rendre aux choses un air naturel. Cela m'agaça vaguement. Bavardons, proposa-t-il, sans rien trouver à dire.

— C'est cela. Mais de quoi ? politique, peut-être ? Où en est la guerre de Troie ?

Il parut déconcerté. Déconcerter Alker ne m'était pas habituel. Mais il tenait à la conversation. Il me regarda attentivement, comme s'il cherchait l'inspiration sur moi.

— Ton chemisier n'est guère joli, dit-il brusquement.

Et moi, sans mesurer mes paroles : C'est Antoinette qui me l'a conseillé l'autre jour. Par une délicate attention, elle a choisi le plus laid. Il y eut un peu de moquerie : C'est une femme prudente, dit-il. Et aperçut l'imprudence de cette parole.

Décidément, le silence était encore le plus sage. Il se retourna, marcha vers la fenêtre. Rhabille-toi, va. Jean ne viendra plus, jeta-t-il d'une voix sourde. Je n'avais qu'à glisser les pieds dans mes ballerines qui traînaient tout près de moi, sur le tapis. Mais je n'avais pas tellement envie de les mettre. Il me semblait que c'eût été partir avant la fin.

Et vous, dis-je d'un ton morne, vous ne remettez pas votre cravate ? Il me regarda, le visage durci. Sans doute n'avais-je pas l'air bien méchante, car un sourire gêné vint adoucir ses traits. Excuse-moi, je deviens désagréable. C'est l'emprise de la situation...

— Du lit défait... murmurai-je machinalement, comme on complète une phrase restée en suspens.

Les rênes nous échappaient. Je me sentis glisser.

— D'habitude, un lit, ça sert, dit-il d'un air vague, comme pour s'excuser.

Je me levai impulsivement. Nous nous regardions, vacillants, étourdis par la violence avec laquelle l'inévitable s'imposait à nous. Alker ferma les yeux une seconde. Non ! souffla-t-il. Je m'entendis pousser un petit gémissement de bonheur. Il voulut parler, dit : Écoute... mais déjà ses bras se refermaient sur moi, nos lèvres s'étaient trouvées, et mes mains, enfin accordées à leurs gestes, serraient étroitement sa nuque, comme pour s'assurer qu'il ne s'arracherait pas au baiser, tout de suite définitif, violent, désespéré.

Il n'y eut ni question, ni réponse, ni feinte, ni combat, mais vers ce lit déjà défait, le glissement irréparable du désir, la chute aux abîmes, et, pendant une seconde, la lumière éclatante de l'amour sur l'élan qui nous emportait.

Restez, dis-je lorsqu'il s'écarta de moi. Il ramena la couverture sur nous. J'avais encore mon petit chemisier chiffonné autour des épaules et je me dis vaguement qu'Antoinette avait eu tort de s'y fier. Je me blottis contre Alker mais, tout de suite : Est-ce possible ? cet homme qui est là, couché tout contre moi, c'est donc lui ? et je me redressai pour le regarder. Ses yeux clos ne s'ouvrirent pas. Sur sa tempe, une fine éraflure se perdait dans les cheveux : je me souvins que c'était moi qui la lui avait faite, d'une griffe impatiente, et cette pensée m'étourdit. Mon doigt en suivit le tracé, prudent et léger : Ça fait mal ? demandai-je avec contrition. Il sourit, ouvrit les yeux. Tu es si charmante, dit-il doucement. J'eus un petit rire, qui m'étonna. Je me tus, l'écoutai se répéter en moi : c'était un petit rire tout neuf, tendre, confiant, et assez sûr de soi. C'était un rire de femme. Oui, dis-je en coulant mon front contre son épaule, je suis tout à fait charmante. Il leva la main pour caresser ma joue et sa voix murmura au-dessus de ma tête : Excuse-moi, Catherine, je suis très coupable... Je fus stupéfaite : Que voulez-vous dire ? Tu vois, même maintenant tu me dis encore vous. D'ailleurs, tu as raison, ça ne vaut pas la peine d'en perdre l'habitude. Comme j'étais d'humeur heureuse, je me mis à rire, sans comprendre la portée de ces derniers mots. Doucement, dis-je, j'ai réponse à cela. Je ne vous tutoierai pas. D'abord, je n'en ai, en effet, pas l'habitude. Puis, j'ignore les usages et s'il est incorrect de se vouvoyer au lit. Troisièmement, j'aime beaucoup ce vouvoiement, je trouve qu'il fait plus tendre. Il rit : Explique-toi, je ne comprends pas. – Eh bien, on tutoie tout le monde : papa, maman, les petits copains (j'avais failli dire Julien, et m'étais reprise à temps, sentant fort bien, malgré le peu d'usage que je venais d'invoquer, que celui-là n'avait rien à faire ici), les petites amies. Vous, vous êtes à part. Je dis « vous » pour vous accorder un régime d'exception. – Présenté ainsi, c'est flatteur. – Je ne sais pas, dis-je dans un brusque accès d'humilité, si je suis quelqu'un d'assez important pour qu'un régime d'exception de ma part soit flatteur. Il se mit à rire : Je ne te connaissais pas si modeste. – Je ne le suis que devant vous. – Alors, tu ne m'en veux pas ? – Alker, mon ami, ne sacrifiez pas au petit savoir-vivre des relations d'alcôve, ou je vous fais la réponse d'usage qu'on trouve dans tous les bons auteurs : Qu'allez-vous penser de moi, Monsieur ? Il rit encore, murmura : Beaucoup de bien, sur un ton équivoque qui me fit un peu rougir. Je renversai la tête et cherchai ses lèvres d'une bouche tâtonnante. Il souriait, les yeux bridés et brusquement je me dis : Alker ! je le reconnaissais. Ce n'était pas seulement l'homme qui venait de m'étreindre, mais Alker, l'Alker des promenades en forêt, des confidences, de la bibliothèque, mon ami, mon frère et mon père, et, j'osais à peine y croire, mon amant. Pour combien de temps ? songeai-je avec angoisse. Il avait dit : Ça ne vaut pas la peine d'en perdre l'habitude. Il me regardait aussi, et se disait : Catherine ! je ne savais pas – je ne le compris que plus tard et bien trop tard – qu'il se demandait aussi : Pour combien de temps ?

Notre enjouement tomba. Le silence résonnait dans la pénombre qui gagnait la chambre. Sur le trottoir d'en face, un réverbère s'était allumé, et les fenêtres commençaient à bleuir. Je me serrais contre Alker en me disant que, quoi qu'il arrivât, je devrais toujours de la reconnaissance à Jean, pour n'être pas venu. C'était une pensée banale, mais qui avait un côté drôle, et je souris en murmurant : Cher Jean... – Tu es bien gentille, je craignais un peu que tu ne lui en veuilles. Vous y tenez ! protestai-je, et nous nous disputâmes tendrement. Nous sentions qu'il était trop tôt pour se taire et que l'inquiétude aurait vite fait de s'immiscer entre nous. Nous nous disions de petites choses tendres et sans conséquences. Mais nous demeurions sur nos gardes, et, dans la tendresse, nous avancions à pas comptés. Amants de hasard après un long désir, nous avions un peu peur l'un de l'autre. Jusqu'où va-t-il ? me disais-je en le guettant. J'étais prête à le suivre : mais je croyais qu'il ne voulait pas être précédé. Il n'attendait que cela, et que je lui indiquasse jusqu'où j'allais.

Avec Julien, j'avais mesuré l'amour au plaisir. Cette fois-ci, éblouis par le désir, nous n'allions pas voir l'amour. Ainsi va l'aveugle, se trompant toujours de chemin.

Il pensait à son âge. C'était soit pour se désoler d'être vieux, soit pour reprocher à mes parents de ne m'avoir pas faite plus tôt. Pourtant, plus jeune, l'aurais-je aimé ? et moi plus vieille, eût-il été porté vers moi par le même intérêt tendre ? Je n'aurais été pour lui qu'une femme comme les autres, mariée ou pas, sage ou facile à prendre. Oui, disait-il en riant, et je n'aurais pas bénéficié des heureux effets de ton complexe d'Œdipe insatisfait. Réduit à mes propres charmes, t'aurais-je plu ? Parfois, nous nous taisions, apercevant soudain que nous parlions comme s'il était entendu que nous nous aimions.

J'avais cru à mon expérience, parce que depuis quelques mois, je faisais l'amour avec Julien. Je lui dis que j'avais pu mesurer ma présomption. Je croyais l'amuser, c'était le thème habituel : « De l'éducation des filles ». Je ne compris pas l'élan avec lequel, pour toute réponse, il m'embrassa. Je venais de le rassurer : Julien avait vingt ans et lui plus de quarante.

Parfois sa main venait caresser mon sein. C'était une caresse, rêveuse, tendre, mais qui me faisait trembler. Je cachais mon trouble, que je n'aurais pas caché à Julien : pas plus qu'à l'amour, je n'osais me livrer au désir. Puis, brusquement débridée, je cherchais sa bouche et nous perdions le souffle ensemble. Bah ! grondait-il en m'embrassant, ce n'est que pour cette fois. Le mal était fait, autant s'en rassasier. Et nous remettions à plus tard d'avoir peur.

Déjà, nous cherchions, dans la violence du plaisir, à nous assurer contre les cœurs.

Ce ne furent que deux heures. Mais si ferventes que, parfois, dix ans laissent moins de souvenirs. Chaque instant, chaque détail se sont gravés en moi ; ma mémoire trop fidèle est prête à me rendre le son particulier de nos voix dans la chambre ouatée par le crépuscule, et cette défaillance quand il me regardait. Longtemps, je me suis impatientée que le temps, si prompt à effacer certaines choses, fût si lent, pour celles-là. Sur ce lit, où nous nous leurrions de notre désir, déjà nous étreignait le regret désespéré de ce qui était, mais dont nous sentions bien que rien n'allait durer. Les secondes coulaient, irrépressiblement, vers le passé. Notre bonheur avait le goût amer de la nostalgie.

Nous remettions toujours de penser à Antoinette et à Julien. Il fallait y venir, pourtant. Ce fut avec précaution. Nous avions peur d'avouer avec trop d'élan que cela n'avait plus d'importance : c'eût été se découvrir, et peut-être pour apprendre que l'autre y tenait encore. J'ai fait l'imbécile, disait Alker, mais je ne puis admettre que ma sottise menace ton bonheur. Tu n'es pour rien dans tout cela, je t'ai entraînée... etc. Je protestais, disais que c'était ma faute ; ce fut un bel assaut de générosité – Si je n'avais pas insinué qu'Antoinette a fait exprès de choisir un affreux chemisier pour vous protéger de la tentation... Il s'énervait : – Chemisier ou pas, c'est arrivé ce soir, mais ç'aurait pu être dans la bibliothèque, il y a six mois, si ton père n'eût été là, sans flagrant délit, ni lit défait, pour rien, parce que.

— Parce que c'est vous, parce que c'est moi...

Il s'embarrassa : je veux dire qu'un vieux désir trouve toujours le moment de vaincre.

Enfin, peu importait. J'oublierais tout cela et retournerais à Julien, un peu honteuse, mais pleine d'honnêtes résolutions. L'amour lui paraissait récupérable, et, comme d'habitude, je croyais en ce qu'il disait. Puis, agacée : Mais je ne pourrai pas, voyons ! Il croyait que c'était par scrupule, car je n'ajoutais pas :

Je n'aime pas, je n'ai jamais aimé Julien, et m'assurait que je ne devais pas exagérer ma faute, qu'il prenait tout sur lui.

— Oui, dis-je amèrement, et nous retrouverons l'aimable vie à quatre. À un détail près : c'est qu'Antoinette exigera l'organisation d'un nouveau flagrant délit.

Il eut un sourire. S'il n'admettait pas me détourner de Julien, l'idée que les circonstances pourraient de nouveau disposer de nous n'était pas pour lui déplaire. Mais il se reprit : Il n'en sera plus question. Et, dans un baiser, nous oubliâmes flagrant délit et amants trompés. S'il n'y avait pas Julien, tout serait si simple, soupirai-je, étourdie. Mais lui : Rien ne serait arrivé. Tu n'aurais pas connu Antoinette, et je n'aurais jamais... J'entendais. Il n'y avait pas la vulgaire chute de respect devant la fille déjà déflorée, mais enfin j'eusse été moins accessible, et surtout, j'eusse fait plus de façons. J'avais longtemps hésité devant Julien, et Alker ne m'eût certes pas pressée. Il nous avait fallu la surprise des sens, qui n'est pas si courante parmi les demoiselles honnêtes. En somme, dis-je, c'est grâce à Julien. Il éclata de rire : Ô l'indélicate conclusion ! mais me serra dans ses bras, parce que mon indélicatesse lui était trop favorable pour qu'il en fût gravement choqué. Et moi, je sentis que jamais enlacement ne me serait aussi doux que le sien. Ses mains étaient légères sur ma peau, et quand il posait sa bouche sur ma joue, je n'étais plus que joue faite pour recevoir cette bouche-là.

Nous reposions. Nous avions oublié l'heure, le jour, et que ce repos au sein du bonheur n'était peut-être pas fait pour durer. Je ne pensais à rien, je n'étais que paix et douceur. Alker soufflait sur mes cheveux pour les faire voleter et s'amusait de leur légèreté. Je prononçai doucement la petite phrase qui était devenue rituelle entre nous, quand nous arrivons au bout d'un souci : Je vous aime bien, Alker... et il répondit : Moi aussi, petite, je t'aime bien.

C'est alors qu'une main poussa la porte. Surpris, incrédule, vite égrillard, Jean sourit, puis recula en disant : Excusez-moi.

Il était huit heures. Nous l'avions oublié.

Marguerite n'aurait-elle pas dû comprendre qu'il ne fallait plus le laisser entrer ? m'étonnai-je aussitôt. Oui, mais le plaisir est sans égal de nuire un peu, tout en restant sans reproche. J'eus un mouvement d'admiration devant ma propre inconscience : je n'avais pas eu si souvent le talent d'oublier si bien le monde extérieur. Puis je compris : Jean ne dirait pas à Antoinette qu'il avait vu un lit défait, un corsage à demi déboutonné, mais bien plus.

Alker s'était redressé. Il alla fermer la porte, tourner la clé ; il était un peu tard. Sans un mot, il revint à moi et me prit dans ses bras.

Nous nous tûmes longuement. Nous regardions s'éloigner le passé. J'enfonçais le visage dans son cou, il me caressait la nuque. Mon pauvre petit cœur, disait-il doucement. J'avais envie de pleurer, sans savoir pourquoi. J'essayais de me souvenir de ma dernière nuit avec Julien : en vain. Il n'y avait rien où accrocher le chagrin.

Il était évident que le premier mouvement d'Antoinette avertie serait de courir vers quelque téléphone discret pour annoncer son infortune à Julien. Une femme offensée doit la vengeance à sa dignité.

— Cela m'est égal, murmurai-je, je n'aimais plus Julien.

Il crut que je voulais atténuer les choses.

— Ni moi Antoinette, dit-il avec regret.

Il aurait voulu avoir à m'offrir le renoncement à une maîtresse encore chère, puisque moi je perdais un amant dont, si jeune et si charmant, il ne pouvait croire qu'on vînt à s'en déprendre.

« Jean doit déjà être chez lui. » Nous suivîmes en pensée son arrivée. Sais-tu ce que j'ai découvert ? Antoinette d'abord ravie : Ah ! c'est réussi, puis alertée par certains détails, bientôt folle de rage, épanchant sa colère personnelle sous la forme d'une noble indignation : Quelle hypocrisie ! ce pauvre Julien... À l'autre bout de la ville, on décidait de nous, on courait avertir Julien, et nous étions là, immobiles, silencieux. Les bras d'Alker m'étaient encore un abri, mais que déjà il me retirait :

— Il faut partir, maintenant Catherine.

Bien sûr : l'heure du dîner, ma mère agitée : Qu'as-tu donc fait pour te mettre tellement en retard ? Mais je ne voulais pas. Je sentais confusément qu'il ne fallait pas le laisser seul : il aurait trop vite fait de se reprendre, de se juger, et de fuir. Il me pressait, démontrait qu'il fallait rentrer, que mes parents s'inquiéteraient, questionneraient, et que dirais-je ? Je comprenais trop bien cette insistance suspecte, il avait hâte d'être seul pour, loin de moi, trouver le pouvoir de regretter ce qui s'était passé. Je me glissai contre lui, cherchai ses lèvres. J'étais inquiète et sans désir, mais je voulais l'entraîner, qu'il me reprît et scellât ainsi quelque chose entre nous. Il comprit, me déjoua : Va, dit-il, je passerai chez toi ce soir.

Si souvent, on fait semblant de s'aimer pour justifier les plaisirs. Je quittai tristement ce lit où il n'avait osé me prendre qu'en faisant semblant de ne pas m'aimer. Éperdue, déchirée, docile.

En sortant de la chambre, je me retournai machinalement pour voir si je n'avais rien oublié. Je laissais là Julien, mon adolescence et mes premiers mensonges. Je ne vis que le lit défait, tout ce désordre de l'amour, que soudain je me souvins avoir déjà vu. Mais c'était Antoinette, alors, qu'on avait aimée. Je compris, en regardant cela, que seuls les draps des autres nous paraissent sordides.

— Il est bien tard, Catherine, qu'as-tu donc fait ?

Je me glissai à table en silence. Oui, qu'avais-je donc fait ? Je sentais bien ce qu'Alker s'apprêtait à me dire : peu de chose...

Il arriva très vite. Il salua gaiement mes parents, me lança un désinvolte : Bonjour petite ! et tout de suite proposa d'aller voir un film du plus haut intérêt, couvert de laurier dans les festivals, et qu'un homme cultivé ne pouvait manquer. Le cinéma fait-il partie de la culture ? demanda mon père que les questions périmées n'effrayaient pas. Suivit, en s'apprêtant, puis dans la voiture, et jusqu'en prenant les billets, une sempiternelle discussion sur le septième art, ses relations avec la vie économique, culturelle, etc. J'étais exaspérée. Je haïssais un peu Alker. Enfin, je m'arrangeai pour être assise à sa gauche, mes parents relégués de l'autre côté. Sur l'écran, des armées défilèrent devant un général exotique ; une dame dotée de redoutables appas embrassa un coureur cycliste, deux lionceaux nouvellement nés jouèrent avec un chat. Mais non, voyons ! ce sont les actualités, répondit Alker à une question étonnée de ma mère.

Sur l'accoudoir, mon bras longeait celui d'Alker. Je glissai doucement ma main dans la sienne. Il la garda un peu, les yeux sur l'écran. Je me dénouais, me disais déjà : Il a eu raison ; chez moi, devant mes parents, quelle situation fausse, nous n'aurions senti que de la gêne. Ici, nous sommes ensemble et il n'y a pas d'embarras. Mais, après un bref signe de tête vers mes parents, il retira sa main. Là encore, pouvais-je n'admettre pas qu'il avait raison ?

Alker avait déjà décidé de nous. Après le film, il proposa d'aller souper, il avait faim, ayant mal dîné.

Je retenais un sourire : moi aussi, j'avais mal dîné. D'ailleurs, je m'attendais à ce que mes parents, qui détestaient se coucher tard, refusassent. Alker ne faisait que nous ménager un tête-à-tête.

— Non, excusez-nous, Maurice, mais il est tard, Anne est lasse, dit mon père avec un regard tendre pour sa femme et un sourire de feint regret pour son ami.

— Mais moi, j'ai faim, assurai-je résolument.

Ma mère s'alarma : Catherine, ne sois pas indiscrète !

— Pas du tout, je suis ravi, je l'emmène, je ne vous la rendrai pas trop tard.

À la fin, nous fûmes assis en tête à tête dans un restaurant à l'éclairage discret. La confiance m'était revenue, je me laissai aller aux plaisirs délicats des conforts coûteux. Alker commanda du champagne et des huîtres, c'était assez conventionnel, mais pas plus que le petit verre de rhum des exécutions capitales.

Il avait eu le temps de réfléchir. Était-ce même réfléchir ? Des évidences s'imposaient, sur quoi il n'était pas nécessaire de porter la réflexion. Je n'aurais pas dû prendre Julien. L'ayant pris, je n'aurais pas dû le perdre. L'ayant perdu, il était temps de faire cesser les erreurs. Quelque chose était fini, oui, mais sans trop de dégâts, en somme. Il regrettait beaucoup d'avoir été la cause de cet échec, il espérait se racheter en devenant plus digne de la confiance que mes parents et moi-même lui avions portée. Il me guiderait, me conseillerait, car je savais bien qu'il n'était pas seulement l'homme imprudent de cet après-midi, ni l'imprévoyant des six derniers mois.

Pendant un certain temps, nous éviterions de nous rencontrer seuls, le temps de supprimer l'équivoque ; puis j'oublierais, et nous retrouverions l'affection sans arrière-pensée de jadis. Voilà.

— Non, dis-je en puisant ma force dans le champagne.

— Comment non ?

— Non, parce que je vous aime.

Les lampes roses tournoyaient, captivant une part de mon attention, celle qui m'eût empêchée de dire cela.

— Mon petit lapin, tu es bien gentille, mais tu es ivre !

— Je ne conteste pas cela. J'en profite. Je profite très consciemment de mon inconscience.

— Tu ne m'aimes pas. Tu as... disons été troublée par... Sapristi, nous n'en sortirons pas sans appeler un chat un chat. Julien a sans doute encore beaucoup à apprendre, que j'ai déjà appris. Les gens qui s'aiment n'attendent pas d'avoir fait l'amour ensemble pour s'apercevoir qu'ils aiment.

Je méditai ces paroles. Je craignais un peu que l'alcool m'empêchât de voir par où elles péchaient envers l'exactitude. Il me faut du café fort, me dis-je, il y a du danger, il ne s'agit plus de plaisanter. Il me faut du café fort, déclarai-je au maître d'hôtel qui venait remplir mon verre. Tout de suite, Madame, obtempéra-t-il, docile et désabusé devant Alker perplexe.

Ne venais-je pas de faire une déclaration d'amour à cet homme ? Je le regardai. Il souriait. Il y avait de la tendresse amusée dans ses yeux bridés. Ou bien ma déclaration ne l'avait guère ému, ou il n'y croyait vraiment pas. Soudain je compris que cette discussion était de pure forme et que j'étais vaincue d'avance. En somme, où allais-je chercher la présomptueuse conviction qu'il m'aimait ? J'étais pour lui une amusante petite jeune fille. J'avais été une vieille tentation, épuisée depuis cet après-midi. À part quoi, sans doute me trouvait-il modérément jolie, avec des cheveux raides et des chemisiers parfois disgracieux, portée sur la lecture mais d'intelligence moyenne, spirituelle deux fois par an, simplette le reste du temps. Et il m'aimerait ? Pourquoi ?

— C'est vrai, murmurai-je, pourquoi m'aimeriez-vous ?

— Mais parce que...

Il s'arrêta net. Mon café arrivait, fort et odorant : je me sentais déjà dégrisée.

— Vous répétez toujours que vous m'avez fait perdre Julien : ne vous ai-je pas fait perdre Antoinette ? Il haussa les épaules. J'étais tout à coup profondément navrée pour Antoinette, je mesurais son chagrin à celui que j'eusse ressenti à sa place. Les larmes me vinrent aux yeux, et je compris que j'avais vraiment besoin de ce café.

— Ne t'afflige pas trop pour Antoinette. Elle a peut-être du dépit, mais guère de chagrin. Si quelqu'un souffre, c'est Julien.

Je rassurai Alker en lui disant que j'y penserais, mais plus tard. Vous me connaissez, vous savez que j'aurai, scrupuleusement, les remords de rigueur. Je suis femme de devoir, je l'ai prouvé : si vous saviez le mal que je me suis donné pour croire que je l'aimais. Il rit un peu. Il s'en était douté, et, selon l'humeur, cela l'avait agacé ou amusé. Quel touchant spectacle, que celui d'une fille qui tient à ses principes, et ne consent à se donner un amant que par amour ! Nous plaisantâmes, avec une gaieté tendre, sur les délicatesses de ma conscience. Nous nous entendions si bien, et le goût de cette entente avait si vite fait de nous reprendre et d'écarter tout ce qui l'eût gêné ! Car enfin, tout n'était pas dit : étions-nous ou non des amants ? Cet après-midi, Jean, spectateur mal averti, avait emporté la certitude que nous en étions. Mais Alker, en arrivant ici, m'avait très bien fait comprendre le contraire. Nous n'y songions plus. Nous étudiions comment la jeune Catherine, ce produit moyen d'un siècle à la moralité douteuse, était partie à la chasse au bonheur. Il n'y avait rien de changé entre nous. Nous avions fait l'amour ensemble, et cela n'avait rien ajouté à notre intimité : mais qu'y aurait-il eu à ajouter ? au lieu de chercher le plaisir ailleurs, nous nous l'étions donné l'un à l'autre : n'est-il pas plus naturel de le prendre où l'on aime ? Dès avant cela, nous étions un couple, à quoi l'amour physique n'avait rien à ajouter. À peine si je me souviens de petits gestes que nous n'aurions pas faits, la veille, et qui venaient tout naturellement, sans éveiller le sentiment de la nouveauté.

De l'amour, il y avait tout, sauf le mot, et cela depuis la première fois qu'il m'avait emmenée en forêt. C'est alors que tout avait commencé, et tout nous avait trompés. J'étais une petite personne de seize ans, dont un monsieur qui se respecte ne pouvait songer à s'éprendre. Nous avions pris des habitudes : les habitudes nous prenaient au piège. Les confidences, l'entente à demi-mot, les silences explicites : toute cette complicité amoureuse s'était fort bien passée du mot amour. Si, ce soir-là, nous sûmes si facilement décider de continuer à nous en passer, c'est que nous avions déjà, de l'amour, ce qui nous était le plus cher, et que rien ni nous-mêmes ne pourraient nous ôter.

Je me sentais étonnamment allégée. J'avais l'esprit alerte, un poids était parti : l'obligation d'aimer Julien. Ah ! dit tout à coup Alker, qu'il est agréable de ne plus faire semblant de croire que tu aimes Julien ! Il tendait son briquet vers la cigarette que je m'apprêtais à allumer : je lui pris la main, la serrai doucement. Nous n'étions sans doute pas des êtres exceptionnels. Mais nous nous entendions exceptionnellement bien.

Il retira sa main. Ne prenons pas de trop tendres habitudes, mon petit. Je haussai les sourcils, étonnée, puis me souvins de son entrée en matière et de « l'affection sans arrière-pensée de jadis ».

— Quoi ? c'était sérieux ?

— Extrêmement. Et sans plus surseoir, il entreprit de me démontrer que tout cela n'avait été qu'un peu d'égarement, une passade sans conséquences. Il y mettait beaucoup d'application, preuve irréfutable qu'il n'en pensait mot, ce que je ne manquai pas de lui faire remarquer. Il fit une petite grimace.

— Tu n'es pas sotte, mais point trop n'en faut. Il convient que tu respectes mes mensonges.

Je ne comprenais pas. Tout à coup : Alker, me feriez-vous l'insulte de craindre que je ne songe à me faire épouser ? Il eut l'air interloqué, puis éclata de rire. Mais c'est que j'en serais absolument charmé ! Quel hommage, pour un vaniteux quadragénaire !

Et quelle admirable solution ! Je me penchai vers lui, les coudes sur la table et, j'imagine, les yeux brillants d'excitation. Au fond, pourquoi pas ? Nous nous entendons si bien, nous ne nous ennuierons pas, dis-je fiévreusement. Je ne vous ferais pas honte, j'arriverais très bien à jouer le rôle de Madame Maurice Alker devant les gens. Oh ! j'aimerais beaucoup ça !

— Tu es complètement folle, ou encore ivre, ma mignonne. Tu oublies deux choses : tu ne m'aimes pas, et je suis beaucoup trop vieux pour toi.

— Absurdités... commençai-je et je m'arrêtai net.

Le réflexe n'interdit pas toujours la réflexion, et je n'eus jamais l'un ni l'autre si prompts ni si malheureux. Il est parfait de ne pas succomber au préjugé qui veut que les femmes attendent l'initiative masculine, pensai-je rapidement, mais il ne faut pourtant pas trop assurer Alker que je l'aime : il se sentirait obligé d'en faire autant. Il a un sentiment de responsabilité envers moi, il se dirait aussitôt : où j'ai conduit cette pauvre enfant, le devoir m'ordonne désormais de la suivre.

— Vous n'êtes pas trop vieux, et je vous aime beaucoup. Au moins, nous pourrions rester amants, sauf si je ne vous plais vraiment pas.

— Tu me plais beaucoup, dit-il distraitement, c'est même ça l'ennui.

M'aime-t-elle ? se demandait Alker. Et si c'est non, et que je lui dise que je l'aime, ne feindra-t-elle pas ? Comme moi-même, une minute plus tôt : elle feindra, se dit-il, elle a trop d'affection pour moi, elle ne dira jamais non.

Nous nous manquâmes parce que nous étions trop semblables. Méfiants, compliqués, retors : maladroits.

— Tu n'es pas une fille dont on fait sa maîtresse, Catherine, résuma-t-il, je connais tes parents, etc, cela ne se discute pas ; tout au plus pourrais-je t'épouser, mais tu n'y penses que sous l'effet d'un souvenir trop récent. Ce serait de la folie : tu as dix-huit ans.

— Dix-neuf, interrompis-je rapidement. Il sourit. Je compris trop tard mon erreur : ce n'était pas le moment de discuter, enfantine, pour une semaine.

— Dix-neuf, samedi en huit, je le sais, je ne l'oublierai pas. Seulement, moi, j'en ai quarante-trois. Quarante-trois, tu entends ?

— Et puis ?

— Dans sept ans, j'en compterai cinquante, et toi vingt-cinq.

— Vingt-six, corrigeai-je tristement.

— Il me serait très facile de t'aimer, très facile. Il avait le regard perdu et un pli amer tirait les coins de sa bouche. Tu es si charmante, nous nous entendons si bien. Et plus bas : il n'y a personne à qui je tienne comme à toi.

— Mais vous ne m'aimez pas, dis-je sourdement.

Il trouva inutile de nier.

Peut-être s'il n'eût pas eu quarante ans eût-il quand même essayé. Cet âge l'obsédait : il ne craignait pas seulement la pitié envers un amour sans réciprocité, mais l'amour d'un homme trop âgé.

Nous avions tout dit. Un silence morne tomba entre nous, chargé de notre double déception. Chacun de nous avait, un peu, espéré que l'autre le forcerait. Nous nous regardions, avec des sourires tremblants. Sur sa tempe, la petite griffe ne disparaîtrait pas avant quelques jours. Il ne nous restait qu'à partir, mais nous n'arrivions pas à briser ce tête-à-tête désormais sans issue. Nous nous disions adieu, lentement, tendrement, cruellement.

Enfin, Alker demanda nos manteaux.

Le retour fut terne. J'étais épuisée. Alker commentait machinalement l'abondance des feux rouges ou la maladresse des conducteurs qu'il croisait : il essayait d'atténuer notre silence.

Arrivés devant la grille : « Bonsoir, Catherine. » Je lui tendis distraitement la joue. Mais quand ses lèvres l'effleurèrent, quelque chose comme un petit désespoir se déclencha en moi et me jeta contre lui. Nos bouches se heurtèrent durement. Il eut un bref recul, puis céda tout de suite. Ce fut un baiser sans tendresse, brutal, qui me fouillait âprement, et que je bus comme un calice d'amertume, jusqu'à la lie.

J'étais fatiguée à mourir, et je comptais que le sommeil viendrait vite me distraire de moi-même. Il avait été mon vieux refuge d'enfant, mon plus sûr allié, mais dont je compris très vite que, ce soir, il me trahissait. Après m'être retournée une demi-heure sur mon oreiller, je me redressai : Bon, me dis-je avec résignation, il va falloir réfléchir. Je vis poindre le jour et m'engloutis dans la tristesse des aubes grises.

J'avais perdu Julien, et je n'avais pas gagné Alker. Je ne me sentais pas disposée à sombrer dans la mélasse des amours manquées. Alker m'avait dit que je croyais l'aimer à cause de l'ivresse et d'un après-midi surprenant : j'avais besoin qu'il eût raison.

J'avais passé six mois à me démontrer que j'aimais Julien : c'était peu de chose que d'occuper une nuit à me convaincre que je n'aimais pas Alker.

Julien dormait-il ? Ou si, les yeux ouverts dans le noir comme les miens, il pleurait Catherine infidèle ? Mon cœur se serra, c'était enfin un peu de chagrin, mais secourable et sans danger. Cher Julien perdu, et que je trahis encore une fois en me réfugiant dans un facile regret. J'évoque les nuits chuchotantes, la chaleur du lit dans la pièce froide, nos peaux moites, et peu à peu une tendre nostalgie me détend, je ne pense plus à Alker, le sommeil me gagne.

Je ne revis pas Julien. Le lendemain, j'avais été à notre rendez-vous habituel du vendredi, devant la Faculté ; le devoir était d'aller recevoir ses reproches. Mais il ne vint pas, et je lui en sus gré. Que nous serions-nous dit, qu'il ne fût plus élégant de taire ?

Il avait encore mes clés. Il les envoya chez Alker, avec un petit mot très bref. Il priait qu'on excusât son indiscrétion, mais jugeait qu'Alker pourrait plus facilement que lui-même me les remettre. Alker me donna le tout sans commentaires. Le même jour, j'avais reçu un billet d'Antoinette. Elle m'y remerciait, ironiquement, de l'application consciencieuse que j'avais mise à assurer la paix de son ménage. Certains souvenirs lui permettaient de croire que ce devoir n'avait pas été trop pénible, ce qui, naturellement, n'était pas pour diminuer sa reconnaissance. Je ne crus pas nécessaire de communiquer ces remerciements à Alker.

Un événement me surprit, dont je me rendis compte que, confusément, j'avais attendu qu'il n'eût pas lieu. Je haussai les épaules : je suis folle. Il faudrait épouser

Julien, ce dont je n'ai guère envie. Mais alors pourquoi avoir espéré que... Plus prompte que moi, une mystérieuse machine avait calculé dans les profondeurs de mon esprit : c'était Alker qu'il eût fallu épouser, et que l'événement libérait.

L'amour inavoué tuant l'amour feint, je ne souffrais pas d'avoir perdu Julien. Mais je n'osais souffrir de n'avoir pas gagné Alker. Entre une douleur interdite et un chagrin inutilisable, j'avais, dans l'âme, un petit abîme blanc à la place du malheur.

Je traversais les jours sans m'en apercevoir. Les examens arrivèrent, et ce n'est que plus tard que je me rendis compte que j'avais travaillé avec acharnement pour les réussir. On s'accroche où on peut, je me demande si l'Histoire a souvent aidé les filles à passer un chagrin d'amour.

Mes rêves me trahissaient. Je courais vers la maison d'Alker : mais les rues avaient changé, je ne retrouvais plus le chemin. Plus j'allais, plus je m'égarais et bientôt la terreur me prenait. Je fuyais, je m'éveillais en sueur, en larmes. Je me levais pour boire un peu d'eau, allumer une cigarette, me distraire, le temps que cette angoisse mortelle se dissipât. J'avais peur de me rendormir, peur de veiller, aussi, après ces rêves transparents.

Je découvris enfin que, quand le cœur nous délaisse, les sens parfois sont nos meilleurs alliés. J'étais trop occupée à me défendre de souffrir pour songer aux plaisirs, quand je rencontrai Louis. Tiens, comment vas-tu ?

puis : Allons prendre un verre ; et : Il paraît que tu as quitté ton Julien ? Nous glissâmes des banalités aux confidences, et bientôt de la table d'un café au lit d'une chambre. Le plaisir avait le goût amer du désespoir. Eh bien, dit Louis après, si tu comptes que nous avons mis deux ans à passer des premiers aux derniers outrages, je peux dire que je n'ai jamais mis si longtemps à avoir une fille. J'avais plus envie de pleurer que de rire. Belle fin, à tant de tourments ! La boucle était bouclée. Partie de Louis, je revenais à lui : n'était-ce pas symbolique à souhait ? Le conte s'achevait.

Pas tout à fait. Le mot de la fin appartint à Alker.

Je ne le voyais plus qu'aux dîners hebdomadaires qu'il prenait chez nous. Nous étions distants, sans excès, en gens qui ménagent l'avenir. Un soir où j'allais entrer dans le salon, j'entendis la voix paisible de ma mère : Comme le temps passe ! Voilà que Catherine a dix-neuf ans. Il faudra bientôt songer à la marier.

Je regardai Alker. Il ne bougea pas. Tout juste si, peut-être, ses paupières se baissèrent une seconde. Puis il sourit et répéta, calmement :

— Oui, il faudra songer à la marier.

Il s'était passé si peu de choses : une fille avait été déniaisée ; un homme qu'on croit aimer, un qu'on croit ne pas aimer, la solitude s'apprend aussi. Il me restait les livres, le plaisir, la conversation : de quoi me fussé-je plainte ? Mes parents étaient des fous, et l'amour une gracieuse invention littéraire. J'étais libre, j'aimais beaucoup les livres, la conversation et le plaisir, et, pendant quelques années, j'allais m'y livrer.

Après quoi, on me marierait.

Le Véritable Amour

Il y a quelques jours, m'efforçant comme je fais au moins une fois tous les deux ans de ranger le grenier, j'ai trouvé au fond d'un carton les carnets où j'avais, certains soirs de désolation, tenté de relater mon adolescence. Après une petite hésitation, je les ai ouverts, j'ai commencé à relire. Proust ne dit pas que le thé où il trempait sa madeleine était trop chaud et lui a brûlé la langue, ni qu'il a trébuché sur les pavés inégaux et s'est fait une entorse : je fondis en larmes. L'émotion revenait, intacte, ou même plus violente car elle me prenait par surprise, désarmée devant les souvenirs, replongée dans les ambiguïtés où j'avais pataugé avec tant de délices et de douleurs. Je revoyais le beau visage de Julien insoucieux, sa grâce de garçon à peine émergé de l'enfance, je me souvenais, désolée, de ma ténacité à nommer amour l'élan des sens qui m'avait portée vers lui. J'aurais pu sourire devant la fille que j'avais été, enfermée dans des docilités absurdes et des révoltes inachevées. Je n'y parvenais pas. Je fermai nerveusement le cahier.

J'eus beau remettre les feuillets jaunis dans le carton, et le carton au fond de l'armoire, les images insistaient :

Antoinette inspirée coupant des robes, rieuse, la bouche pleine d'épingles, ou amante appuyée contre Alker lorsque nous nous disions bonsoir devant les portes de nos chambres, Julien encore essoufflé me regardant après l'amour, jeune, radieux, sûr de moi, Alker amical et intraitable qui me renvoyait tendrement hors de sa vie, tout était là, avalanche brutale qui me jetait, par-delà les deux heures volées vers les deux années d'exil, et les pleurs que j'avais retenus jadis m'envahirent. Stupéfaite. La blessure était donc toujours là, malgré les années, malgré ce qui avait paru la cicatriser ? Portons-nous donc ainsi notre passé, tapi derrière des portes dont nous croyions avoir perdu la clé, intact, monstre ricanant dans les profondeurs, prêt à ressurgir, féroce, inassouvi, cannibale ? Comme l'esprit est étrangement fait ! Les dernières lignes me tournaient dans la tête : Il s'était passé si peu de choses... un homme qu'on croit aimer, un qu'on croit ne pas aimer. J'avais écrit cela ? Je tentai de me défendre du chagrin en critiquant la répétition : il eût été plus juste, et plus élégant de dire « un homme que l'on prétend aimer », et cela me fit rire de moi-même. Dieux, que les filles sont hypocrites ! Je sais bien que j'avais été malheureuse à en mourir, sans doute la dignité fragile de mes vingt ans interdisait que je le reconnusse.

Mais je me souviens. Oh ! comme je me souviens !

Lorsque toutes les ruptures furent accomplies, il s'avéra, pour ma plus grande surprise, que j'étais capable de m'enliser dans le travail – je dirais bien jusqu'à la suffocation, si je n'y avais survécu ! Je mis tant d'ardeur à l'étude que je fus diplômée avec les félicitations du jury et que l'université éblouie pensa qu'elle ne pouvait pas se séparer de moi, ce qu'Alker avait si bien réussi à faire. On me proposa un poste d'assistante et un sujet de thèse. Un tel succès aurait dû m'étourdir de bonheur : je m'effritai. Je tournais en rond dans ma chambre, ou bien je descendais en ville et je me demandais ce que j'allais y faire. J'endurai cela pendant une quinzaine de jours, puis je pris peur, il ne me paraissait pas possible de passer trois mois dans cet état sans sombrer. Il fallait attendre octobre et la rentrée, je n'avais plus rien à faire, j'oscillai entre l'inertie et l'effroi jusqu'à un de ces lourds après-midi de juillet qui sont insupportables en ville, on ne trouve la fraîcheur nulle part et j'avais l'âme aussi vide et sinistre que les rues désertées par les citadins. Je tenais un livre, mais si mes yeux lisaient, mon esprit n'enregistrait rien. Je ressassais. Dans deux mois, je me revêtirais d'un petit tailleur discret, gris moyen ou bleu marine, dans le genre qu'affectionnaient mes professeurs, femmes sans maquillage qui vivaient pour leur carrière et rédigeaient des publications, j'irais dans un amphithéâtre, et je donnerais cours devant une centaine d'étudiants de première année. Ce ne serait pas la leçon inaugurale, Antoine Berthier se la réservait. Il était brillant, il improvisait, sautant d'une idée à l'autre, promettant des révélations, captivant un auditoire émerveillé qui revenait pour être à nouveau séduit et se retrouvait devant un assistant :

— Monsieur Berthier, requis par ses nombreux devoirs, ne fera pas le cours d'aujourd'hui.

Ni celui de la semaine suivante, ni celui d'après. On le voyait, au mieux, trois fois par an, et le malheureux assistant réduit à enseigner au lieu de charmer – en l'occurence, ce serait moi – devait endurer les soupirs de déception.

J'entrerais donc dans la carrière, je jouerais du coude comme mes aînés, je ferais des articles, j'obtiendrais la considération de mes collègues :

— Mademoiselle Reinhardt ! quarante publications, et dans les meilleures revues !

Feuillet après feuillet, je me constituerais ma petite couronne de laurier. À soixante-cinq ans, je prendrais ma retraite, j'aurais les cheveux gris et une canne, à cause de l'arthrite. Je me vis, trébuchant dans les couloirs de l'université, respectable et respectée, mes yeux seraient usés par la lecture d'anciens manuscrits, j'aurais des verres très épais sur le nez, les doigts recroquevillés d'avoir trop tenu la plume et les fesses aplaties par les chaises des bibliothèques. Je frissonnai d'horreur. Quelle peau de banane me ferait choir les quatre fers en l'air, glapissant ma terreur, tortue affolée qui ne peut pas se relever, où sont mes lunettes ? j'ai perdu ma canne ! qu'ai-je fait de ma vie ?

C'était donc là le destin que je me préparais ? Eussé-je eu le tempérament suicidaire, je cherchais une corde. L'épouvante sécha mes larmes, je me retrouvai tremblante, ce qui ne consolait pas. Le sarcasme et la dérision ne servaient qu'à aggraver la blessure que m'avait infligée Alker, je m'en rendais compte et cependant j'y revenais toujours, Gribouille qui saute dans le puits pour ne pas être mouillé par la pluie. En me blessant, ramenais-je à mes côtés Alker qui me blessait ? Le chagrin d'amour et son cortège de fleurs fanées n'étaient plus à la mode, je voulais m'en délivrer, depuis deux ans je me demandais comment on obtient cela de soi et cette intéressante question me faisait plonger plus profond dans la désolation.

Je dois cesser de me moquer de moi-même, me dis-je, et d'autant plus que cette moquerie n'est qu'un faux-semblant : je suis réellement malheureuse. J'examinai ma situation : j'étais couchée sur mon lit, un livre dans les mains, vêtue en tout et pour tout d'une petite culotte, à l'autre bout de la pièce un ventilateur agitait la chaleur en procurant plus de bruit que de brise, et je m'ennuyais. J'aurais pu accompagner mes parents à la campagne, ils me téléphonaient tous les jours pour me dire de les rejoindre, il y faisait plus frais qu'en ville, mais je préférais m'ennuyer seule. Je ne désirais qu'une chose, que je ne pouvais pas avoir : la compagnie d'un homme qui me trouvait trop jeune pour lui – encore qu'il eût eu la délicatesse de dire qu'il était trop vieux pour moi. Je dépérissais car je n'espérais rien, ce qui est affreux à vingt-deux ans. Les lunettes me conduiraient peut-être à la cataracte mais je pourrais commander mes tailleurs chez Chanel. C'est alors que ma bienheureuse futilité me sauva : d'un Chanel improbable, je rebondis à la canne, je lui mis un pommeau d'argent qui me fit penser au porte-cigarette d'Alker et je lâchai le livre sur lequel je n'arrivais pas à me concentrer. Je restai un instant en suspens, le souffle coupé : j'étais saisie par l'inspiration. C'est que je pouvais parfaitement nommer mon mal, qui habitait avenue Albert, à cinq cents mètres de chez moi, et je venais de trouver le moyen de le faire soigner par celui-là même qui le causait. Je voulais sa compagnie ? j'allais me la procurer. Ce serait sous ses pieds que je mettrais une peau de banane ! Je restai un instant étourdie, puis je bondis, me souvins juste à temps qu'il fallait me vêtir et me retrouvai sonnant chez lui à quatre heures de l'après-midi, emportée par un élan auquel il n'était pas question de résister.

Marguerite, la femme de bien qui régnait sur son confort et sa maison, ne marqua pas d'étonnement :

— Monsieur est dans le petit bureau.

Comme jadis, lorsque je venais souvent et qu'elle n'avait pas besoin de m'annoncer. Je tremblais, ce que cette gouvernante stylée ne se permettrait pas de remarquer, mais Alker le verrait. Je me roidis, pris une longue inspiration, puis une autre, et montai très lentement les escaliers, travaillant à me détendre, ne dit-on pas de je ne sais quels Hindous qu'ils sont capables de ralentir les battements de leur cœur ?

La porte était ouverte. Il rangeait un dossier, debout devant un classeur, et se retourna pour voir qui arrivait : il fut étonné, cela est certain, mais, naturellement, ne le manifesta que sur le mode mondain.

— Ah ! quelle bonne surprise ! Entre, assieds-toi.

Certes, c'était la veille que, gamine, je faisais le courrier entre nos deux maisons ! Rien ne s'était passé, il ne m'avait jamais tenue haletante entre ses bras, je ne lui avais pas dit que je ne voulais que lui, il ne m'avait pas repoussée, rien n'avait altéré notre fausse amitié ! Mais j'avais toujours su qu'il était un excellent menteur et je ne fus pas surprise. Je m'assis dans le fauteuil de cuir aux accoudoirs râpés qui, comme lui, me recevait sans hésitation et je fis un grand sourire. Je ne tremblais plus. Depuis trois ans, le chagrin s'était enraciné en moi comme un arbre vigoureux, je vivais dans l'ombre de son feuillage, je ne voyais plus le ciel, je m'y étais habituée, j'avais appris les bonnes manières, je connaissais les paroles de circonstance et je pouvais les utiliser quand je les croyais nécessaires.

— Je meurs de soif. Est-ce que Marguerite fait toujours du thé glacé pendant les chaleurs ?

— Bien sûr. Marguerite est une institution, elle ne peut pas changer.

Il sortit, alla sur le palier où se trouvait le téléphone intérieur. Je le haïssais. Cela me fit rire, car je savais bien que je n'arrivais pas à cesser de – l'aimer ? Comme le mot paraissait faible pour désigner la fureur silencieuse qui me rivait à lui !

Il revint :

— Elle va en apporter une carafe, dit-il, le plus inutilement du monde, ce qui me convainquit qu'il était mal à l'aise.

J'en fus satisfaite.

— Tout va bien. Qu'elle prenne son temps.

Il ne s'assit pas en face de moi, comme il aurait fait avant. Avant. Le dossier n'était apparemment pas tout à fait bien aligné, car il alla rectifier, puis il revint à sa table, referma son sous-main, déplaça un ou deux papiers, en disant de petites choses anodines dont je ne me souviens pas. Je me dis qu'il prenait le temps de s'adapter à sa surprise. Alker avait toujours possédé le talent de la conversation mondaine, cette capacité étrange de remplir le silence par un bruit articulé qui provoque des bruits articulés chez les interlocuteurs bien élevés, parmi lesquels, à ce moment précis, je ne souhaitais pas me ranger. Je ne lui répondis donc pas. Je le regardais, et je tentai que ce fût avec insolence.

J'étais trop jeune. Étais-je jolie ? Honnêtement, je n'en sais rien, j'étais normalement bâtie et en bonne santé. Avant de quitter la maison en coup de vent, j'avais enfilé un pantalon et des ballerines parce que je savais qu'Alker aimait les robes élégantes et je ne voulais pas qu'il crût que je souhaitais lui plaire. En vérité, je pense que je ne possédais pas de robes élégantes et que je me moquais d'être jolie, puisqu'il n'avait pas voulu de moi.

Lorsque Marguerite arriva, je me levai pour prendre le plateau et les verres, puis j'en fus troublée : c'était ainsi que je faisais jadis, au temps où cette maison m'était aussi familière que la mienne. Le passé, de nouveau, menaçait de m'inonder. La peau de banane, me dis-je, la peau de banane !

— Je veux me marier, Alker, déclarai-je du ton le plus banal du monde en lui tendant son verre de thé glacé. Il faut que vous me trouviez quelqu'un.

Je n'espérais plus parvenir à me guérir de lui. Il m'avait blessée, humiliée, j'avais tenté de le haïr et reconnu que je ne pouvais pas supporter de vivre sans lui si près de lui – mais je n'y serais pas arrivée en étant à l'autre bout du monde – et j'étais sûre qu'il ne voudrait pas reprendre nos façons d'avant, car il se méfierait. Mais si je lui proposais une tâche difficile et dont la nature lui garantît que je ne cherchais pas à le reconquérir ? Il fallait mentir. Quel prétexte pourrait-il accepter ? De quoi serait-il dupe ? J'hésitais, je supputais, j'avais peur, je reculais et tout à coup je sentis que ma combativité était ravivée et que j'étais lasse des délais. Je cherchais une peau de banane : « Trouvez-moi un mari et je ne vous demanderai plus d'être mon amant » me tomba dessus comme la manne dans le désert. Il avait aimé notre jeu : il fallait lui donner le loisir de le reprendre en le convainquant de ma sincérité.

Il prit le verre et me regarda calmement, le sourcil gauche un peu relevé comme seule marque d'étonnement.

Je ne bronchai pas. Cela me demanda un effort terrible, mais j'y parvins. Le sang me battait dans la gorge, il me semblait que je ne pouvais plus respirer, j'avais une boule de feu au fond du ventre, dont je savais qu'elle pouvait exploser et m'inonder de plaisir ou de violence. Son regard posé sur moi, c'était l'orage qu'on espère inutilement, les éclairs de chaleur, le tonnerre lointain, la nature assoiffée qui ploie sous le vent, mais la pluie ne tombera pas, le jardin restera sec, l'herbe brûlée continuera à jaunir.

— Vraiment ? dit-il.

Et je vis passer dans ses yeux la lueur de malice que j'avais tant aimée, je sentis le parfum de l'ancienne complicité. Je me durcis car c'était la tromperie où il m'avait tenue pendant des années, petite fille amoureuse vers qui, un jour, il tendrait la main, je grandissais confiante puisqu'il allait me choisir, je croyais confusément qu'il suffisait d'attendre.

— Tu ne prétendras pas que tu n'es pas courtisée et que tu as besoin d'une marieuse ?

Je corrigeai :

— D'un marieur. J'adorerai toujours votre langage d'avant guerre, sachez qu'on ne courtise plus, on drague. Mais ils ne me plaisent jamais. Vous me connaissez : peut-être qu'un homme que vous désigneriez me conviendrait.

— Tu es folle, dit-il.

J'allai me rasseoir, fis sauter les ballerines et ramenai les jambes sur le siège. En plus des pantalons, je portais une chemise d'homme, bien boutonnée malgré la chaleur, avec le col relevé : il me semblait avoir fait le maximum pour lui montrer que je ne me souciais pas de ses goûts, aussi fus-je étonnée de le voir détourner brièvement le regard, comme au temps où un brusque passage de désir le surprenait, qu'il aimait cela et savourait en secret l'infraction.

— Je ne crois pas. Quoi de moins fou que de demander un mariage de raison ? Je me vois mal en vieille fille, et au train où je vais, c'est un sort dont je suis menacée.

Je ne pouvais plus faire l'amour. Pendant quelques mois, j'avais couru les amants, cherchant furieusement la dure montée du plaisir, m'accrochant des deux mains aux épaules d'un homme, puis d'un autre, pour tenter à la fois de me noyer et de ne pas sombrer et peu à peu je m'étais rendu compte que c'était impossible. Quand je croyais m'ouvrir au gémissement, il montait des sanglots, des spasmes de douleur me traversaient et après m'être retrouvée en larmes sous un garçon stupéfait, j'avais abandonné la lutte. Le chagrin mit deux ans à s'emparer totalement de moi : c'est le temps, avais-je lu je ne sais où, qu'il prend d'habitude pour se dissiper. J'eus peur, mais pas longtemps : je ne sanglotais qu'aux abords du plaisir, il suffisait de rester chaste et je retrouvais le silence, la respiration calme, les allures décentes d'une jeune fille qui ne barboterait pas dans un chagrin d'amour. Je trompais la douleur comme je pouvais. En vérité, la continence ne me dérangeait pas, mais elle me condamnait à la carrière académique, au célibat et au pommeau d'argent.

— Vous êtes l'ami de la famille, celui-là même à qui mes parents s'adresseraient, si cela se faisait encore.

— Tu parles sérieusement ?

Il tentait de gagner du temps. Je le lui dis :

— Mais c'est inutile, je suis décidée. Affrontez tout de suite l'idée que je vous demande de me trouver un mari, car c'est bien de cela qu'il est question.

Il aurait dû dire « Pourquoi moi ? » ce qui eût été se barricader derrière le « Il ne s'est rien passé entre nous » qu'il travaillait toujours si assidûment à maintenir, mais il était désarçonné et n'y pensa pas. J'y répondis quand même :

— Je pense que je pourrais accepter un homme choisi par vous.

— Tu es folle !

— Vous vous répétez.

Il eut un léger haut-le-corps, je vis que je l'avais choqué et cela me fut agréable. Nous avions eu une relation bien précise : j'étais la jeune fille qui levait vers lui un regard ébloui, il m'expliquait la vie et jouissait de mon admiration sans réserve. Jamais je ne l'avais critiqué ni discuté. Si, dans ces temps délicieux, les seuls que j'aimasse lors de ma terne adolescence, il était arrivé qu'il se répétât, certes j'avais dû le recevoir comme on fait d'une musique qu'on aime : on la remet dix fois d'affilée, et ce n'est pas assez. Est-ce que Schubert se répète quand le thème revient, ou Wagner quand il redit sans cesse les dix notes sublimes du chant de mort ? Je venais d'être impolie, j'avais abandonné la tendre docilité qu'il aimait, je manquais d'égards.

Il se leva, alla chercher une cigarette, la vissa soigneusement dans le long fume-cigarette d'ivoire, le geste même qui m'avait paru si élégant quand j'étais enfant et, quelle que fût ma fureur, je sentis la vieille vibration me parcourir.

— Tu m'en veux, n'est-ce pas ?

J'en eus le souffle coupé. D'un coup, en quelques mots, il abandonnait la feinte qui avait régi nos relations depuis trois ans. Je l'avais surpris en arrivant comme j'avais fait, il me rendait le coup, et plus fort. Un tremblement me parcourut, qui m'obligea à serrer les dents. Il me fallut un effort pour dire :

— Oui.

Sans laisser déferler la tempête. Il leva les yeux vers moi, me sourit comme avant, quand il n'avait pas peur de me regarder.

— Je me suis mal conduit, c'est vrai, mais...

Je l'interrompis d'un ton violent :

— Soyez précis. À quel moment situez-vous la mauvaise conduite ? Pendant ou après ?

— Catherine !

— Moi, je la situe après, vous le savez parfaitement.

— Ne reviens pas là-dessus. Je t'ai donné mes raisons, elles me paraissent toujours valables, même si tu n'as pas voulu les accepter.

Sans doute y croyait-il, mais y eût-il cru s'il m'avait aimée ? Je le regardai, bien planté sur sa conviction : il était toujours l'homme raffiné, intelligent, moqueur et tendre dont mes quinze ans s'étaient épris, et je ne voyais rien qui pût m'en faire déprendre. J'avais essayé de me dire du mal de lui : il avait eu peur du risque, il s'était vu vieillard devant une femme jeune, ou séducteur indigne devant la stupeur de mes parents, il avait reculé par lâcheté et sans doute était-ce vrai, mais la médisance la plus assidue était restée sans effet car je ne doutais pas que tout cela lui eût été indifférent s'il m'avait aimée. Mais pour lui j'étais toujours la gamine inachevée, tellement moins troublante que les vraies femmes, celles qui savent jouer, exciter le désir de conquérir, se donner et se reprendre, et je m'étais livrée d'un seul coup, sans réserve, j'avais ouvert toutes les pièces de ma demeure alors qu'elles, les sagaces, les avisées, n'accordaient que de petits parcours et fermaient, souriantes, les portes dérobées des cabinets secrets devant le visiteur curieux aussitôt persuadé d'en désirer passionnément les trésors. Je n'avais rien gardé caché et, vite repu, il était reparti à la chasse. Pendant ces trois ans, je l'avais parfois croisé dans un restaurant, au foyer d'un théâtre, accompagnant une de ces femmes sûres de leur pouvoir qu'il adorait conquérir, il était léger, attentif, un rien moqueur pour attiser leur goût de séduire, et j'avais pâli de rage. Je m'étais regardée dans les miroirs où on les voyait aussi, et je m'étais détestée.

— Vous m'avez donné les raisons qu'il vous convenait de trouver bonnes. Que voulez-vous que je vous dise ? Vous ne m'avez pas laissé le choix : puis-je faire mieux, si vous avez décidé pour moi il y a trois ans, que vous demander de continuer ?

Il me scrutait, je crois qu'il se méfiait. Mais il avait tort. J'étais battue à plate couture, je ne venais pas demander réparation.

— Dans deux mois, je vais commencer à travailler. Je serai médiocrement payée, de quoi tirer le diable par la queue si je voulais aller vivre seule. De sorte que je vais rester chez mes parents, qui font mine d'en être enchantés, mais vous les connaissez aussi bien que moi, ils ne dupent personne. J'encombre, Alker, j'encombre !

Il ne se jeta pas dans des protestations de convenance, mais plissa plus fort les paupières, comme s'il cherchait à m'examiner avec davantage de précision.

— D'ailleurs, mon avenir professionnel est très mal assuré : je peux faire deux ans d'assistanat, puis encore deux, après quoi il faudra absolument que j'aie terminé une thèse, et qu'un professeur laisse une place libre. Hors l'Université, les historiens ne trouvent guère d'emploi. La thèse devra être éblouissante, je travaillerai d'arrache-pied, je conquerrai une carrière académique à coups d'yeux fatigués et de cheveux grisonnants.

— Tu es peu encourageante.

— Je suis réaliste. Oh ! l'idée d'une thèse me convient, je ne déteste pas la recherche, mais à mon rythme, et sans être coincée dans un mode de vie qui me déplaît. Vous me voyez, habitant chez mes parents qui resteraient parfaitement polis, attendant de gagner ce qu'il faut pour payer le loyer d'un appartement médiocre et les traites d'une petite voiture ?

Il fit la moue.

— Le mariage est la seule solution et il me faut un homme dont la situation soit faite.

— C'est là que tu me fais entrer en scène ?

Pensait-il vraiment qu'il en était jamais sorti ? Je me tus car je sentais que je redevenais furieuse et que j'allais montrer les dents, alors que, de toute évidence, il commençait à être intéressé. Certes, je n'espérais pas rivaliser avec ces vraies femmes, lisses, parfumées, qui ont des gestes mesurés et des sourires riches de sous-entendus : mais je pouvais réveiller en lui le goût qu'il avait eu pour la fille en éclosion et le jeu de Pygmalion. Il suffisait de paraître abandonner ma colère, il me pardonnerait vite si je l'aidais à croire qu'il ne s'était agi que d'une bouderie.

— Si vous le voulez bien, dis-je.

Il était tenté ! Il en oubliait d'allumer la cigarette si attentivement mise en place, il ne me quittait pas des yeux. Je lui rendais la Catherine d'avant, celle qu'il aimait beaucoup et qu'il avait perdue en deux heures, dans une fin d'après-midi qui ne cesserait jamais de me torturer. Mais il n'était pas une dupe facile et chercha le piège.

— Tu me feras difficilement croire que je suis indispensable à l'organisation de ton avenir.

Je lui fis le sourire le plus candide du monde.

— Peut-être suis-je paresseuse ?

Il est évident que je me moquais bien de me marier et de vivre chichement, ce qui, en vérité, ne me menaçait pas : mes parents m'auraient largement aidée, je le savais bien, et lui aussi, qui feignit de me croire. Rien dans la demande que je faisais à Alker n'était vrai, mais je n'en pouvais plus d'avoir mal et j'étais trop affamée pour ne pas me contenter de ce que j'obtiendrais de lui.

Je le regardais hésiter et je savais que je me lançais dans une entreprise folle, car le peu qu'il me donnerait ne ferait qu'exciter mon appétit. Tant pis, me dis-je. Rien me tue, quel mal me ferait trop peu ?

— Tout de même, Catherine, tu es jeune, tu peux patienter. Je suis sûr que, d'ici deux ans, il y a dix hommes qui auront voulu t'épouser.

— Oui, mais moi j'aurai continué à les refuser. Comprenez-moi : il doit y avoir en eux quelque chose qui m'ennuie, ou bien il leur manque je ne sais quoi qui m'est indispensable, mais j'ai beau essayer, je ne tombe pas amoureuse. Je sors avec eux. Après un temps décent qui, je ne sais pas si vous êtes au fait de ces détails, a beaucoup raccourci en quelques années, nous allons au lit, où je n'ai envie que de dormir.

— Ah ! j'ai eu peur que tu ne prononces des paroles inconvenantes, dit-il en riant.

Je le tenais !

— Vous n'y pensez pas ! les bons auteurs – et vous-même – m'ont appris la périphrase et l'ellipse !

— Et que reproches-tu à tes galants ?

J'allais dire du mal des garçons de mon âge à un homme de quarante-sept ans : l'appât était grossier, mais irrésistible, n'est-ce pas ? Néanmoins, je craignis sa finesse.

— Si je le savais ! Ils ont souvent toutes sortes de qualités : ils aiment la même musique que moi, ils sont prêts à renoncer à celle que je n'aime pas, ils m'emmènent voir les films qui me tentent, ils ont de la gaieté, parfois de la fantaisie, ou bien ils sont beaux, et je bâille toujours. Je pense que le défaut ne vient pas d'eux mais de moi.

Il alluma enfin sa cigarette, vint s'asseoir dans l'autre fauteuil.

— Tu poses un problème difficile. Si le défaut est chez toi, je peux te trouver l'épouseur parfait, il ne changera pas ta manière de sentir.

— Je le sais bien. Je vous propose de résoudre la quadrature du cercle.

Comme cela lui plaisait ! Je lui rendais le rôle de directeur de conscience dont il avait été privé par ce qui n'avait été, pour lui, qu'un moment d'égarement.

— Au train où je vais, je serai vieille fille, terme qui sort d'usage, on dit célibataire, et à quarante ans je me retrouverai seule dans un appartement, avec un chien pour être accueillie quand je rentre.

— Quelle horreur ! Il faut ressortir pour qu'ils fassent leur crotte, et en veillant à ce que l'heureux événement se passe aux lieux désignés par la municipalité ! Marie-toi !

— J'entends que vous avez saisi toute l'ampleur de mon drame.

Nous rîmes ensemble. Comme jadis, lorsque notre entente nous donnait tant de plaisir, et je voyais bien qu'il était tout à l'agrément de l'avoir retrouvée. Moi, je savais que mon rire sonnait creux, qu'il se cognait aux murs de mon chagrin et retombait assommé sur le sol : mais enfin, je riais.

— En quoi un homme que je te désignerais serait-il plus amusant qu'un autre ?

« Ce serait au moins quelque chose qui me viendrait de vous » ne pouvait pas être dit, ni qu'en vérité je me moquais parfaitement d'être seule à quarante ans, car je n'aurais jamais de chien, mais que c'était tout ce que j'avais trouvé pour briser sa méfiance et qu'il se laissât approcher.

— Je n'en suis pas sûre, je le souhaite. Vous fréquentez d'autres milieux que moi et nous nous sommes toujours bien entendus : peut-être les gens que vous connaissez, qui ont donc la même forme d'esprit que vous, me conviendraient mieux que ceux que je rencontre.

Dieux ! que c'était faible !

— Des avocats et des gens d'affaires !

— Ce n'est pas une question de métier. Ou bien, le trait de caractère qui fait les historiens ne me convient-il pas ?

Il n'aurait pas dû s'y laisser prendre, cela ne tenait pas devant deux minutes de réflexion, mais, du moment que je ne l'invitais pas à redevenir mon amant, il ne demandait qu'à être entraîné. Une vague de douleur me traversa, j'eus peur que mon expression me trahît, je me roulai en boule en faisant retomber mes cheveux devant mon visage.

— Prenez en considération la pauvrette qui vous appelle au secours et ne résistez pas, beau sire, à sa demande.

— Tu es vraiment pitoyable ! Allons, redresse-toi, il faut que je te regarde.

Tant qu'il voulait ! mais, bien sûr ! pas comme je le voulais.

— Tu t'habilles et te coiffes à la mode des filles de ton âge, ce qui est normal, mais ne crois-tu pas que tu donnes dans le genre...

Il ne chercha pas le mot, fit un petit geste de la main.

— Gamine ? demandai-je.

— C'est plus difficile que cela à définir. Un peu étudiante, un peu demoiselle de bonne bourgeoisie, un peu *teenager*.

Je fis la grimace à la bonne bourgeoisie : c'est que, bon gré, mal gré, j'en étais, moi !

— Attardée, alors, la *teenager*.

— Ce sont tes cheveux. Il leur faut une coupe. Et des mèches blondes, ton châtain foncé bien égal fait trop jeune fille. Je connais quelques femmes qui sont admirablement coiffées, je leur demanderai où elles vont.

J'adorai les *quelques femmes admirablement coiffées*.

— Je vous en prie !

— Et le maquillage. Mais ! Catherine ! tu ne te maquilles pas !

Je m'étais démaquillée pour venir car je pensais que moins je serais attrayante, mieux il se laisserait engager dans la voie où je voulais qu'il allât.

— Oh si, parfois ! dis-je aussi naïvement que je pus.

— Ce n'est pas une habitude. Le maquillage doit être une habitude, presque un automatisme, il doit faire partie d'une femme comme la couleur de ses yeux. Voilà ce que je n'arrivais pas à définir : tu as l'air naturelle. Les hommes que tu attires sont ceux qui aiment les femmes naturelles, mais tu n'en as que l'apparence, donc ils se trompent en allant vers toi, ce que tu reconnais obscurément en ne voulant pas d'eux. Tu as une âme sophistiquée, où je crains bien de t'avoir jadis encouragée, le goût de la complexité, pour ne pas dire de la complication, il te faut des hommes sophistiqués. Ton apparence doit rendre compte de ta nature réelle. Tu vas quitter ces pantalons et ces chemises d'homme.

Je ne pus pas retenir un mouvement de sincérité :

— Sur-le-champ, si vous voulez.

Il se roidit, recula dans son fauteuil. Je fis un effort.

— Non ! je n'ai pas voulu dire cela. Simplement que je n'y tiens pas du tout, je les porte sans y penser, je suis prête à les mettre au rancart.

Parmi les particularités qu'il venait de m'attribuer, il aurait pu ajouter l'aptitude à l'hypocrisie.

— Je me méfie de toi, avoua-t-il enfin.

Mon aptitude se développait très rapidement :

— Allons ! Tout cela est loin, j'ai grandi. Et vous oubliez que je viens vous demander de me trouver un mari. Votre théorie sur le naturel me plaît beaucoup, je sens qu'elle doit être vraie. Vous êtes le seul homme sophistiqué que je connaisse et je ne me suis jamais ennuyée en votre compagnie, dis-je me souvenant de Mme de Merteuil et qu'un peu de vérité dissimule bien le mensonge. Trouvez-moi un homme de votre race.

Il rit, rassuré.

— Tu me ferais croire que je ne suis pas exceptionnel.

— Oh ! mais Alker, si vous l'êtes, je suis perdue !

Ce qui le fit rire.

Nous continuâmes ainsi pendant près de deux heures. Je me surveillais étroitement pour ne plus faire de fautes. Nous établissions avec minutie le portrait-robot de mon futur époux, dans lequel il ne se reconnut jamais. Notre projet prit forme : la première étape serait le coiffeur, puis viendraient les boutiques de haute couture.

— Nous allons faire de toi une femme élégante, et comme tu as déjà l'intelligence, je te marie en six mois à l'objet de ton choix.

Je ne le détrompai pas.

— Je serai votre chef-d'œuvre.

— Et quel drame, je ne pourrai jamais le revendiquer !

Lorsque je le quittai, le ciel s'était assombri, il faisait moins chaud. J'avais tout à coup regardé ma montre, feint de m'être mise en retard, alors que personne ne m'attendait. Tout ce que je pouvais faire était rentrer chez moi, dîner seule en ronchonnant, ou aller en ville, errer, entrer dans un cinéma et en ressortir au milieu du film. Je savais que je m'étais installée dans un mode de vie impossible : j'aurais dû avoir des amis, des amies, tout un groupe de gens avec qui entretenir des relations régulières, on sort, on se téléphone, on se raconte les uns aux autres, je m'étais dérobée à ceux qui me l'offraient, je m'étais enfermée, refusant ce qui eût été censé me distraire de mon chagrin mais qui m'y engluait davantage. Je commençai à remonter l'avenue, j'étais à mi-chemin de la maison quand je me souvins de la voiture que mes parents venaient de me donner : il est vrai que la dernière fois que j'étais allée chez Alker, trois ans plus tôt, je n'en possédais pas, j'avais appelé un taxi.

Je fis demi-tour et vis Alker sortir très rapidement de chez lui. Je me rabattis contre un mur, le regardai ouvrir sa portière, s'engouffrer dans la vieille Citroën noire, démarrer en hâte.

Ainsi, il avait un rendez-vous et ne m'en avait rien dit, il avait abandonné sa ponctualité habituelle, il avait risqué un retard plutôt que d'interrompre la conversation ! Je restai un moment immobile, le cœur me battait. Il était donc bien vrai qu'il ne demandait, comme moi, qu'à retrouver l'ancienne complicité et que seule ma fureur l'en avait empêché ! Mais alors ? Se pouvait-il qu'il m'aimât et eût réellement peur de mon âge ? Cela me semblait une si grande sottise que je ne m'y arrêtai pas. Et d'ailleurs, me dis-je en haussant les épaules, le bel amour, vraiment ! qui résiste si bien à l'aimée ! Je repris ma voiture : je rentrerais à la maison, je ne mangerais pas car je n'avais pas faim, j'irais dans ma chambre, lire, mais quel livre m'empêcherait de ruminer ma peine ? dormir et, de préférence, ne pas rêver.

Mais je ne dormis évidemment pas. Je restai des heures à patauger dans les souvenirs. J'eus, envers moi-même, la rare bienveillance d'en choisir qui ne fissent pas trop mal.

De l'avis général, l'été de 1946 fut chaud et agréable : je rentrais du Maroc, je trouvais étonnant que l'on se félicitât d'un été où, le soir, on ne pouvait pas se passer d'un chandail. Deux ou trois fois par semaine, Alker passait à la maison, disait que j'avais la mine grise d'une petite fille qui ne sort pas assez et m'emmenait en promenade. Nous allions au bois de la Cambre, ou plus loin, dans la forêt, nous asseoir sur un tronc d'arbre près de l'étang aux Enfants Noyés et nous bavardions une heure ou deux. J'y aurais passé toute la soirée, mais j'étais bien élevée et ne protestais jamais quand il disait qu'il était temps de rentrer.

En vérité, le joli nom de cet étang n'est dû qu'à une erreur. *Verdronken*, en flamand, est le participe passé du verbe *verdrinken*, noyer. Un M. Verdronken possédait une parcelle de la forêt de Soignes, dont les enfants héritèrent et qu'ils léguèrent à la ville : c'était donc le legs des enfants Verdronken, en flamand de *Verdronken Kinderen*. Un jour, un employé bilingue zélé mais mal informé inventa par erreur l'étang aux Enfants Noyés. Lorsque Alker m'expliqua cela, je fis la moue, c'était trop prosaïque pour mes quinze ans. Je venais de lire *Le Tour d'écrou*, de James, qu'il ne connaissait pas et que je lui racontai, en situant l'action autour de cette eau morte, faisant apparaître le fantôme du séduisant précepteur parmi les frondaisons. Puis j'imaginai deux enfants désespérés qui allaient à la mort, main dans la main, descendant lentement les bords marécageux.

— Mais pourquoi se noient-ils ?

— Ils ont douze ans, ils viennent de découvrir l'amour incestueux qui les unit, ils s'arrachent à un destin terrifiant.

Il rit. Cela lui plaisait, et comme je n'aimais déjà rien tant que lui plaire, j'inventai sur-le-champ une autre légende : un enfant, un ravissant petit garçon de trois ans était tombé à l'eau. La mère affolée tenta de descendre le talus, ses longues jupes se prenaient dans les branchages, elle criait le nom de son fils en sanglotant. Sur la rive, sa fille se tordait les mains, l'appelant éperdument, mais cette femme avait perdu la tête et, dérangée par les cris de la petite, elle la prit et la jeta dans l'étang, le plus loin possible. La malheureuse ignorait que des naïades habitent les fonds solitaires et que la beauté de son fils les avait charmées. Lorsque la fillette arriva, elles ne se tinrent plus de bonheur. Elles donnèrent un peu de leur vie mystérieuse aux deux enfants et c'est pourquoi, le soir, par les nuits de pleine lune, on peut entendre leurs rires et les voir courir, radieux, à la surface de l'eau.

— Tu les as vus ?

— Non, je ne suis jamais venue : on dit qu'ils sont dangereux. Leur beauté est telle que l'on veut les rejoindre et les naïades qui sont des personnes capricieuses laissent mourir ceux qui ne leur plaisent pas assez.

— Qu'est devenue la mère ?

— Elle a avoué son crime et on l'a décapitée.

— Tu as l'imagination méchante.

— Il y a pire, dis-je en levant un doigt impérieux. Au milieu du XVe siècle, un certain sire Verdronken fit curer l'étang qui ornait ses jardins. Bientôt de grands cris d'horreur retentirent : sur la vase humide, on voyait des dizaines de petits squelettes. C'était là que les filles-mères de la région venaient jeter le fruit de leur péché.

— Arrête ! tu vas te donner des cauchemars.

— Vous en aurez aussi.

— Si tu veux, disait-il, et j'adorais sa façon de me regarder, les yeux plissés par le sourire, comme s'il n'avait jamais rien vu de plus charmant que moi.

Et aujourd'hui, par un autre bel été, couchée sur mon lit, les yeux dans le vague, me dire qu'il m'avait bien trompée...

Deux jours plus tard nous étions dans un de ces restaurants qu'il aimait, ambiance feutrée, vieilles boiseries, nappes de damas blanc et Mozart en sourdine. Je ne portais pas les pantalons qu'il désapprouvait mais une jupe bien quelconque. J'avais eu envie de mettre une des robes qu'Antoinette m'avait faite jadis, cent siècles plus tôt, mais il risquait de la reconnaître et la prudence l'interdisait.

— J'ai réfléchi, dit-il. La première chose à faire est d'améliorer ton teint. Tu es si pâle que tu as l'air maigre et mal nourrie.

— D'où ce dîner ? Je sors de mes derniers examens et je viens de passer six mois à écrire deux cent pages sur Thomas Kreuzau-Wollersheim, fin politique et poète médiocre – à mon gré : j'ai lu son œuvre, qui heureusement est courte – mort il y a cinq siècles et dont quelques historiens toxicomanes d'informations souhaitaient avoir des nouvelles récentes.

— Ma chère enfant, c'est une explication, pas une excuse. Les hommes que tu vas rencontrer, s'ils te voient blême, ne te demanderont pas pourquoi tu as mauvaise mine : ils regarderont une femme bien bronzée, qui a de l'éclat et les yeux brillants.

On n'est pas plus clair !

— Alors qu'un examen attentif montre que tu as tout ce qu'il faut pour être ravissante.

Merci, mon Dieu !

— Mais tu ne mets rien en valeur. Les façons qui sont charmantes chez une fille de seize ans déparent une jeune femme. Ton index est jauni par la nicotine, cela empêche de voir que tu as la main longue et bien formée.

Il continua sur ce mode pendant cinq minutes, ma personne fut passée en revue de pied en cap, et si j'avais eu des ambitions, elles se seraient effondrées. Il pensait que j'avais des qualités potentielles, jamais déployées, et que, certes, ma mère n'avait pas pu me transmettre le savoir dont j'aurais eu besoin car elle ne le possédait pas. Il me parla d'elle d'une façon qui me surprit.

— C'est une femme qui ne sait rien du doute ni du combat. La première fois qu'elle a vu un homme, c'était ton père, et il a cru qu'il n'avait jamais vu de femmes, comme si chacun avait grandi coupé du monde dans un château de conte de fées. Elle a traversé sa vie dans un état de naïveté inaltérée. T'es-tu rendu compte de l'isolement où ils vivent ? Je suis la seule personne qui les fréquente encore, et c'est parce que je ne leur tiens pas rigueur de n'être jamais convié. C'est moi qui dis : – Je viendrai tel jour de la semaine prochaine, et ils m'attendent avec plaisir, comme tu sais. Ils ont reçu une éducation qui pouvait sembler normale, mais tout s'est passé comme s'ils n'avaient, tout simplement, jamais songé à s'en servir. Ils ne rendaient pas les invitations, ils oubliaient d'ailleurs d'y aller, on a peu à peu cessé de penser à eux, ils ne s'en sont pas aperçus. Parfois, l'une ou l'autre ancienne relation les évoque, presque étonnée d'apprendre qu'ils sont encore en vie. Ils sont parfaitement heureux.

Tout cela était exact, je n'y avais jamais pensé, comme font les enfants qui tiennent leurs parents pour un donné indiscutable.

— Elle s'habillerait bien comme il y a trente ans, mais on ne trouve plus ce genre de vêtements, et si elle n'a plus la même coiffure qu'avant guerre, c'est que les coiffeurs ne savent plus la faire. Elle n'est jamais sortie de son château enchanté, et ton père y est entré avec elle, il le quitte pour s'occuper de ses affaires et y retourne dès qu'il a fini. Elle ignore que le temps passe, car dans son monde intime rien n'a changé. Tu es née, tu as grandi, elle l'a vu et t'a, tout au long, donné les soins adaptés, mais cela s'est passé comme hors d'elle, dans l'univers bizarre où se déroule la réalité extérieure. Elle n'a pas pu t'introduire dans le siècle, car elle n'y habite pas vraiment. Aussi ne s'est-elle jamais mêlée de ta vie : je pense qu'elle sentait obscurément qu'elle en était incapable. C'est pourquoi ils ont été tout les deux fort heureux que je m'occupe de toi, ils sentaient que certaines tâches importantes n'étaient pas remplies. Elle est très contente de voir que tu fonctionnes adéquatement, que tu as traversé tes études avec aisance : quel soulagement ! elle ne t'a pas fait de mal !

J'étais stupéfaite. Je reconnaissais chaque chose qu'il disait.

— Alors, il faudra que je continue et que je t'apprenne tout, dit-il en riant. Pour tes doigts, ou tu renonces à la nicotine, ou tu uses du fume-cigarette.

— Choisissez.

— Décidément, il n'y a pas de choix dont tu n'exiges que je me charge ! Mais je prévoyais ta réponse.

Il sortit un paquet long et étroit de sa poche et le posa devant moi. Je le regardai sans y toucher, je me sentais en état de choc.

— Réveille-toi, Catherine !

— Peut-être suis-je moi aussi dans un château enchanté, où je dors depuis des décennies.

— Nous allons t'en sortir. Je vais te trouver le Prince Charmant qui se penchera vers toi pour baiser ta joue pâle. Déballe ton cadeau.

Il l'avait choisi en écaille, pas en ivoire comme le sien, et je vis qu'il y avait fait sertir mes initiales. Je pris avec une sorte de méfiance cet objet léger, le gracieux bijou qu'une femme manipule distraitement, la touche finale de son élégance. Cela ne me ressemblait pas du tout : c'était une description de ce que je devais devenir. Alker me regardait attentivement. Je sortis une cigarette de mon paquet, l'insérai soigneusement dans l'embout, attendis qu'il me tendît son briquet. J'avais la gorge nouée, c'était comme au temps des Enfants Noyés, quand nous restions pendant des heures assis sur un tronc d'arbre devant l'étang couvert de lentilles d'eau et de feuilles mortes, et que je sentais, entre nous, cette profonde résonance dont je ne connaissais pas encore le nom qu'elle allait prendre pour moi, quand je me livrais sans réserve au plaisir d'être comprise par lui et à l'illusion de le comprendre.

Il n'était pas question de pleurer.

Le maître d'hôtel posa les cartes devant nous. Je n'y jetai pas un regard, je savais exactement quel jeu plairait à Alker.

— Je déteste juillet, il n'y a plus d'huîtres ! Que voulez-vous que l'on mange ? Il ne reste que les crudités, toutes les crudités possibles.

— Et du poisson grillé, ajouta Alker, avec un sancerre.

Ils se lancèrent dans un long conciliabule où mettre au point les détails du festin qu'on offrirait à la princesse lors de son réveil. Je me servais de mon ravissant fume-cigarette en regardant Alker, attentif à ce qu'il faisait, précis, exigeant, me gorgeant tristement de celui qui ne voulait revenir auprès de moi que pour me donner à un autre. Il n'avait pas changé, ses yeux se bridaient toujours dans le sourire, il avait gardé le goût des costumes de grand faiseur et des cravates de soie, trois ans ne changent pas un homme de quarante-sept ans, moi seule étais encore au moment de la vie où trois ans sont une longue période. Je croyais avoir perdu les manières de l'enfance : il me disait très clairement que je n'avais pas acquis celles de l'âge adulte. Je pensais aux jeunes gens avec qui j'étais allée dîner dans des restaurants peu coûteux, car, s'ils gagnaient déjà leur vie, c'était assez modestement pour accueillir sans trop de difficulté la proposition de partager l'addition. Ils ne m'offraient pas de petits objets précieux bagués d'or, mais ils me trouvaient belle, ils me le faisaient connaître, et moi, injuste, je ne voulais que celui-ci, qui avait des rides au coin des yeux, qui serait vieux bien avant moi et me disait que j'étais mal coiffée. J'aurais tant voulu retrouver le plaisir des Enfants Noyés, le temps où je ne savais encore rien du désir et où je jouissais innocemment de son attention, et lorsque, quelques minutes plus tôt, il m'avait parlé de mes parents, j'avais bien compris qu'il me l'offrait, qu'il était prêt à tout recommencer, mais à ses conditions. Il savait pourtant aussi bien que moi que je n'étais plus cette fille à peine sortie de l'enfance, et je me dis qu'il trichait, mais que je ne l'en ferais pas démordre. J'avais reçu de lui mon premier regard d'homme : qu'y pouvais-je si jamais un autre regard ne m'avait aussi profondément atteinte ? J'avais vaillamment essayé et j'avais échoué.

Nous bavardâmes longuement en dînant. Il me semble que nous ne nous dîmes que deux phrases :

— Tu seras sage ?

— J'essaierai.

Ma reddition était complète.

La première visite fut, comme il en avait décidé, pour le coiffeur. Il me conduisit dans un hôtel de maître de l'avenue Louise que rien ne signalait à l'attention, à peine si on pouvait lire, sur une discrète enseigne argentée, le nom d'une marque de produits de beauté si célèbre que même moi je la connaissais. Une jeune femme d'une grande élégance s'avança en souriant :

— Nous sommes attendus par Jérôme, dit Alker.

Elle fit un signe discret à une autre jeune femme qui disparut derrière une portière de velours doré du plus bel effet, et, en attendant son retour, échangea avec Alker quelques intéressantes considérations sur le temps qu'il faisait.

— En juillet, la chaleur est toujours si pénible !

— C'est parce que Bruxelles est une ville humide.

J'admirai qu'ils trouvassent le moyen de redire cela de différentes façons pendant cinq minutes.

Jérôme était un bel homme, très grand et très large, qui évoquait plutôt le catch que le raffinement parfumé des jolies personnes qui l'entouraient. Alker fit des présentations hautement protocolaires, Jérôme s'inclina devant moi puis me dirigea, le long d'une haie de paravents, vers le lieu où commencerait la transformation de Cendrillon. Là, deux jeunes filles pleines de célérité vinrent me couvrir de voiles roses, s'enquirent de mon confort puis s'envolèrent en gazouillant.

Je vis, dans le miroir qui me faisait face, Alker et Jérôme se pencher vers moi. Il y eut un long moment d'examen silencieux. Finalement :

— Le cheveu est bon, dit Jérôme, un peu terne de couleur, mais vigoureux et abondant. Il faut couper, bien sûr, cela a poussé dans tous les sens comme de l'herbe sauvage, et aviver la couleur, mais, avant tout, il faut trouver un style.

— Toute la question est là, approuva Alker.

— Nous devons étudier le visage de Mademoiselle, sentir ce qu'il exprime et l'accentuer. Tout l'art de l'expert est là, un débutant fera une coiffure à la mode, sans avoir bien regardé la femme.

— Tout l'art de l'expert, c'est certain, répéta Alker avec componction.

Jérôme rassembla mes cheveux, les tira soigneusement vers l'arrière, et sur un signe à peine esquissé, fit réapparaître une des jeunes filles. Elle posa un bandeau qui encadrait de très près le visage à étudier. Jérôme leva la main dans un geste qui ordonnait délicatement à Alker de s'écarter, fit un pas à droite, puis à gauche, médita, se pencha, me poussa la tête d'un côté, de l'autre, me fit relever et baisser le menton. Je crois que je fus parfaite en potiche manipulable.

— Les traits sont bien dessinés, il y a quelque chose d'intéressant dans le menton volontaire, affirmé, qui est repris dans la ligne du nez, remarquez comme il est finement aquilin. Mais le sourcil est indécis, je recommande une légère épilation, ici et là, qui le précise. Quant au regard... je n'ai rien à redire au regard, il est aigu, sauf que la couleur de l'iris est incertaine, il faudra étudier, pour la paupière, un maquillage qui l'accuse. Les cils sont fournis, un peu trop courts, nous allons les teindre. Si vous regardez de près, venez voir, l'extrémité des cils est toujours plus pâle, on gagne certainement un millimètre avec la teinture, vous serez étonné de l'effet.

Puis il recula, resta un moment silencieux, tendit lentement le bras et dans sa main ouverte une des jeunes filles posa des ciseaux. L'autre ôta le bandeau. Il resta un moment les yeux fermés, écoutant, je pense, les Muses parler, puis fit claquer les ciseaux en l'air et se précipita sur mes cheveux. Je lançai un regard vers Alker, puis détournai rapidement les yeux car nous aurions éclaté de rire.

Quand Jérôme déposa les armes, je fus étonnée : il n'avait que légèrement raccourci mes cheveux, et j'étais déjà différente, plus nette, plus volontaire, comme il l'avait prévu, et moins jeune, mais je voyais bien qu'il fallait dire moins gamine.

Alker s'en alla, me laissant aux mains des jeunes filles qui allaient achever l'œuvre du maître. Cela dura deux heures, où je fus levée, couchée, lavée, brossée, menée deçà et delà, parmi les gazouillis et les voiles roses.

À la maison, ma mère stupéfaite ne pouvait pas me quitter du regard.

— Et c'est juste une coupe de cheveux et quelques mèches blondes ?

— Ils m'ont aussi teint les cils en noir.

Mon père qui passait leva les yeux sur moi :

— Ah ! Tu es bien jolie, aujourd'hui.

Dans les boutiques, Alker, que ses belles amies avaient muni des meilleures adresses, me regarda entrer et sortir vingt fois des cabines d'essayage.

— Il faut que Monsieur voie Mademoiselle dans Jasmin d'hiver et dans Gardénia sauvage.

Je n'étais pas ignorante au point de ne pas savoir que, aux défilés de mode, les robes portent des noms, et je me tenais dignement. Je vis que ce n'était pas à moi, mais à lui, que l'on demandait si la robe convenait.

— Je crois qu'on vous prend pour un amant riche qui veut habiller sa jeune maîtresse de province.

Il ne semblait pas que cela le dérangeât.

— Ce qui me fait penser qu'en effet, vous avez tout payé.

À lui seul, le chandail que je venais de déposer sur le siège arrière de la voiture avait à peu près consommé le premier salaire de ce travail qui ne commencerait qu'à la rentrée.

Alker haussa les épaules.

— Mon cher, je ne peux pas me laisser entretenir par vous si vous ne profitez pas de ma jeunesse et de mon innocence.

Bref regard méfiant.

— Et comme vous ne le voulez pas, donnez-moi les factures, que mon père règle ce petit problème.

— C'est assez cher, dit-il, je ne sais pas ce qu'il va en penser.

— Moi non plus. Mais les achats sont faits et c'est un honnête homme.

L'honnête homme eut l'air perplexe.

— Es-tu sûre qu'ils ne se sont pas trompés ?

Le chandail était accompagné de la jupe assortie et d'un long sautoir de fausses perles qui faisait, à lui seul, une semaine d'assistanat en Histoire.

— D'après Alker, ce sont des objets d'un prix normal pour une jeune fille de notre monde.

Ma mère parut embarrassée.

— Je crois que Catherine a raison. Tu sais que je me préoccupe peu de ma toilette, mais j'aurais dû me soucier de la sienne.

— Certainement, dit mon père. D'ailleurs, si c'est Maurice qui l'a guidée, je suis sûr que tout est parfait.

Il fit un chèque, puis réfléchit.

— Tu auras sans doute encore besoin d'autres choses ?

— C'est probable.

— Le plus simple est que je t'ouvre un compte.

Puis il se tourna vers ma mère :

— En vérité, notre façon de vivre est si modeste que nous ne dépensons pas la moitié de nos revenus. Toi-même, es-tu sûre de ne pas désirer te mettre à la mode ?

Ma mère sourit à sa façon gracieuse et fantomatique.

— Oh ! moi ! Tu me connais, je n'ai jamais rien compris à tout ça. Et la question fut réglée.

Après quinze jours de boutiques, Alker me conduisit à un cocktail dans le monde du barreau.

J'avais été très prudente et il était rassuré, il n'avait plus peur de la petite fille qui s'était jetée à sa tête. C'est qu'il se prenait au piège qu'il m'avait aidée à construire : je n'avais plus du tout l'air d'une petite fille. Jérôme avait été admirable : les miroirs me montraient une jeune femme au visage aigu, au regard intense, qui, ma foi ! ne me déplaisait pas. J'étais mise avec art : je portais le chandail, coupé dans un cachemire souple comme de la soie, très long et très large comme le voudrait la mode d'hiver, et le sautoir, dont les perles étaient juste assez lourdes pour, glissant sur le tissu, montrer et cacher la courbe des seins. J'avais des diamants aux oreilles : ma mère, subjuguée par mon brusque changement, s'était souvenue d'une boîte à bijoux perdue depuis des décennies au fond d'une armoire, elle me l'avait donnée :

— Prends ce qui te plaît. Tout cela t'est de toute manière destiné, et je ne m'en sers jamais.

Je regardai, héritière stupéfaite, un petit fouillis de colliers, de bagues anciennes, perles, émeraudes et brillants qui avaient orné quatre générations de femmes, mais pas ma mère, personne naturelle qui ne concevait pas l'intérêt des bijoux. Les leçons d'Alker avaient porté : je me dis qu'une jeune fille doit être discrète et m'en tins, pour le moment, aux boucles d'oreilles.

Et, bien sûr, je manipulais avec aisance le fume-cigarette en écaille.

Il y eut de l'étonnement : avec qui était Maurice Alker ? Une nouvelle maîtresse ? On me regardait beaucoup. Il me présenta les gens, me nomma :

— Catherine Reinhardt, ma filleule.

Qui faillit me faire trébucher d'étonnement.

— Elle est charmante. Où la cachais-tu ?

— Elle ne sortait pas, elle vient de finir ses études.

— Reinhardt ? Seriez-vous la fille de Marcel et Anne ?

Etc. Dans un moment de tête-à-tête :

— Cher parrain ? Sur quels fonts baptismaux ?

— Ceux qui appartiennent à la religion de la prudence. Si tu veux un mari, il faut détruire tout de suite la fantaisie que tu serais ma maîtresse.

J'éveillais, de toute évidence, beaucoup d'intérêt, et j'en aurais certainement mieux joui si une jolie femme aux cheveux noirs aussi bien coiffés que les miens ne s'était approchée de lui et n'avait, un instant, posé les lèvres sur celles d'Alker, en disant :

— Mais où étais-tu passé ? Voilà trois jours que je te cherche, et Marguerite ne sait jamais où tu es.

— Je préparais l'entrée de Catherine dans le monde, dit-il en homme averti que la vérité peut être le plus efficace des mensonges.

— Elle est parfaite. Vous avez un parrain merveilleux, ma chère, on vous l'enviera.

Il est certain que les vœux de mort n'ont jamais tué personne, car elle resta en excellente santé.

— Croyez que je l'apprécie autant qu'il le mérite.

Alker me signalait les célibataires qui avaient de trente à trente-cinq ans et définissait leur degré de sophistication.

Dès le lendemain, j'eus deux coups de téléphone : voulais-je dîner ? voulais-je aller au théâtre ? Certes. Dans quelques jours, dès que j'aurais une soirée libre.

— Attention, me dit mon mentor. C'est une race d'hommes que tu ne connais pas. Livre-toi le moins possible, s'ils te plaisent, n'en donne aucun signe.

Me plaire ! Nous étions au bois de la Cambre, j'étais vêtue d'une robe blanche que l'on avait nommée Safari, même si elle ne semblait pas tout à fait propre à aller explorer la jungle. Il ne la connaissait pas car j'avais pris le risque de l'acheter sans son approbation. Je l'eus. Il m'attendait dans une allée et me vit arriver, sortir de la voiture : un éclair vite masqué par un sourire de bienvenue aiguisa son regard. Il fit quelques pas vers moi, tendit la main pour remettre à sa place une mèche indocile et une flèche me traversa le ventre.

— Mon cher, si vous saviez à quel point je peux dissimuler à un homme qu'il me plaît, vous seriez effrayé.

Je vis que, pendant une seconde, il le fut.

— J'ai soif, lui dis-je. Je veux bien me promener, mais abreuvez-moi d'abord.

Il hocha la tête.

— Excellent. De petits caprices inoffensifs, qui donnent à un homme le sentiment agréable d'être délicatement manipulé et de pourvoir à ta satisfaction. Tu es, en premier lieu, intéressée par toi-même, comment capter ton attention ?

Hélas ! Il eût mieux fait de le leur enseigner que de m'apprendre à séduire sans me laisser séduire.

Le dîner fut excellent et le dîneur moyen. Il tenta de m'interroger sur moi, je lui répondis en parlant de Thomas Kreuzau-Wollersheim et de l'étrange passion dont il semblait s'être pris pour Jeanne d'Arc.

— Concevez-vous que cet homme qui semblait si furieusement attaché à sa grande carrière ait tout compromis pour suivre une fille dont, dans une lettre à sa femme que j'ai retrouvée parmi les archives conservées à Malines, il avouait qu'il n'était pas sûr qu'elle eût jamais entendu la moindre voix ?

Je m'amusais immensément à voir ce malheureux jeune homme tenter de s'intéresser à Thomas pour me plaire.

Le théâtre fut si mauvais qu'à l'entracte je fis connaître que je ne souhaitais pas voir le deuxième acte. Mon cavalier, qui se nommait Denis, eut l'air navré.

— De grâce ! la pièce est mauvaise mais vous n'y êtes pour rien, ce sont l'auteur et les acteurs qui en sont responsables. Vous ne seriez en faute qu'en exigeant que je reste.

Nous allâmes donc souper. À ce train, bientôt je grossirais.

Je ne ferai pas le détail de ce premier mois de ma vie mondaine : Alker, enchanté, entendit dire que j'étais brillante et d'accès difficile.

— C'est qu'ils m'ennuient.

— Je n'ai pas sorti mon atout principal. Lucas Robinier rentre la semaine prochaine, il y a un petit dîner chez moi, où tu le rencontreras. J'ai vu la robe qu'il te faut.

Il ne me paraît pas nécessaire de continuer à décrire mes toilettes. Je pense que la chose est entendue : je n'étais pas mise en jeune travailleuse méritante.

Alker me demanda d'arriver tôt et de prendre le rôle de jeune fille de la maison, que la situation de filleule rendait tout à fait vraisemblable. Je n'étais pas retournée chez lui depuis mon intrusion affolée de juillet, et je fus étonnée par le salon, que je ne reconnaissais pas :

il était adorné de vastes canapés recouverts de cuir blanc qui s'accordaient mal avec les murs bruns et les meubles de bois sombre. Je fis la grimace, mais jugeai qu'il n'était pas opportun d'exprimer ma désapprobation car la dame aux cheveux noirs arrivait. Elle se serra contre lui de façon à ne laisser aucun doute sur leur intimité, ce qui, étrangement ! ne me parut pas nécessaire, puis vint à moi et baisa ma joue, qui, à mon grand regret, n'était pas vénéneuse. Après quoi, elle me complimenta comme une femme ne le fait que si elle veut donner clairement à connaître à une autre femme qu'elle ne condescendrait pas à la considérer comme une rivale valable.

Lucas Robinier était assez grand, mais si râblé, si vigoureux que l'on ne s'en apercevait pas tout de suite. Blond, le cheveu dru et désordonné, très bronzé, il avait une élégance désinvolte et l'air parfaitement sûr de soi. Les rayons ultra-violets des instituts de beauté avaient amélioré mon teint, il me regarda avec intérêt. Je ne sais pas pourquoi je m'attendis à une tentative d'insolence et préparai un sourire angélique.

— Vous êtes historienne, m'a-t-on dit ?

J'acquiesçai.

— Très intéressant. Vous visez une carrière académique ?

— Je ne vise encore rien. Je tente de me remettre de mes derniers examens.

— En ville et au mois d'août ? Vous n'y arriverez pas !

— Que suggérez-vous ?

Alker me dit plus tard que j'avais eu un ton si admirablement ambigu qu'il en avait eu le souffle coupé. Lucas Robinier sourit, ce qui rendait son regard très incisif.

— Causons d'abord. Il faut connaître quelqu'un pour lui conseiller des vacances.

À table, je me retrouvai entre Lucas et Denis. On interrogea Lucas sur la Norvège, où il avait fait de la voile dans les fjords. Il avait eu un temps superbe. J'attendais patiemment la sophistication. Il repartait dans quelques jours pour le Maroc, où vivait sa sœur. Je demandai dans quelle ville.

— À Casablanca.

— Où habite-t-elle ?

— Rue Blaise-Pascal, dit-il étonné. Vous connaissez ?

Je fis signe que oui, mais n'ajoutai rien. Brusquement, une vague de nostalgie me submergeait, je revoyais confusément cette rue où habitait la couturière de ma mère, les grands arbres dont on cherchait l'ombre, les nommait-on faux poivriers ou eucalyptus ? Parfois le siroco soufflait et sitôt achevée la corvée d'essayage, je quittais ma mère, je traversais le mellah pour aller à la piscine municipale, un immense bassin construit le long de l'océan, dont l'eau tiède m'avait définitivement gâché la mer du Nord, si grise et si froide. Je nageais longtemps, puis j'allais m'étendre au soleil qui ne brûlait plus ma peau de fausse moricaude, je rêvais, je m'inventais des avenirs glorieux et de radieuses amours.

La conversation avait dérivé. Je vis qu'Alker me regardait, il devinait sans doute ce qui m'avait emportée, et je me demandai tristement où était ma nostalgie la plus cruelle.

— Que penses-tu de lui ? me demanda-t-il lorsque nous fûmes retournés au salon, pour le café.

— Il m'a donné envie de pleurer en parlant de la rue Blaise-Pascal.

Il me sourit tendrement.

— C'est un bon début.

En vérité, j'ai un souvenir affreux de ce dîner. La dame aux cheveux noirs, qui se nommait Thérèse, marquait avec insistance qu'Alker était à elle, et il se laissait faire. Mais, même s'il en était obscurément agacé – et je connaissais sa façon de devenir un peu trop courtois quand on commençait à le lasser, je l'avais vue, jadis, avec Antoinette – à quoi me servait qu'il se lassât d'une maîtresse puisque je ne serais pas la suivante ? Je fis un effort pour m'intéresser à Lucas Robinier, le jeune avocat très lancé que l'homme que je ne pouvais pas avoir me proposait d'épouser. Denis marquait avec fermeté un droit d'antériorité, et je sentais que, si je ne faisais pas très attention, les larmes allaient me monter aux yeux. Lucas vint s'asseoir en face de moi.

— Vous devriez retourner à Casa. Vous avez semblé tout émue quand j'en ai parlé.

— Peut-être. Mais c'est si loin.

— Deux heures d'avion.

— Et des années. J'étais une petite fille. J'irai plus tard, quand je vieillirai et que j'aurai envie de retrouver mon enfance.

— Si vous changez d'avis, dites-le-moi. Ma sœur adore les visites et elle s'ennuie de Bruxelles. Elle serait aux anges de vous accueillir.

— J'y penserai, dis-je.

Je me sentais de nouveau trop jeune, trop gamine, étrangère, parmi ces gens à situations acquises, ces femmes qui menaient avec aisance le futile et gracieux jeu mondain, j'étais hostile et sans doute envieuse. Je sortis du salon. Je me vis, dans le grand miroir du vestibule, et je ne me reconnus pas : Jérôme et les boutiques m'avaient masquée, je haïssais cette fille fabriquée dont la chevelure lisse bougeait avec grâce autour d'un visage triste. Dans quelle folie m'étais-je lancée ? Je voulais pleurer, mais j'avais fardé mes yeux et je ne pouvais pas m'enfuir, me cacher dans ma vérité, retrouver le pantalon usé et la vieille chemise dans l'impasse que j'avais, inutilement, tenté d'ouvrir. Je courus au premier étage, entrai dans la salle de bains car les sanglots avaient raison de ma pauvre résistance. Ah ! voir Alker me suivre, lui dire que c'était trop, que je ne pouvais pas mentir si longtemps, plonger entre ses bras, vaincre son refus, chasser Lucas, Denis, tous les hommes dont je ne voulais pas, il me garderait, je serais avec lui, je l'aimerais autant que j'en avais envie, il se laisserait faire et je retrouverais enfin ma terre, mon pays, l'exil finirait, je serais en paix.

Jamais, me disais-je, jamais, et je regardais avec une mauvaise satisfaction le mascara faire de grandes traînées noires sur mes joues, je me passai les mains dans les cheveux pour détruire la belle ordonnance de ma coiffure, mon nez coulait et deux chandelles pendaient de mes narines, je regrettais de n'avoir pas de rouge à lèvres qui eût bavé autour de ma bouche, j'étais parfaitement affreuse. Voilà comment il devrait me voir, il soupirerait, il penserait que, vraiment ! j'étais impossible, qu'il avait bien raison de ne pas vouloir de moi, je prendrais ma voiture et j'irais me jeter à l'eau, débarrassée de mon tourment, de ma vie et de lui.

Après cinq minutes de cette orgie, j'essuyai soigneusement mon visage et, comme j'étais dans la salle de bains d'un homme à femmes, je trouvai de quoi refaire mon déguisement.

Lucas Robinier me téléphona vers la mi-septembre.

— À Casa, j'ai souvent parlé de vous à Simone, ma sœur. Elle aurait voulu savoir où vous aviez habité.

— Rue de Nancy prolongée.

— Elle est revenue avec moi, elle va rester ici une quinzaine de jours. Elle a très envie de vous rencontrer car vous avez connu la ville avant qu'elle n'y vive, elle aimerait que vous lui en parliez.

Je ris. C'était joliment joué. Le biais me plut, il avait de l'imprévu. Je fus enchantée de trouver de la finesse chez le candidat préféré d'Alker.

En somme je me montrai, dans cette affaire, d'une fatuité incroyable, car il ne me vint jamais de me demander si moi-même je plaisais. Pour une fille qui ne parvenait pas à captiver l'homme qu'elle voulait, cela paraît étrange : n'aurais-je pas dû douter de ma séduction ? Certes, on me recherchait, mais quelle assurance pouvaient me donner des désirs qui me laissaient indifférente ? Parfois un éclair passait dans les yeux d'Alker, vite réprimé : je m'y nourrissais, tant, dans ces années-là, son refus m'avait ôté toute exigence.

Simone me charma tout de suite. Elle était joyeuse, on la sentait tendre et facile à aimer, elle avait la même chevelure blonde et désordonnée que son frère et ce teint de moricaude que les bancs solaires ne pouvaient pas vraiment restituer. Elle me sembla naturelle, comme il m'était défendu de le rester, elle m'interrogea à n'en plus finir sur le Casablanca de la guerre, si bien qu'en dix minutes j'avais perdu les allures distantes que je venais à peine d'acquérir. Lucas me dit, plus tard, que je les retrouvais dès qu'il m'adressait la parole, et que ce contraste l'avait excité.

Excité.

Je crois que je suis, au fond, parfaitement puritaine et que, Alker m'eût-il laissée à ma nature, elle eût fait de moi une épouse vierge et fidèle, comme ma mère. J'étais mariée à Lucas lorsqu'il me parla ainsi, je me raidis. Il avait de la subtilité et le sentit, il s'écarta aussitôt de moi.

Simone et moi nous vîmes tous les jours. Elle courait les boutiques dont j'étais saturée, là je ne l'accompagnais pas. En aurais-je eu envie que je n'aurais pas pu : j'avais commencé à travailler. Hors les cours, que je devais calquer sur ceux d'Antoine Berthier, ce qui ne demandait pas beaucoup d'efforts, j'avais replongé dans la vie de Thomas Kreuzau. Je me rendais compte que les lettres à sa femme constituaient une source d'information capitale, mais je n'en connaissais qu'une, celle de Malines, qui soulevait ma perplexité. Je revenais toujours à la même phrase, que je cite de mémoire parce que je suis trop paresseuse pour retourner au texte : « Lorsqu'elle entre en oraison, elle ne prie point, elle tombe en fureur. » Pour un homme qui avait brisé sa carrière à force de la défendre, cela me semblait très étrange. On n'y voit pas la description de la ferveur, mais un transport de rage qui ne ressemble à rien de ce qui est, d'habitude, dit sur la Pucelle. Or il la connaissait bien, il ne l'avait pas quittée depuis sa capture par les Bourgogne et pensait qu'elle était protégée par Dieu Lui-même. Dieu protégerait donc les filles furieuses ? pensais-je parfois, et je me demandais ce qu'Il attendait pour m'aider !

À cinq heures, je retrouvais Simone et nous faisions la tournée des librairies. Il n'y en avait pas beaucoup à Casa, mais nous passâmes surtout des heures chez les bouquinistes qui manquaient tout à fait. Je lui parlai de la bibliothèque municipale, où j'avais formé le fond de ma modeste culture littéraire. Elle ne la fréquentait pas, et je la convainquis que c'était une erreur.

— Il y avait tout Victor Hugo, Sainte-Beuve, *La Princesse de Clèves* et *Madame Bovary*, pour les autres je ne sais plus, mais j'y ai trouvé à lire pendant quatre ans.

Elle riait.

— Et le xxe siècle ?

— Hé bien ! je suis devenue historienne !

Elle nageait à la piscine du Lido, à Anfa, où je n'avais jamais mis les pieds car on y rencontrait la commission d'occupation allemande, et je lui racontais la plage, les grands rouleaux de mer dans lesquels on sautait pour se faire porter jusqu'au sable. Je dévalais la colline sur un vélo qui devait peser cent kilos parce qu'on y avait mis des pneus pleins, faits de rondelles de caoutchouc, ce qui m'épargnait les exaspérantes crevaisons. Elle n'allait jamais à la nouvelle médina, je la fis rire avec les expéditions pour y trouver de la farine que l'on tamisait ensuite, et le pain que ma mère faisait, blanc, mais si lourd qu'il fallait tout l'amour de mon père pour le trouver mangeable. Nous bavardions comme des pies sous l'œil amusé de Lucas. Je me rendis compte que, si peu liante que je fusse, nous devenions amies. Quand elle repartit, je l'accompagnai à l'aéroport avec son frère.

— Jure-moi que tu viendras me voir, me dit-elle. Je te montrerai les nouveautés et tu me montreras tes souvenirs.

Son avion décolla à huit heures du soir, il était tout naturel que Lucas me proposât d'aller dîner, et comme il mourait de faim, pourquoi pas au restaurant de l'aéroport, qui, en ce temps-là, avait bonne réputation ?

Je n'avais aucune intention de lui faciliter les choses. Alker disait qu'il était brillant : eh bien ! qu'il me le montrât ! Le petit jeu par lequel il s'était servi de sa sœur pour se rapprocher de moi m'avait amusée, je voulus voir comment il s'en dégagerait. Je le laissai faire tous les frais de la conversation.

— Et pour finir, vous avez donc passé tout l'été en ville ?

Je fis signe que oui en examinant attentivement la carte, et je dis que je prendrais un steak grillé. Lorsque nous eûmes passé commande, il me demanda si mon travail me plaisait.

Oui.

Puis en quoi, exactement, il consistait, ce qui me fit dix mots. S'il ne m'avait pas vue avec Simone, je crois qu'il m'aurait prise pour une demeurée. Je me sentais un peu garce, et je trouvais cela drôle. Comment s'en sort un homme si l'on ne vient pas à son secours ? Je ne faisais pas ma part, au cours de ce premier tête-à-tête : et pourquoi diable l'aurais-je faite ? Vingt fois, j'étais sortie avec des hommes sans en avoir vraiment envie et j'avais toujours joué mon rôle dans la cérémonie avec une parfaite politesse : cela ne me l'avait pas rendue plus plaisante. J'y avais vu une obligation de courtoisie, ou, quand c'était Julien, j'avais laborieusement tenté de m'en faire accroire. Je voulus laisser Lucas travailler à m'intéresser : après tout, j'avais tout à gagner à ce qu'il y parvînt !

Je vis bien qu'il n'avait pas besoin d'être secouru et qu'il se piquait au jeu. Il avait tout à fait quitté l'adolescence où traînaient encore mes soupirants précédents et marqua ses intentions avec fermeté. Il me téléphonait tous les jours et nous sortions trois fois par semaine, car je n'étais pas libre les autres soirs. Cet homme intelligent ne me demanda jamais à quoi je les occupais, m'épargnant ainsi de douloureux efforts d'imagination.

— Méfie-toi, lui dit Alker, je la connais, elle a décidé de se marier.

— Ma foi, j'ai l'âge et les moyens d'y penser. Mais on dirait que, à part être ravissante, elle ne fait rien pour plaire.

— Elle veut qu'on lui plaise.

Le défi l'attisait. Il entama la parade amoureuse et je fus comme on décrit les femelles lorsque le mâle se déploie devant elles : passive, mais ne prenant pas la fuite. Pour moi, l'essentiel se déroulait ailleurs.

Alker et moi nous voyions les jours où je ne rencontrais pas Lucas, il semblait qu'il fût toujours libre et nous avions d'infinies conversations à propos de stratégie amoureuse. Il avait repris mon éducation, je me moulais avec délice à ce qu'il me proposait, puisque, en somme, il m'expliquait comment on devient une femme conforme à ses goûts. J'étais la meilleure des élèves, je le lisais dans son regard qui revenait toujours sur moi, malgré lui, malgré sa rage de le détourner, et je veux ne me souvenir que de cela, du supplice exquis et de mon tremblant triomphe dès qu'il s'attardait. Je baissais vite les paupières, sûre qu'il y eût lu la vérité et qu'il m'eût aussitôt écartée et, résignée au peu que je pouvais avoir, je tentais de m'en satisfaire. Je n'y arrivais pas, bien sûr ! mais au moins je ne tournais plus en rond dans ma chambre, prête à hurler de détresse, je sortais tous les soirs, et la journée je travaillais.

Mais pourquoi diable aucun autre homme ne pouvait-il me faire trembler ? D'année en année, la détestable appartenance était allée s'aggravant et, depuis que je ne luttais plus, je sentais bien que j'en étais entièrement envahie. J'avais, pauvre Yseult, bu tout le philtre, il n'était rien resté pour l'amant qui m'avait regardée me saouler sous ses yeux et qui m'aurait, semblait-il, laissée mourir sans un geste. Je le détestais. Je lui disais que Lucas me charmait et que Denis s'acharnait, il était enchanté par la qualité de son enseignement et me faisait mille compliments.

— Tiens ! Tu sors de nouveau avec Maurice ? dit ma mère étonnée.

Elle ne s'y retrouvait pas bien entre tous ces hommes qui venaient me chercher pour le restaurant, le théâtre, le cinéma.

— Je suppose qu'en ce moment, il n'a pas de maîtresse et qu'il s'ennuie.

Elle fut choquée, mais n'insista pas. Depuis qu'Alker me l'avait décrite en princesse mal éveillée dans son château enchanté, j'étais pleine d'indulgence pour son éternel désarroi.

— Ma mère ne comprend pas bien que nous nous revoyions. Vous devriez lui expliquer que vous me préparez au mariage.

— Pourquoi ne le fais-tu pas ?

— Vous savez bien que je serais incapable d'y mettre la délicatesse nécessaire. Je risque le cynisme, qui l'épouvanterait. Et elle a bien plus confiance en vous qu'en moi, car elle pense que vous partagez ses opinions et que vous êtes de sa génération.

— Mais j'en suis !

— Certes. Ou presque. Vous m'avez définitivement dissuadée d'en discuter, vous êtes pour moi comme un père. Vous trouverez les mots qu'il faut pour cette mère égarée dans un rôle qu'elle ne comprend pas.

Nous passions de longues soirées qui finissaient dans des bars tranquilles où boire lentement des choses exquises pendant que des haut-parleurs bien dissimulés chuchotaient quelque musique de chambre.

— Alker, pourquoi ne puis-je pas être heureuse ? Je vois bien que la plupart des filles de mon âge y arrivent, quand elles ont ce qu'il faut. Que me manque-t-il ?

— Je crois que c'est l'innocence. Tu n'as jamais été candide.

— Oh ! si ! Je me souviens parfaitement que tout m'étonnait. Vous rappelez-vous l'incendie, cette maison de la rue Rodenbach qui brûlait sous la neige ?

Je le regardais en parlant, il eut une étrange expression, comme égarée, qui disparut très vite.

— Je n'avais jamais rien vu d'aussi beau, j'étais fascinée.

— Justement ! Tu aurais dû avoir peur, ou montrer un peu de charité et plaindre le malheureux ébéniste qui perdait peut-être son gagne-pain, au lieu de quoi tu prenais plaisir au spectacle, tu admirais l'orage sans penser à te mettre à l'abri. Les âmes prudentes ont peur et tu t'amusais.

— Cela vous a plu, dis-je, comme si j'avais besoin de me défendre.

Il eut un petit rire sec :

— Ma mignonne, je ne suis pas innocent !

Il me nommait de nouveau mon cœur, ma mignonne, ma douce, et cela me suppliciait, mais naturellement, j'en redemandais. En médecine, le terme douleur exquise désigne un mal très précis, très localisé, et qui ne rayonne pas : j'aurais cru, moi, qu'il s'agissait d'un plaisir si aigu, si acéré, qu'il peut tuer, comme un coup de couteau en plein cœur, sans que l'on ne saigne.

— En quoi le défaut d'innocence empêcherait-il d'être heureux ?

— Il y a de la naïveté dans le bonheur, et beaucoup de mensonge inconscient. Il faut, à chaque instant, entretenir l'illusion, ne pas laisser la réalité nous dessiller les yeux.

— Et cela, bien sûr, vous ne pouvez pas me l'apprendre.

— Je ne peux donner que ce que j'ai. Une fois, j'ai failli aimer, ne me demande pas quand, je trépasserai scellé sur mon secret, j'ai cru mourir de peur : je perdais le discernement. J'ai senti me quitter le sens du ridicule, la crainte de me tromper et l'aptitude à la dérision. J'allais entrer en dévotion, les anges du paradis étonnés jetaient sur moi des regards pleins d'intérêt. J'ai reculé, un précipice s'ouvrait sous mes pas, la vertu menaçait.

Quelle était donc la femme qui avait pu le conduire à une si dangereuse tentation ?

— Elle était donc bien belle ?

— J'ai dit que je ne révélerai rien. Pourquoi veux-tu absolument être heureuse ?

La question me déconcerta.

— Ne suffit-il pas que tu t'amuses ?

Je prétendis que je ne voyais pas la différence mais il se moqua de moi. Avec lui, j'étais heureuse et je m'amusais.

— Je veux tout, dis-je, en gardant les yeux baissés pour qu'il ne pût rien y lire.

Ce qui me faisait regarder ses mains, qui ne voulaient plus se poser sur moi.

Selon un accord qui resta précautionneusement tacite, nous n'évoquions jamais Antoinette, ni Jean, le mari trop facile à duper, ni Julien. Alker ne fréquentant guère sa famille, je n'étais pas exposée à rencontrer Julien, ce qui dans ma mauvaiseté ne m'aurait pas déplu : je me complaisais à imaginer lui faire un accueil ambigu et tenter de rendre jaloux celui qui ne voulait pas de moi, puis je soupirais, parce que, même si j'y parvenais, ce qui semblait bien improbable, il était trop fin pour donner dans un piège si grossier. Après tout, il me cherchait un mari, n'est-ce pas ? Je le voyais, moqueur :

— Mais voilà, c'est tout trouvé, tu retournes à tes premières amours !

Ce qui m'eût rendue folle de rage.

J'avais cru que le règne de Thérèse allait s'achever, il se passa la même chose que quelques années auparavant : il la garda, comme il avait gardé Antoinette, et je pensais que c'était pour se défendre de moi, ce qui, jadis, ne m'était pas venu à l'esprit. J'étais attentive, je dissimulais, mais il me connaissait et je ne pouvais pas croire que je le trompais : il voulait être sûr que je ne lui demanderais rien. Il n'était pas dupe et ne l'avait jamais été, même lorsque j'avais seize ans et que je ne me doutais pas que j'étais amoureuse de lui, il l'avait su avant moi, grâce à quoi il avait pu me tenir à la distance exacte qui lui convenait.

Et il aimait cela. Je le compris très lentement, ce qui ne me servit à rien. Je lui avais manqué, il était heureux de me retrouver, selon ses conditions, qui étaient très strictes. Nous redevînmes ce couple où le désir rôdait toujours et ne devait jamais s'arrêter.

Il décida que Lucas Robinier était bien l'homme qui me convenait.

À proprement parler, Lucas ne me faisait pas la cour : il s'emparait calmement de moi, en homme qui sait ce qu'il veut et ne doute pas qu'il l'obtienne. Il paraissait tenir pour acquis que cela me convenait, et le fait est que cela ne me déplaisait pas : je ne souhaitais pas qu'un homme doutât, car je me sentais hors d'état de le rassurer. Il ne s'interrogeait pas, mais il m'interrogeait : aimais-je la vie mondaine, souhaiterais-je recevoir ?

— Je ne sais pas cuisiner, et je n'ai jamais fait la vaisselle.

J'exagérais un peu.

— Il y a des gens dont c'est le métier, disait-il calmement.

Voulais-je avoir des enfants ?

— Pas pour le moment.

Cela ne le dérangeait pas. Il n'était pas pressé.

— Si je vous entends bien, vous comptez que mes enfants seront les vôtres ?

— Avec votre permission.

— Mes parents sont assez démodés, ils seraient choqués par des enfants qu'un mariage ne légitimerait pas.

— Le barreau est encore un milieu très conventionnel où le concubinage est mal vu.

Il projetait donc de m'épouser ?

— Pas sans votre accord.

Alker comptait que je le donnerais.

Lucas.

S'il n'était pas, aujourd'hui, un homme heureux, je me sentirais, à juste titre, bourrelée de remords. Je ne me reconnais pas dans la fille un peu insolente qui lui plut – comme lui plaisaient tous les défis. Il n'était pas fait pour les peines de cœur où je macérais avec entêtement dans ces années-là, mais pour les combats et il ne s'était pas trompé sur lui-même en devenant avocat : chaque affaire qu'il traitait était une bataille où il se lançait pour vaincre et comme il ne supportait pas les défaites il s'était armé du savoir nécessaire. En quelques années d'exercice, il avait acquis la réputation de ne jamais perdre : il fallait donc pouvoir évaluer très vite les causes qu'on lui proposait. Il les aimait difficiles et les victoires que l'on obtient sans risques ne l'amusaient pas.

— Je me suis fait avocat, j'aurais pu être mercenaire, mais je tiens trop à la vie, disait-il en riant, et il est certain qu'on l'imaginait bien dans une guerre, mais le sabre à la main car il voulait regarder son adversaire dans les yeux, et il faisait la grimace à l'idée du canon :

— Ça tire n'importe où, on n'entend le boulet qu'au moment où il est trop tard, je n'aurais pu être soldat qu'avant le XIVe siècle, quand on ne l'avait pas encore inventé. Je crois que j'ai du courage, mais que peut-on faire avec le courage contre un danger que l'on ne voit pas ?

Son goût du combat le portait aux sports, on s'y bat contre soi-même, il faisait de la voile dans les fjords mais pas d'alpinisme car il trouvait que l'avalanche ressemble aux canons. Il me trouva intéressante parce que je ne me livrais guère. Bientôt on nous vit partout ensemble et on félicita Alker pour l'excellent choix que sa filleule avait fait. Lucas me dit qu'il était temps de le présenter à mes parents. Les choses allaient donc grand train, j'étais prise dans le mouvement que j'avais déclenché, mais pourquoi m'y serais-je dérobée ? Sans Lucas ou quelque autre projet aussi absurde je me sentais menacée par le vide terrifiant de cet après-midi de juillet où je m'étais précipitée chez Alker et chaque fois que j'hésitais, que j'avais envie de me reprendre, de quitter la mascarade, je revoyais le brouillard que j'avais fui, la morne coulée des jours, la grisaille sans horizon, la tortue et la canne à pommeau d'argent, ma chambre où je tournais en rond, je me disais qu'il fallait continuer parce que le geste qui m'avait arrachée à cette horreur avait eu lieu et ne pourrait pas être répété. Je n'avais pour antidote que Lucas aux cheveux en désordre, rieur, gourmand, il dissipait la brume du désespoir qui retombait en rosée légère sur les fleurs du jardin et il me conduisait, joyeux, à travers ses domaines où il était facile de me laisser entraîner. Bien sûr, je me retournais tout le temps, regardant derrière moi, convaincue, puisque le cœur me saignait, de laisser une trace facile à suivre, mais je n'étais jamais rejointe par celui que j'espérais. Lucas vint donc à la maison.

Ma mère tout étonnée d'avoir du monde à dîner regarda la table dressée, le limoges, l'argenterie à poinçon longuement frottée par la servante et les verres de cristal :

— Vraiment, Marcel, ne vivons-nous pas un peu trop isolés ?

Le linge de table brodé ne devait plus avoir été déplié depuis vingt ans, il avait fallu le laver plusieurs fois tant était il jauni.

Marcel hocha doucement la tête, approuvant on ne savait trop quoi.

Si ces deux fantômes étonnèrent Lucas, il n'en montra rien. Il fut disert, attentif, intelligent comme d'habitude, et ma mère, lorsque nous passâmes au salon, chuchota :

— Quel homme charmant ! Ne trouves-tu pas qu'il ressemble à Maurice ?

Nous en étions au café, je me trouvai devant le guéridon où un service en vermeil que je n'avais jamais vu étincelait, m'apprêtant à accomplir mes devoirs de jeune fille, Lucas mit le bras sur mes épaules et demanda en souriant si j'avais dit à mes parents qu'il souhaitait m'épouser.

Ce qui fit rougir ma mère. Seigneur ! elle avait donc bien une fille en âge de se marier !

— Elle n'a pas été aussi claire que vous l'êtes, dit mon père. Dois-je considérer ceci comme une demande en mariage ? De nos jours, je suppose qu'il s'agit plutôt d'une transmission d'information ?

— Je m'en voudrais, protesta Lucas, je n'aime pas les façons cavalières.

Il s'inclina devant ma mère :

— J'ai l'honneur, Madame – puis se tourna vers mon père – j'ai l'honneur, Monsieur, de vous demander la main de votre fille.

Ma mère eut un petit rire embarrassé.

Après quoi quelques commentaires appropriés furent échangés, mon père ouvrit une bouteille de champagne et Lucas sortit un diamant de sa poche. J'étais engagée dans la chose la plus extravagante du monde et lorsque la tête me tourna, je prétendis que c'était à cause du champagne.

Le lendemain, ma mère voulut savoir si elle devait organiser une réception de fiançailles, ou si cela était démodé. Je lui dis de poser la question à Alker qui connaissait mieux que moi les bons usages. Il me félicita et proposa à ma mère de consulter Lucas, qui me demanda mon avis, bouclant ainsi le cercle le moins vicieux du monde. Je n'avais pas d'avis.

— J'y étais prêt, pour satisfaire tes parents qui sont réputés assez vieux jeu, mais cela ne se fait plus beaucoup et si tu n'y tiens pas, nous nous en passerons.

Il télégraphia la nouvelle à sa sœur. Elle me téléphona aussitôt :

— Je l'espérais tellement, je suis folle de joie ! Quand viendrez-vous ? Vous pourriez faire votre voyage de noces ici !

Ma mère m'entraîna au grenier où elle ouvrit une grande armoire à glace.

— Voilà, me dit-elle. Prends là-dedans ce qui te convient.

Je vis des piles de draps de lit et de nappes emballées dans du papier de soie si ancien qu'il tombait en poussière dès qu'on y touchait.

— Il y en a qui viennent encore du trousseau de ma grand-mère et qui n'ont jamais servi.

Elle m'expliqua que l'usage était d'avoir du linge pour six mois, et que l'on prévoyait des pièces particulièrement précieuses pour les grandes occasions. Il faut croire que, depuis trois générations, aucune occasion n'avait été jugée assez importante, car on n'avait rien déplié.

— Nous pouvons aller t'acheter des choses plus à la mode, soupira ma mère désormais informée qu'elle était mal synchronisée avec son siècle. Mais enfin, tout ceci t'appartient.

— Je vais consulter Lucas.

Il fut émerveillé par la perspective de commencer sa vie conjugale sous le signe du petit point et des broderies ajourées.

— Songe aux femmes qui, pendant des années, se sont usé les yeux sous de mauvaises lampes, et on a laissé traîner le fruit de leur travail au fond de vieux tiroirs ! C'est de l'ingratitude. Nous donnerons enfin du sens à leur dévouement.

Après quoi ma mère qui passait ses devoirs en revue parla d'ameublement, où Lucas la retint avec fermeté en expliquant qu'il était pourvu de tables, de chaises, d'armoires et de fauteuils bien au-delà de ce qu'il pouvait utiliser car depuis plusieurs générations sa famille achetait des objets de grande qualité et ne jetait rien. De sorte qu'elle ne vit plus quoi faire pour préparer mon mariage et retourna donc à sa vie quotidienne. De temps en temps, Lucas venait dîner à la maison, sans quoi je crois qu'elle aurait fort bien oublié l'existence d'un fiancé.

Mais, malgré le point Richelieu et les nappes ajourées, nous n'étions plus en 1830 et, ayant établi la pureté de ses intentions, Lucas marqua qu'il trouvait tout naturel de coucher avec moi. Il me montra, dans un grand immeuble de l'avenue Lepoutre, l'appartement où il avait été élevé avec sa sœur, et lorsque nous fûmes dans sa chambre, il me prit dans les bras. Incontestablement, c'était une étreinte robuste et enveloppante, il avait la joue un rien râpeuse et qui fleurait la lavande, ses cheveux couleur de blé sous le vent me plaisaient, je fus pleine d'espoir. Il caressa mes joues, me baisa légèrement les paupières puis m'attira tout contre lui, ventre à ventre et, me regardant bien droit dans les yeux, dit :

— Tu veux ?

Hélas ! je ne demandais pas mieux et je fus presque sans méfiance. Il avait trente-cinq ans, il était sûr de lui, cela le rendait beaucoup plus proche d'Alker que les jeunes hommes encore timides qui avaient succédé à Julien, et sa fermeté, la certitude avec laquelle il dispensait les caresses dont il connaissait le pouvoir, l'attention qu'il portait à mes réponses me jetèrent en quelques minutes à ras du plaisir. J'avais été chaste pendant deux ans, je me laissai emporter avec bonheur, je retrouvais la houle, le long déploiement mélodique, le soulèvement, j'approchais délicieusement de l'abîme et j'allais m'élancer, m'envoler délivrée de mon poids lorsque, sans que je l'eusse sollicitée ! ma mémoire implacable m'imposa brutalement ses souvenirs, les mains d'Alker, sa voix, la saveur particulière de son sourire quand il me regardait, nous étions tout à coup ivres sans avoir bu, je croyais qu'il m'aimait, je m'ouvrais librement à tout ce que j'avais retenu, j'aimais, j'aimais enfin ! mais ce n'était pas lui, et le sanglot éclata, imprévu, terrifiant, il me déchira, à peine si j'eus la présence d'esprit de le transformer en ce qui pouvait passer pour un gémissement de plaisir et puis de serrer les dents pour arrêter l'intolérable irruption de la douleur.

J'étais conditionnée comme un chien de Pavlov !

Il me semble que Lucas ne remarqua rien, mais je fus désespérée, car je me voyais prise au piège que j'avais tendu. La grande machinerie du mariage était déclenchée, elle m'engloutissait allègrement et j'avais beau lancer des regards affolés dans tous les sens, je ne découvrais pas la moindre raison de me dérober. On félicitait le fiancé, les galants s'éclipsèrent comme il convient, Thérèse me serra dans ses bras. Un avenir lisse et bien ordonné s'étendait devant moi, jalonné par les joies innombrables que l'on promettait à l'épouse d'un homme aussi accompli que mon futur, et tout à coup Alker parut réticent.

— Est-ce que tu vas vraiment aller jusque-là, petite ?

J'ouvris de grands yeux effarés.

— Vous y voyez un inconvénient ?

Nous étions dans sa voiture, rentrant d'une soirée. Je ne sais plus quelles obligations contraignaient Lucas à reconduire des gens de l'autre côté de la ville et, comme je me déclarais fatiguée, il avait, le plus naturellement du monde, demandé à Alker de me ramener à la maison.

— Tu ne l'aimes pas, n'est-ce pas ?

— Ne m'avez-vous pas élevée à penser qu'il ne faut pas confondre le mariage et l'amour, que ce sont deux catégories parfaitement hétérodoxes l'une à l'autre et qui ne s'additionnent pas mieux que les pommes et les poires ?

Il ne répondit pas.

— Pourquoi l'épouses-tu ?

Je ne comprenais pas. Mais, comme il ne respectait plus les règles du jeu, je me sentis autorisée à lui dire la vérité, qu'il savait très bien.

— Parce que vous ne voulez pas de moi. À moins que vous ne changiez d'avis ?

Il resta quelques secondes parfaitement immobile, puis reprit, sur le même mode pensif :

— Tu sais bien que ce serait une absurdité. Pourquoi n'attends-tu pas ? Tu n'as que vingt-deux ans.

— Bientôt vingt-trois, dis-je machinalement, et les larmes me montèrent aux yeux car je me souvenais de la fois où j'avais dit « Bientôt dix-neuf ».

— Tu peux attendre. Tu peux rencontrer un homme qui...

Il n'acheva pas sa phrase, lui qui les terminait toujours.

— Non.

Je voyais bien qu'il était au supplice, mais tant pis pour lui. Il savait ce que je voulais et qu'il ne consentait pas à me donner, quelles raisons avais-je de le ménager ?

— Pourquoi me parlez-vous ainsi, Alker ? vous connaissez mes raisons. De tous les hommes que j'ai rencontrés, Lucas est le plus convaincant. Attendre ? Je sais ce qu'il en est de moi. Il faut que je change ma façon de vivre, je compte que cela change ma façon de sentir. Vous ne voulez pas admettre ce que vous savez de moi : je ne peux pas vous y forcer, mais cela n'en existe pas moins.

Je me tus, car tout à coup j'avais l'impression de n'avoir plus rien à lui dire et c'était la première fois de ma vie que je ressentais cela avec lui. Il me semblait être assise à côté d'un étranger qui m'aurait, indûment, demandé des comptes sur mes projets. Je compris que j'étais terriblement en colère, que mon extravagante froideur n'était que le masque de ce chagrin que je ne supportais plus. À quoi rimait d'être là, si près de lui, dans cette avenue mal éclairée car depuis des mois une partie des lampes avait brûlé sans que la municipalité la remplaçât, de parler tard dans la nuit et de feindre que je pouvais me contenter de cela ? J'ouvris brusquement la portière, sortis de la voiture. Il fut pris au dépourvu, mit quelques secondes à réagir et j'avais déjà engagé la clé dans la serrure lorsqu'il me rejoignit. Je levai vers lui un regard rageur.

— Tu pleures ? me dit-il.

Je ne m'en étais pas rendu compte.

— Je pleurerai si je le veux, et toute la nuit si cela me convient, car, à mon grand regret, vous ne serez pas là pour m'en empêcher, n'est-ce pas ? Laissez-moi en paix, je fais ce que je peux.

Il me sembla qu'il vacillait. Il leva légèrement la main et je me dis que s'il me touchait je cesserais de jouer son jeu, que je me jetterais contre lui et que je ne me laisserais plus repousser.

— Tu es une enfant, murmura-t-il.

Et s'écarta.

Mais n'avait-il pas failli faiblir ? N'avait-il pas, pendant un instant, eu envie de me prendre dans les bras ? J'attendis, pendant une éternité me semble-t-il, il ne bougea pas. Alors, j'entrai sans me retourner, je courus au salon dont les fenêtres donnaient sur la rue : peut-être allait-il revenir en arrière, il frapperait à la porte, se doutant bien que je l'attendais ? Mais il ouvrait sa voiture, il s'asseyait, mettait le moteur en marche. Il me sembla qu'il ne partait pas tout de suite, je retins mon souffle, hésitait-il ? Non. Je gémis en voyant démarrer la vieille Citroën noire. Il tourna le coin. Il n'habitait qu'à cinq cents mètres, il serait chez lui en deux minutes, il pouvait encore téléphoner, il savait bien que l'appareil était en bas et que, de leur chambre, mes parents ne l'entendaient pas, ou revenir. Je regardais ma montre et la rue, l'oreille tendue, les larmes coulaient sur mon visage. Dix minutes passèrent, et je sus que j'avais perdu ma dernière bataille, il ne reviendrait pas, il n'appellerait pas.

Le lendemain, Lucas et moi fixâmes la date de notre mariage.

Il y eut un contrat très précis chez le notaire, on n'y parlait que de décès et de divorce, puis un monsieur d'un certain âge, ceint d'une écharpe aux couleurs de la nation, nous lut quelques articles du Code auxquels il fallait répondre oui pour changer d'état civil, après quoi nous allâmes recevoir des gens qui m'étaient parfaitement indifférents dans les jolis salons d'un château à la campagne. Je fus rieuse et rayonnante au bras de mon époux, l'image même du contentement sans arrière-pensée et parmi la foule qui nous entourait, à peine si j'accordai quelque attention à Alker. Ma colère n'avait pas décrû, elle me soutenait, c'était elle qui donnait de l'éclat à mon regard.

Pendant les fiançailles, je m'étais arrangée aussi discrètement que j'avais pu pour limiter les tête-à-tête avec Lucas, mais désormais il fallait affronter la chambre conjugale. Ce mari avait le tempérament ardent et me trouvait fort à son goût. Chien de Pavlov ou pas, il fallait me discipliner et comme je ne voulais pas jouer les épouses à migraines, je me mis en devoir de devenir une épouse à mensonge. Il suffisait de me rendre insensible et de mimer le plaisir : un jeu pour une fille volontaire et qui avait le sens des responsabilités, entre les bras d'un excellent amant !

Dès le lendemain du mariage, nous prîmes l'avion pour Casablanca où Simone nous attendait. Le soir où j'avais rencontré Lucas chez Alker, je lui avais dit que je n'étais pas pressée de retourner au Maroc : je fus surprise par mon émotion. La chaleur violente du soleil sur la peau me fit frémir de plaisir, le long de la route qui nous menait en ville je reconnaissais les femmes arabes drapées dans leur *haïk* blanc, les hommes en haillons qui marchaient posément à côté de leur âne, j'entendais la belle sonorité gutturale de cette langue que, par paresse, je n'avais pas apprise, les buissons de figues de Barbarie et les palmiers me faisaient frémir. Simone me racontait la fête qui nous attendait chez elle, les amis que j'allais rencontrer, je refrénais des larmes et je ne savais pas si je pleurais sur mes souvenirs, ou si je profitais d'un émoi légitime pour me livrer une fois de plus à mon vieux chagrin.

— Tu as l'air bouleversé, me dit-elle.

— Je le suis. Je ne m'y attendais pas.

— Tu as donc tant aimé ce pays ?

— Je ne m'en doutais pas. Oui.

Elle mit les bras autour de mes épaules, me serra contre elle. Sa douceur vainquit ma pauvre résistance et je laissai monter les sanglots, sous le regard stupéfait de Lucas.

— Catherine ! Si j'avais su ! Nous serions venus beaucoup plus tôt.

Rue Blaise-Pascal vingt personnes nous attendaient et je redevins ce qu'il convenait que je fusse.

Albert Langlier, le mari de Simone, me sembla un homme attentif et grave, qui riait volontiers aux plaisanteries des autres mais n'en faisait jamais. Il était ingénieur agronome et dirigeait de grandes exploitations qu'il parcourait en jeep et à cheval. Je compris vite que Lucas aimait l'y accompagner et le convainquis de ne pas changer ses habitudes. Simone me fit donner quelques leçons d'équitation, il apparut que j'étais douée. Nous rejoignions les maris vers la fin de l'après-midi et nous dînions dans quelque jardin bien ombragé. Je découvrais la vie des colons, dont je n'avais rien vu pendant la guerre car, hors nos voisins, mes parents ne connaissaient personne. On se recevait beaucoup, on jouait au tennis, où je fus lamentable, on bavardait jusque tard dans la nuit autour de grandes tablées, des domestiques silencieux en *tarbouch* et *sarouel* remplissaient si souvent les verres que je dus prendre garde à ne boire que très peu, car l'effet désinhibiteur de l'alcool ne me convenait pas : la seule fois où j'en pris trop, je ne pus retenir mes sanglots lorsque Lucas voulut me faire l'amour.

— Mais qu'as-tu ?

— Je ne sais pas. Ce doit être le vin.

Il y crut.

Peu à peu, je me rendis compte que Simone, cette fille si naturelle, devenait contrainte devant son mari. Un matin, elle me fit des confidences : elle l'aimait bien, mais ne l'avait jamais aimé.

— C'est à cause de Vincent Lafarge, me dit-elle.

Je le connaissais d'assez loin car il faisait partie des gens que Lucas fréquentait. C'était un assez bel homme, un peu trop gros.

— Il faut l'avoir connu quand nous avions vingt ans. Il était beau comme un songe de jeune fille, grand, mince, avec le sourire le plus tendre du monde. Il venait à la maison, je le voyais chez mes amies, je suis tombée amoureuse de lui sans m'en apercevoir et sans me méfier. J'étais jolie autant qu'une autre, très suffisamment courtisée pour avoir confiance en moi et assez naïve pour ne pas concevoir l'absence de réciprocité. C'était il y a une douzaine d'années, juste avant la guerre, dans cette vie facile qui allait sombrer, on jouait au tennis, on donnait de petites soirées à la maison, on dansait, je ne faisais pas d'études comme font les filles d'aujourd'hui car j'étais destinée au mariage, et j'attendais paisiblement la déclaration de Vincent. Je mis trois mois à me rendre compte qu'elle ne venait pas et que, s'il s'intéressait à une fille, ce n'était jamais moi. Je compris que je ne serais pas choisie et je me mis à souffrir. Cela ne m'était jamais arrivé, j'étais si ignorante que je crus d'abord que j'étais malade, que cette douleur constante dans la poitrine, ce nœud dans la gorge étaient les symptômes de quelque affection physique et j'allai les décrire au médecin de famille qui m'interrogea longuement et diagnostiqua un chagrin d'amour. Je me sentis ridicule. Quand Albert me dit qu'il désirait m'épouser mais que ce serait l'exil à cause de son métier qui l'entraînerait bientôt en Amérique latine car l'agronomie fait voyager, je fus enchantée, je voulais quitter Bruxelles et ne plus voir mon malheur. Après la guerre, nous sommes venus ici, je ne rentre que le plus rarement possible. Lucas qui m'aime beaucoup veille à éviter que je ne rencontre Vincent, il me dit, comme toi, qu'il a grossi et aussi qu'il a épousé une fille sans beauté. Évidemment, s'il fallait ne pas être belle !

Une sœur puis une épouse : deux femmes qui se marient pour fuir un homme ? Était-ce bien un hasard et le charme de mes yeux artistement maquillés qui l'avaient fait me choisir ?

— Un jour, je me suis dit que je devais le voir : peut-être serais-je déçue et cesserais-je de le regretter ? Je suis allée à une soirée où je savais qu'il venait. Il avait pris vingt kilos, c'était vrai, et sa femme n'était pas faite à rendre jalouse, mais la nuit suivante il était dans mon rêve, mince, amical et ne m'aimant pas, comme d'habitude.

Alker n'avait pas grossi et Thérèse était très jolie.

— As-tu parfois souhaité qu'il meure ?

— Non, jamais. Tu m'y fais penser, c'est une bonne idée. Si je louais les services d'un tueur ?

Nous rîmes ensemble.

Le soir, après le dîner, nous buvions des jus de fruits, bien frais, assis à une terrasse de café, place de France, Simone se pencha vers moi et chuchota :

— Mais, s'il mourait, aimerais-je Albert ?

Dieux ! que l'amour est méchant ! Pourquoi l'a-t-on représenté comme un enfant candide qui tire ses flèches au hasard alors qu'il choisit avec soin ses victimes, et ricane ?

Plus tard, au lit, Lucas me murmura doucement les choses du désir et je m'agrippai convulsivement à lui. Son corps et ses gestes me devenaient familiers, il me semblait que je m'ajustais mieux à lui, mes bras commençaient à le reconnaître, mes mains glissaient bien le long de ce dos vigoureux. Je n'avais pas demandé à Simone si elle pouvait jouir d'Albert et je me dis que je le ferais. Il fallait apprendre à régner sur ce corps indocile, établir une barrière entre mon âme et lui, ne pas penser que, au même instant, à trois mille kilomètres de moi, Alker serrait peut-être une femme entre ses bras, s'apprêtant à la pénétrer comme Lucas qui me cherchait doucement, en amant habile qui prend son temps et se glisse avec souplesse dans les ténèbres intérieures, ou, si je ne pouvais pas empêcher l'amour impossible de surgir, me laisser porter par la fiction, tenter de croire que c'était l'autre, tromper la réalité avec la mémoire. Je fis de mon mieux, qui était médiocre, et je crois que Lucas s'y laissa prendre quelque temps.

Au retour, j'entrai vaillamment dans mon nouvel état de femme mariée. Il comportait des aspects un peu déconcertants, sur lesquels je n'insisterai pas, comme d'être responsable des lessives, de l'approvisionnement et du nettoyage, où ma mère fut très contente de pouvoir m'instruire – en vérité, elle m'apprit surtout à diriger correctement le travail d'une dame d'âge moyen que Lucas payait, et qui n'avait aucun besoin de mes instructions. À l'université, Antoine Berthier m'attendait impatiemment pour partir, je devais donner son cours et m'occuper de Thomas Kreuzau-Wollersheim, je m'installai comme je pus dans la position d'assistante. Ce qui m'intéressa le plus fut d'apprendre qu'Alker avait quitté sa belle dame aux cheveux noirs. Je n'en conçus pas grande surprise, il était rare qu'il eût de longues liaisons, et encore plus rare que l'on connût l'élue, il préférait les femmes mariées qui n'envahissent pas. Thérèse s'afficha très vite avec un autre amant, plus jeune qu'elle et fort beau.

— Elle est bien imprudente, me dit Lucas, elle va se faire quitter deux fois de suite.

Mais il sembla qu'il s'attachait. Je n'avais pas l'habitude de m'intéresser aux liaisons des gens, sans doute parce que j'avais, en somme, vécu fort isolée, je me rendis compte que dans le cercle de relations où ce mari que je venais de me donner m'introduisait, les activités amoureuses des autres étaient un sujet de conversation de bon aloi.

— Mais pourquoi diable cela les préoccupe-t-il tant ?

Lucas se moqua de moi :

— Tu passes des heures à étudier la vie privée d'un homme qui est mort en 1435...

Je l'interrompis :

— 1434 !

— ... et à tenter de définir quels liens, exactement, l'ont uni à une femme réputée irréductiblement pucelle, mais tu ne comprends pas que nous portions le même intérêt à nos contemporains ?

Cela me faisait rire.

— Je m'occupe plus de sa position politique dans l'affaire que de son intimité avec ladite demoiselle !

— Depuis quand sépare-t-on l'un de l'autre ?

Tout le monde se demandait qui était la nouvelle maîtresse d'Alker.

— Il n'en a peut-être pas ? dis-je au cours d'un repas élégant.

— Cela ne s'est jamais vu, me répondit-on. Il est toujours d'une discrétion qui excite la curiosité, et en général c'est la dame, qui, après un certain temps, révèle la chose à une amie intime.

Lucas posa un bras protecteur sur mes épaules :

— Vous détruisez les illusions de Catherine. N'oubliez pas qu'elle est sa filleule et que, naturellement, elle ignorait cet aspect-là de sa vie. Maintenant que j'ai rencontré ses parents, qu'il faudra bien que je m'habitue à nommer mes beaux-parents, je puis vous assurer que ce ne sont pas des gens chez qui on peut parler de ce genre de choses.

Si peu que la fiction du parrainage n'avait pas été démentie.

— Mes parents vivent au XIXe siècle, disais-je avec gravité. Et encore, parfois cela me paraît un peu trop récent pour eux.

— C'est pour vous mettre à l'unisson que vous êtes devenue historienne ?

Etc. Ils avaient en général le caractère joyeux et le goût de rire, et m'accueillirent amicalement, quoique je fusse un peu jeune pour leurs habitudes. C'étaient des gens cultivés, mais d'une manière qui m'étonna : ils lisaient les livres dont on parlait, allaient aux films et aux pièces qui occupaient l'actualité, mais Balzac et Racine n'étaient que des souvenirs d'école et ils ne connaissaient pas Eisenstein.

— Le XXe siècle, Catherine, le XXe siècle ! disait Lucas en riant.

Étais-je à ce point hors de mon époque ?

— Mais Eisenstein en est.

— C'est déjà de l'histoire. Je t'introduirai dans le présent.

En attendant, je tentais de m'adapter à son appartement qui occupait tout l'étage d'un grand immeuble 1930. Il y avait plusieurs salons, deux salles à manger, la grande et la petite, trois chambres à coucher.

— Change ce que tu as envie de changer. Par manque d'imagination, je n'ai rien touché après la mort de mes parents, mais désormais c'est ta maison, arrange-la selon tes goûts.

Mes goûts ? De quoi me parlait-il là ? J'avais vécu chez mes parents sans regarder autour de moi, la seule initiative que j'eusse jamais prise avait été de demander qu'on mît un poêle dans ma chambre, pour qu'il y fît chaud la nuit, quand Julien venait, en silence, me rejoindre.

J'allai d'une pièce à l'autre, il y avait des meubles de toutes sortes dont les bois me semblaient précieux car ils brillaient doucement au moindre rayon de lumière. Ils étaient disposés de façon normale, les tables au milieu des salles à manger, les fauteuils en cercle dans les salons et les tableaux accrochés aux murs. Je voulais remplir mes devoirs d'épouse : cela comportait donc la décoration d'intérieur ? Je fis trois fois le tour de ce domaine qui était offert à ma fantaisie, que je sentais terriblement défaillante, et me sentis soulagée lorsque je m'aperçus que les rideaux de velours adornés de passementerie, soutachés, frangés et festonnés me paraissaient fort laids et très poussiéreux.

— Pourquoi sont-ils différents dans toutes les pièces ? demandai-je à Lucas qui leva les bras au ciel.

— Comment veux-tu que je le sache ? Ce devait être le goût de l'époque.

Dans mon élan, je vis les murs, couverts de papiers peints de diverses sortes.

— Lucas, si nous faisions repeindre tout cela en blanc ? C'est le goût de notre époque, où tu veux que j'entre.

Après cet immense effort, je crus que je pouvais me reposer, mais je m'aperçus que, sur les murs désormais nets et lisses, les tableaux étaient si affreusement encrassés que l'on ne voyait pratiquement pas ce qu'ils étaient censés représenter.

— Trouves-tu normal qu'une marine de facture bien figurative, peinte apparemment au début de ce siècle, ait des vagues brunes et un ciel marron ?

— En principe, non, dit Lucas, mais je crois ne l'avoir jamais regardée.

Un de ses amis dénicha un antiquaire qui connaissait la peinture et qui parcourut les pièces avec un air d'ennui croissant mais s'arrêta tout net devant de grandes formes confuses qui ornaient un mur du salon.

— Savez-vous ce que vous avez là ?

— Absolument pas.

— Il faut le nettoyer, l'étudier : je crois que c'est un Khnopff.

Il m'expliqua comment procéder. Il y avait plusieurs théories et nous fûmes très attentifs, mais la marine alla dans la baignoire d'où elle ressortit bleue et verte après des litres de savon noir. Le Khnopff fut confié à des experts. Quand tout fut en ordre, Lucas, enchanté, décida que nous aurions notre premier grand dîner. Naturellement, Alker en serait.

Depuis le soir, six mois plus tôt, où il avait tenté d'empêcher que je poursuivisse l'affaire Lucas jusqu'à son terme, nous ne nous étions plus jamais vus en tête à tête. Certes, l'agitation du mariage, le Maroc, les peintures et Thomas Kreuzau-Wollersheim m'avaient abondamment occupée, mais je sentais cruellement le manque. Assise au milieu de mes hôtes, dans le cliquètement délicat des cristaux et le scintillement de l'argenterie, je me demandais s'il était tellement ennuyeux de sortir son chien, le soir, pour qu'il fît sa crotte, ce qui était injuste, car ces gens étaient spirituels, pleins de qualités, mais je n'avais jamais voulu, moi, être la charmante épouse du plus brillant d'entre eux et régner avec grâce sur une soirée élégante ! J'étais allée, gamine éperdue, dire à celui qui me faisait souffrir que je n'en pouvais plus pour qu'il s'occupât de moi, et il l'avait fait, aussi bien qu'il avait pu, il m'avait munie de tous les agréments de l'état conjugal et je me retrouvais Gros-Jean comme devant ! J'étais débarrassée du désœuvrement sinistre qui m'avait jetée avenue Albert : je sentis venir le moment où j'allais de nouveau fuir et aller pleurer dans la salle de bains. Je fis un courageux effort et me dis qu'il serait plus juste d'être enragée contre moi-même que contre lui, que je n'aurais jamais dû me laisser aller à être sincère et que je lui avais fait peur. J'avais transgressé les règles tacites du marché que nous avions passé, il avait donc repris ses distances. Mais je savais que notre intimité menteuse devait lui manquer, et je fus sûre qu'il m'accueillerait bien, si je faisais ce qu'il fallait pour le rassurer.

— Est-ce qu'il faut vraiment que nous restions brouillés ? lui dis-je.

J'avais manœuvré pendant dix minutes pour que nous ne fussions pas entourés par un groupe d'invités, mais bien isolés dans un coin du grand salon.

— Brouillés ? En quoi sommes-nous brouillés, Catherine ?

— Vous le savez bien. Nous ne nous voyons plus qu'au milieu de vingt personnes.

— C'est que tu es une femme mariée, à présent. Les femmes mariées ne voient pas les célibataires seule à seul.

Il me souriait tranquillement en insérant une Carlton dans son éternel fume-cigarette d'ivoire, je le détestais et je ne désirais qu'une chose. Au lieu de lui dire qu'il mentait, qu'il me faisait souffrir, je pris l'air le plus candide du monde :

— Mais vous êtes mon parrain, ne l'oubliez pas ! Les filleules voient fort bien leur parrain. Le dimanche, il les emmène au cirque ou au théâtre de marionnettes.

Il rit. Il n'était pas mécontent.

— Pauvre petite fille ! te voilà donc te morfondant toute seule le dimanche après-midi !

— C'est plus vrai que vous ne croyez. Lucas va au golf, où j'ai bien tenté de le suivre, mais c'est au-delà de mes forces.

C'était évidemment tout à fait faux : je n'avais pas essayé, prétextant qu'il me fallait travailler.

— Je te comprends, dit-il, je n'ai jamais pu non plus. Je suis sûr que cela m'a fait manquer des affaires.

— Alors, que diriez-vous d'une fête foraine dimanche prochain ?

Il y eut, dans son regard, ce petit éclair que je connaissais bien.

— Je comptais aller voir les tableaux de la pinacothèque de Munich, au musée d'Art ancien. Es-tu d'âge à m'accompagner à quelque chose d'aussi sérieux ?

— Je promets d'être très sage et d'écouter attentivement toutes les explications.

Lucas approuva un si respectable projet.

C'était de la folie, cela me tuait, mais, en bonne toxicomane, je ne pouvais pas m'en passer. Les expositions nous virent et, comme Bruxelles n'est pas inépuisable, nous allâmes les chercher à Anvers, à Liège, à Ostende. Quand elles manquèrent, il nous sembla urgent de revoir le Musée communal de Bruges et les Memling de l'Hôpital Saint-Jean. Nous visitâmes des châteaux en Brabant et même, à Bruxelles, le Palais royal offert en pâture aux touristes qui parcouraient les salles en admirant religieusement les ors, les pourpres et les marbres. Parfois nous inventâmes des expéditions qui nous emportaient plus loin, nous partions le matin, Lucas déjeunait au club et nous attendait pour l'apéritif vers six ou sept heures. Nous lui faisions de joyeux récits de nos plaisirs artistiques, puis Alker se levait pour partir. Pendant que nous le reconduisions à la porte, Lucas posait le bras sur mes épaules et j'étais presque surprise par ce geste de possession tranquille. Je me retenais de tout sursaut, j'accueillais souplement la légitime étreinte de mon mari. Dès que nous étions seuls, il me prenait dans les bras et, souvent :

— Nous avons juste une heure avant d'aller chez les Geilfus – ou les Untels –, j'ai un projet qui te concerne.

Je ne sais pas quand Lucas cessa d'être dupe, mais je suis sûre que je fus piètre tricheuse. Sa délicatesse l'empêcha toujours de me questionner ouvertement, il préféra déployer toute son habileté et ne renonça pas vite à être heureux avec moi. Je faisais ce que je pouvais. Il m'arriva plus d'une fois d'aller vers lui, je savais bien qu'un homme a besoin de se sentir désiré, et, en vérité, je ne devais même pas feindre : sa vigueur, cette stature puissante, cette chevelure rebelle au peigne, son assurance avaient de l'attrait. Plus d'une fois, le regardant parler, aller et venir, j'espérai m'éprendre de lui. Il était excellent causeur, capable de captiver toute une tablée quand il racontait ses histoires de barreau avec ce mélange de cynisme et de drôlerie qui plaisait tant dans ce milieu, je me mettais dans la peau des femmes qui l'écoutaient, charmées, je les comprenais bien, je soupirais et j'en voulais à Alker.

Je ne sais plus si c'était à Ostende ou à Bruges que nous étions allés, mais nous trouvâmes le musée fermé, on y faisait des travaux. Il était près de midi, nous parlâmes de déjeuner, mais Alker décida que nous ne pouvions pas endurer de n'avoir rien à regarder et que nous irions à Rotterdam revoir le musée Boymans.

— On y trouve les plus belles marines du monde, dit-il, et nous allons prendre par les îles, tu n'as jamais fait cela, il y a des bateaux où l'on met la voiture, on a juste le temps de boire de leur très mauvais café, on longe tout le temps la mer, c'est une route admirable.

Si belle, et nous passâmes tant de temps à nous en émerveiller qu'il était quatre heures lorsque nous arrivâmes affamés à Rotterdam. Nous renonçâmes au musée. Un restaurant nous servit à déjeuner comme si c'était la chose la plus naturelle du monde en plein milieu de l'après-midi et je téléphonai au club de Lucas pour qu'on l'avertît que je serais en retard.

Je me surveillais désormais si attentivement qu'Alker semblait tout à fait rassuré. Nous ne parlions jamais plus de mes sentiments, sauf à propos de la peinture, où je me formais des goûts personnels. En somme, mon éducation continuait, mais sur terrain neutre et il m'accordait le droit de parler d'amour si c'était à propos de Vermeer ou de Rembrandt.

Nous reprîmes la route vers six heures. Il commençait à faire très froid et après quelques kilomètres il s'avéra que le chauffage de la voiture devenait insuffisant. Alker s'arrêta, prit un plaid sur le siège arrière et m'aida à m'en envelopper. Il avait le geste si tendre, il ajustait si attentivement le gros lainage doux autour de mon cou que je sentis, de nouveau, les larmes me monter aux yeux. Il me semble que je parle souvent de mes larmes : le fait est que je ne pleure guère, je n'ai pleuré que ces quelques fois, où, si vigoureuse qu'elle fût, ma résistance était surprise. Je me blottis bien à l'aise, ramenant mes jambes sur le siège, appuyant la joue sur le cuir râpé du dossier. Peu à peu, la conversation tomba. Alker conduisait vite, il avait l'air calme, il ne tournait pas le visage vers moi et tout à coup il me vint d'éprouver qu'il me donnait le loisir de le regarder autant que je le voulais. En même temps, je me disais que ce n'était sans doute pas vrai, qu'il était lui-même fatigué, qu'il avait besoin de toute sa concentration, et aujourd'hui je pense qu'il évitait peut-être à sa façon l'intimité de ce retour, l'inévitable proximité de ces deux heures dans la pénombre. Je me remplissais les yeux de ce profil très droit au nez un peu aquilin, parfois les lampes de la route l'éclairaient, je distinguais la ligne descendante des lèvres qui peut donner à certains visages un petit air de mélancolie, mais que, chez lui, le retroussis moqueur des commissures corrigeait. Peu à peu, l'habitacle devenait bien chaud, les odeurs s'y développaient, familières, celle de la cigarette, il fumait toujours la même marque depuis que je le connaissais, la senteur discrète d'une eau de toilette dont il se servait après s'être rasé, mon propre parfum qui n'avait pas changé depuis des années et j'eus un coup au cœur : c'était l'odeur même de deux autres heures, celles de jadis, celles qui m'avaient fait si mal ensuite. Je crus que j'allais de nouveau souffrir, mais il était là et par une bénédiction exquise le souvenir se déploya sans la nostalgie aiguë qui m'avait si souvent déchirée. J'étais dans ses bras, où il m'avait appelée en disant ce non qui avouait son désir et le mien. Je ne me souvenais pas d'avoir fait les quelques pas qui nous séparaient et qu'il m'eût reçue, peut-être était-ce lui qui avait été emporté par la tempête qui me soulevait, toute incertitude avait disparu et il me serrait comme si nous savions depuis toujours que je ne voulais que lui. De nouveau, je sentais ses mains autour de mon visage, je pénétrais dans l'incontestable, les jeux subtils où je m'étais complue en croyant qu'ils étaient ceux de l'amour perdaient tout sens, j'étais arrivée, j'étais chez moi, cette étreinte était ma maison, je reconnaissais la bouche que je voulais et j'y buvais un philtre dont je ne savais pas encore qu'il allait m'empoisonner, mon ventre s'accolait au sien, y trouvait le mur, le pilier, le rempart qui nous relierait définitivement, il riait de mon impatience et me soulevait, me portait jusqu'au lit, je découvrais ma soif et je ne voulais pas qu'il s'écartât un instant de moi car on ne quitte pas l'oasis quand on a traversé le désert et que l'on se penche enfin vers la source, alors je m'étais couchée sur lui pour dégrafer ma jupe sans que nos lèvres se séparassent et il l'avait fait glisser le long de mes hanches, j'avais déboutonné mon vilain chemisier et tenté, maladroitement, d'ouvrir la ceinture de son pantalon, mais j'étais si avide de lui que mes mains étaient parties à sa recherche et je caressais, par-dessus le tissu, ce sexe auquel je n'avais jamais osé penser, il avait gémi, il avait enfoncé les doigts dans mes épaules et je riais, j'enserrais sa cuisse entre mes jambes, alors il s'était dégagé et je l'avais attendu mais si peu de temps que je m'en étais à peine rendu compte et tout à coup il était là, il entrait dans le royaume, je le prenais, pourquoi dit-on toujours que c'est l'homme qui prend ? moi je sentais bien que je l'absorbais, que je l'engloutissais, il s'enfonçait en moi, il rayonnait de mon ventre à travers tout mon corps, il s'épandait comme une marée et dans le calme de la voiture bien chaude où je ne le quittais pas des yeux, une grande houle silencieuse me portait, ma mémoire enfin complice ne marchandait plus, elle laissait le souvenir prendre toute son ampleur, quitter ma tête où il n'avait jamais eu d'autre forme que la souffrance et m'envahir tout entière, je retenais mon souffle qui se serait précipité et je m'enfonçais dans le plaid moelleux, les yeux sur Alker aujourd'hui qui conduisait et sur Alker jadis, se laissant glisser à mes côtés, je n'avais pas voulu que la fin du plaisir nous séparât, je l'avais suivi et m'étais retrouvée couchée sur lui, en travers de lui, il caressait doucement mes joues en disant : Petite fille, petite fille... je répondais : Croyez-vous que l'on fait cela aux petites filles ? Il eut une brève crispation et me serra plus fort, comme si quelque chose lui faisait peur mais je n'y fus pas suffisamment attentive, je n'y pris garde que plus tard, au restaurant, quand je commençai à comprendre et, en ce moment même où j'écris je sais que, dans la voiture, j'ignorais encore ce que cette brusque tension trahissait, et cependant la douleur remontait, je voulus la repousser, je revins à ce lit où j'étais dans une confiance parfaite, je riais parce que dans la hâte qui nous avait soulevés je n'avais pas retiré mon chemisier de coton beige désormais tout chiffonné, ni lui sa cravate dont je défaisais attentivement le nœud, ce fut après l'amour que nous nous dénudâmes et qu'il me caressa les seins, en y repensant je les sentais vivre sous mon chandail comme si sa main les définissait, petits et à peine ronds, j'avais gardé une poitrine de fille récemment nubile et je me dis que c'était à cause de mes années de chasteté, que j'avais arrêté de me développer comme pour arrêter le temps et rester dans les deux heures, j'y étais encore, j'y retournais enfin. Alker ne me regardait toujours pas, il restait silencieux, me permettant – le savait-il ? – de rejoindre mon château enchanté car, bien sûr ! je le voyais à présent, j'étais comme ma mère, enfermée dans un temps de ma vie que je refusais de quitter, attendant en rêvant le baiser du Prince Charmant qui ne venait pas me réveiller et je me réengloutis dans la remémoration, j'étais sur le dos et il voulait me regarder, cette fois-là, mais je ne supportais pas la moindre distance entre nos deux corps, il combattait en riant mon avidité, disant que j'étais goulue comme un chat affamé, ce qui était vrai et je ne pouvais pas endiguer ce déferlement, j'exigeais qu'il revînt se loger en moi et ce ne fut que lorsque je le sentis à nouveau dans la demeure que je voulais être pour lui que je tolérai qu'il se redressât, me caressât longuement avant d'entreprendre une lente ascension, pas à pas suivre un admirable sentier, à chaque tournant le paysage est plus beau, il se déploie de plus en plus loin et au sommet c'est le pays tout entier que l'on aperçoit, immense, l'horizon est à l'infini, le regard s'en empare tout entier, le dépasse, il traverse le ciel, on flotte au cœur des galaxies, le temps n'existe plus, on traverse l'éternité dans un long vol sans limites.

Et puis choir durement à côté d'un homme qui ne veut pas tourner les yeux vers moi.

Lorsque nous arrivâmes avenue Lepoutre il me regarda en souriant :

— Tu dormais ?

Puis il eut l'air étonné :

— Tu pleurais ?

Et je me rendis compte qu'en effet mon visage était couvert de larmes. Il tendit la main, caressa très doucement mes joues mouillées.

— Tu n'es pas heureuse, petite ?

Je me mordis les lèvres. Quelques mois plus tôt, il avait dit : Tu vas vraiment aller jusque-là ? et j'avais commis la folie de lui répondre honnêtement. Pourquoi me provoquait-il ainsi ? Était-il tellement inconscient de la vérité ? Si je ne mentais pas, il me fuirait de nouveau.

— J'ai dû m'enrhumer. Il faisait froid, tout à l'heure.

— Il faut vite rentrer et te soigner. Je n'aurais pas dû t'imposer une si longue route.

— Je ne suis pas fragile. Quelques aspirines et il n'y paraîtra plus.

Il me remit entre les mains de Lucas qui me fit un grog brûlant et très fort. Je m'endormis immédiatement. Le lendemain, j'avais de la fièvre, le faux rhume s'était transformé en vraie grippe et je fus mal en point pendant plusieurs jours. Après quoi, j'eus peur des dimanches avec Alker.

Je comprenais que je n'étais pas de taille à endurer le perpétuel renouvellement de la déception. L'autre fois, j'avais silencieusement reculé, je m'étais soumise car je ne savais pas encore que je ne pouvais appartenir qu'à lui et je croyais que j'allais pouvoir lui obéir. Quand j'avais couru avenue Albert, je n'avais pas regardé plus loin que le bout de mon nez : je vis enfin que, dans une totale inconscience, j'avais décidé de ma vie, pris des engagements, épousé Lucas, et que le bel élan qui m'avait conduite à la porte d'Alker m'avait aussi fait la dépasser de très loin. La grippe venait à point, elle m'obligeait à réfléchir, ce qui, en vérité ne me servit qu'à voir que je n'étais pas dans une alternative : il fallait continuer.

Je décidai donc de tourner toute mon attention vers Thomas Kreuzau qui, à sa manière, me résistait aussi. Les documents que j'avais cru trouver à Malines n'y étaient pas, il fallait aller à Saint-Omer où un certain fonds Roisy n'avait pas été entièrement dépouillé, et même à Londres aux Archives royales où je fus déçue, et je me mis à voyager énormément, comme Antoine Berthier lui-même, tout surpris d'avoir à donner ses cours plus souvent que d'habitude. Lucas marqua que je lui manquais.

— J'ai donc épousé un courant d'air ?

Mais il était trop homme à carrière pour songer à me retenir.

— C'est une question de quelques mois. Dès que j'aurai rassemblé toutes les informations, je passerai des semaines immobile devant une table, à rédiger.

De bibliothèque en bibliothèque, de wagon-restaurant en wagon-lit, j'étais si active que j'aurais bien cru que je m'amusais. Dès que je revenais avenue Lepoutre, je me réinstallais dans le personnage de la charmante Mme Robinier, les cristaux scintillaient sur la table de la salle à manger et les invités me questionnaient sur Prague, Chartres ou Florence. J'éludais avec tant de grâce qu'ils ne savaient pas s'il fallait admirer davantage mon ardeur au travail ou ma discrétion de femme bien élevée qui n'encombre personne de ses recherches. Le plus souvent, Alker était parmi eux et je lui disais avec un sourire radieux que je regrettais beaucoup nos dimanches dans les musées. Comment n'eût-il pas, lui-même, considéré que, absente toute la semaine, je me devais à mon époux durant les week-ends ?

J'étais à Paris, j'avais passé la journée à la Bibliothèque nationale et je rentrais à l'hôtel. Je me sentais poussiéreuse, impatiente de prendre un bain, quand, à la réception, on me transmit un message : je devais téléphoner d'urgence chez mes parents. Je n'eus guère le temps de me questionner car on rappelait et l'employé me tendait l'appareil. J'entendis la voix d'Alker :

— Il faut que tu rentres tout de suite, me dit-il, ton père vient d'avoir un accident cardiaque.

Un accident cardiaque ? Les mots ne prirent pas sens.

— Prends le premier train.

Cela était compréhensible : il fallait jeter mes affaires dans ma valise, moi-même dans un taxi, courir à travers la gare vers le quai, sauter dans le dernier wagon un instant avant que le train ne démarrât, reprendre mon souffle et parcourir les couloirs encombrés. Le contrôleur regarda mon billet de retour d'un œil critique, accepta mes explications et me laissa seule devant les mots accident cardiaque. J'avais beau me les répéter, ils restaient opaques, mais à Bruxelles Alker m'attendait sur le quai de la gare du Midi et, du plus loin que je le vis, je sus que mon père était mort.

Il prenait le thé comme tous les jours à son retour du bureau, assis dans le petit salon avec ma mère. Il avait pâli, hoqueté et lâché la tasse.

— Elle m'a téléphoné tout de suite, et j'ai appelé le médecin, qui est arrivé en cinq minutes : il était déjà trop tard. Il n'a jamais repris connaissance. Lorsque je t'ai appelée, on savait qu'il mourait.

— Qui est auprès d'elle ?

— Marguerite. Je ne pouvais pas te laisser revenir seule de la gare et je n'arrive pas à atteindre Lucas. J'ai cherché partout, personne ne sait où il est, il a dû dîner en ville et aller au cinéma.

Bien sûr. Que peut faire un homme dont l'épouse court les manuscrits du XVe siècle ?

Il était onze heures du soir lorsque nous arrivâmes avenue Molière. Les gens des pompes funèbres avaient déjà fait leur travail. Mon père était couché sur son lit, dans la chambre où il avait dormi toutes les nuits de sa vie, les mains croisées, l'air calme, sous le regard de sa femme. Elle ne cillait pas. Je restai plantée sur le seuil de la pièce, retrouvant brusquement toute la maladresse de l'adolescence, incapable de bouger car je ne savais pas ce que je ressentais devant ce mort tranquille et cette épouse figée. Alker mit le bras sur mes épaules et m'attira doucement contre lui, déclenchant en moi le chagrin.

Mais quel chagrin ?

J'étais la fille dont le père vient de mourir. C'est une situation socialement codée, dont je connaissais les implications théoriques, il me sembla que je devais m'approcher de ma mère. Ce que je fis. Je me penchai, lui dis, très doucement, que j'étais arrivée, et aussi, je crois, que j'étais navrée. Elle ne bougea pas. Je restai quelques secondes ainsi, puis me redressai et quittai la pièce. Au salon :

— Alker, qu'est-ce que je fais ici ?

Il me regarda un moment, puis détourna les yeux. Que pouvait-il répondre ?

— Ce monsieur était mon père. Il est certain que je n'ai jamais eu à me plaindre de lui, il était amical et ne m'a laissée manquer de rien. J'ai eu à peu près autant de relations avec lui qu'avec un fournisseur de bonne maison, régulier dans ses livraisons. Mais je suis censée éprouver du chagrin.

— Je sais, dit-il doucement.

— Vous avez vu l'état de ma mère. Elle n'a même pas remarqué mon arrivée, et c'est normal : quelle place pourrait-elle me donner dans le désastre où elle est, elle qui n'a jamais pu m'en trouver une pendant le bonheur ? Nous sommes dans une comédie où j'ai un rôle à tenir, c'est ridicule, il faudrait louer les services d'une figurante, elle jouerait mieux que moi un personnage de pure convention.

Nous étions debout, face à face, et je me sentais désemparée. Ma mère ne tournant même pas le visage vers moi : je ne m'étais pas leurrée sur ma position dans ce couple, mais elle n'avait jamais été aussi brutalement déclarée.

— Je dois être un peu sotte : elle m'a étonnée.

— Catherine, elle est en état de choc.

Je haussai les épaules. Il n'était pas plus dupe que moi.

— C'est le moment de vérité, sans doute, dis-je et je pense que je devais être un peu ricanante. Il n'y a rien de neuf, pourquoi diable faudrait-il que j'en fasse toute une histoire ?

Mais je tremblais et cela me rendait furieuse. Je ne comprenais pas mon désarroi, je me répétais que je savais tout cela depuis longtemps et qu'il était ridicule de m'en sentir assaillie comme d'une découverte.

Alker et moi avions toujours pensé que j'étais adaptée à ma position de personne en surnombre, je voyais bien qu'il admettait plus aisément que moi la détresse inattendue qui me submergeait. Je me dis qu'il m'aimait, lui, le plus tendrement du monde et comme j'aurais pu l'espérer de ce père étendu froid dans la chambre conjugale, mais qu'il n'était pas mon père et que je ne pouvais rien faire de la sorte d'amour qu'il était disposé à me donner. Je pensais que s'il eût été mon père, une barrière naturelle se serait constituée entre nous et que j'aurais pu me loger contre lui et pleurer entre ses bras. Mais pleurer sur quoi ? Je compris que j'étais en pleine confusion, que la seule chose claire était de me retrouver dans ses bras, qu'il n'y fallait pas la mort de mon père ni ma mère ne tournant pas le regard vers moi et, devant son air navré, je me rendis compte que, ce soir, si je m'y prenais avec habileté, il m'y accueillerait et que j'y serais bien. Cela me parut d'une malhonnêteté totale, monstrueuse, et je n'eus pas une seconde d'hésitation, je savais ce qu'il me fallait, je fis un pas en avant, j'appuyai la tête contre lui. Il m'entoura très doucement, me caressa les cheveux, du baume me coula dans l'âme. Pourquoi ne voulais-je jamais me satisfaire de ce qu'il était prêt à m'offrir, pourquoi exigeais-je toujours ce qu'il refusait ? Nichée contre lui, je reconnus le bonheur, qui était de rester ainsi jusqu'à la fin des temps et s'il me l'eût promis, je n'aurais rien demandé de plus. Il murmurait des mots tendres près de mon oreille, mon tout petit, ma mignonne, j'étais une enfant, je recevais ce dont j'avais besoin, qu'avais-je à faire du désir, pourquoi devais-je habiter ce corps de femme qui m'imposait ses volontés encombrantes, quand je pouvais redevenir une fillette, quitter la défroque, me blottir, me taire, être bien au chaud, m'endormir dans sa tendresse ?

Et, naturellement, le moment vint où il me dit qu'il fallait de nouveau essayer d'avertir Lucas.

Durant les trois jours qui suivirent, ma mère ne quitta pas sa chaise, elle ne dormit ni ne mangea et s'évanouit au retour du cimetière. Nous appelâmes le médecin, mais elle reprit connaissance avant son arrivée. Il l'ausculta, mesura sa tension, dit que tout était normal, et prescrivit des vitamines, sans doute pour légitimer sa présence. Sitôt qu'il fut parti, elle s'adonna aux choses ordinaires de la vie, comme de nous pourvoir en boissons chaudes et de nous demander si nous avions faim. Selon le bizarre usage des enterrements, Marguerite avait préparé des sandwiches et nous nous retrouvâmes devant le café fumant dont, à onze heures du matin, personne n'avait envie. Assis en rond, Lucas, Simone, Alker et moi regardions ma mère, souriante, aimable, fantomatique : qu'allait-il advenir d'elle ?

Lucas, Simone, Alker et moi : telle était la maigre assemblée qui se tenait à ses côtés. Alker n'avait pu atteindre mon mari que vers une heure du matin. Il était effectivement allé au cinéma avec des amis, me dit-il, et se sentait fort mal à l'aise d'avoir été introuvable. Il eût été normal, n'est-ce pas ? que dans l'épreuve je souhaitasse la présence de mon mari et son malaise me gênait.

J'avais joué au mariage, je me retrouvais dans l'hypocrisie, je sentais bien que je devais feindre qu'il m'avait manqué. Simone avertie avait pris le premier avion et se tenait à mes côtés comme une sœur : bizarrement, cela me paraissait plus facile à recevoir que les attentions de Lucas. Nous regardions ma mère aller et venir avec la cafetière et le sucrier : désormais elle serait seule dans cette grande maison, elle n'avait pas d'amies, pas de métier, pas de vie sociale, comment allait-elle vivre ?

Pendant plusieurs semaines, Alker et moi ne la quittâmes pas. Je suspendis mes promenades dans les bibliothèques, je n'allai à l'université que pour remplir mes fonctions d'assistante auprès des étudiants et Alker renonça temporairement à Marguerite qui logea avenue Molière. Je pense que ma mère ne s'en rendit pas vraiment compte, car elle n'en parla jamais et elle n'était pas femme à négliger les politesses et les remerciements. Nous la vîmes faire ses courses comme d'habitude, préparer un légume pour son déjeuner et oublier de le manger. Souvent, elle allait dans sa chambre et s'asseyait devant le lit, regardant l'oreiller vide. Nous contrôlions les réflexes élémentaires qui nous eussent incités à empêcher cette morne contemplation et l'un de nous venait s'installer à côté d'elle. Après une heure ou deux, elle se levait, proposait une tasse de thé, une tranche de cake. Elle ne parla jamais de lui.

Et, quand je pense à ce père, je ne le vois qu'en à-plat : souriant, courtois, distrait, il traverse une pièce, s'assied, tient des propos bénins, c'est une image en deux dimensions, impénétrable comme les rares photos qui me restent, il est figé dans des poses successives que rien ne relie. D'un coup, il était passé de l'état d'absent debout à l'état d'absent couché. Je suppose que pour ma mère il avait du volume, mais je ne lui ai pas posé la question car ce n'était pas mon affaire. Contrairement à ses vœux, elle ne mourut pas avant plusieurs années. Elle attendit silencieusement que cessât l'ennuyeux séjour qu'elle avait à faire ici-bas.

Il ne me semble pas que j'aie eu du chagrin. Je suppose, enfant grandie en face de ce couple emmuré, que je lui ai rendu la politesse en m'isolant de lui aussi bien que j'ai pu.

Mais comment y serais-je parvenue sans Alker ? Tout au long de cette étrange période où nous nous relayâmes auprès de ma mère, je mis ma rancune de côté et m'efforçai honnêtement de réfléchir. Au retour du Maroc, j'étais une petite fille séparée de ce qu'elle connaissait, je regardais Bruxelles, cette ville inconnue dont on me disait que c'était la mienne : que serais-je devenue dans l'invraisemblable solitude où ces parents-là me laissaient ? C'est que, par malheur, je n'étais pas liante et si les filles du lycée, surprises par mon teint de moricaude et mon accent pied-noir, avaient tenté de nouer conversation avec moi, je ne m'en étais pas aperçue. Je suppose que j'étais tout à fait désemparée. Je ne me disais pas que je regrettais Casa ou que je n'aimais pas Bruxelles, car je ne me parlais pas de moi, je ne fis cela que plus tard, lorsque, pour peupler mes soirées, je rédigeai le récit maladroit de mes amours manquées que je n'ai pas eu le courage de relire. Je m'y savais décrite comme une fille bien normale et il y avait des bizarreries : quoi ? seize ans, dix-sept ans, et pas une amie ? pas un premier flirt ? Et les sorties, les surboums dont je me souvenais maintenant qu'elles occupaient les loisirs des autres filles ? J'avais cru que mon isolement datait de la fin de ma liaison avec Julien, je voyais qu'il était bien antérieur. Je vivais avenue Molière, dans la grande maison au confort incertain, à côté des deux égarés qui m'avaient mise au monde et s'efforçaient avec assiduité de toujours se souvenir de mon existence et il semble que je ne concevais pas le monde extérieur : je me rendis compte qu'Alker m'avait accrochée à la réalité. Je me dis qu'il avait été pris de pitié pour cette fille qui flottait à quelques pieds du sol et qu'il m'avait doucement tirée par la main pour que je me posasse. Je repensai souvent à l'incendie que nous avions regardé ensemble : c'était peut-être la première fois de ma vie que j'avais éprouvé que l'on s'adressait à moi. Étais-je ingrate envers cet homme ? Je ne lui pardonnais pas de n'avoir voulu de moi que pendant deux heures et je rejetais la tendresse vigilante dont il m'avait entourée pendant des années. J'aurais bien voulu ne plus être amoureuse de lui et vingt fois je me promis que, la prochaine fois que je le verrais, je le regarderais avec d'autres yeux. Je ne tins évidemment pas ces excellents serments d'ivrogne.

Les semaines passèrent, et nous nous rendîmes compte que ma mère avait trouvé une sorte d'adaptation à son nouvel état. En fait, elle ne changea rien à sa vie : elle prenait le thé à cinq heures et, après le dîner, faisait seule l'éternelle petite promenade dans le quartier. Puis elle rentrait, lisait en écoutant de la musique, se couchait tôt et ne commenta jamais la qualité de son sommeil. Elle attendit très paisiblement que la mort voulût bien d'elle.

Je retournai donc à ma propre vie. Mais je m'y plus encore moins qu'avant. Lucas avait patiemment attendu la fin de ma semi-réclusion dont il pensait que c'était mon deuil autant que celui de ma mère. Il est évident que je me sentais hors d'état de lui expliquer la vérité et que, là aussi, je lui mentais. Il fut soulagé de me voir reprendre le cours ordinaire de mes activités et, comme l'été approchait, il parla des fjords et de Casablanca. Je ne pus me contraindre au bateau, je prétendis que j'étais sujette au mal de mer.

— Mais tu n'as jamais navigué !

— Oh si ! lui dis-je et inventai sur-le-champ d'affreuses nausées en 1945, au retour du Maroc.

J'insistai pour qu'il y allât sans moi.

— Non. Tu m'as manqué, pendant ces derniers mois.

Et me proposa l'Italie. Je vis donc Venise, Rome et Naples, donc Pompéi, grâce à quoi je peux désormais pourvoir les générations d'un conseil utile : il ne faut pas aller en Italie avec un homme si c'est d'un autre que l'on rêve, les gondoles, les soirées chaudes et les mandolines deviennent odieuses. Je fus une déplorable compagne de voyage. Moins délicat, mon mari m'eût fait des scènes, j'avais la migraine ou une indigestion tous les soirs car je ne pouvais plus me laisser approcher.

À Rome, la veille du jour où nous devions prendre l'avion pour le Maroc, nous reçûmes un télégramme de Simone : elle regrettait beaucoup de ne pas pouvoir nous accueillir, mais elle était à Bruxelles, elle avait quitté Albert.

— Elle est folle ! dit Lucas, et le répéta vingt fois durant le voyage de retour.

Il se trompait peu : elle était amoureuse.

Au début de juillet, elle avait fui un siroco interminable vers la Suisse, où on lui promettait un ciel gris et de la fraîcheur. Elle alla loger chez des amis, à Lausanne, et regarda avec délice la pluie tomber sur les eaux tranquilles du lac. Après dix jours, elle se sentit saturée d'humidité et pensait au retour lorsque, dans une soirée, elle rencontra Richard Steiner.

— Il y a vingt ans que je croise des hommes, beaux, laids, grands, gros, petits ou maigres, sans me souvenir d'eux au-delà du moment où ils sont devant moi, qui m'expliquera pourquoi, tout à coup, j'ai vu celui-ci ?

Elle désignait d'un geste large l'objet de son étonnement, qui était assis dans la salle à manger, sous le Khnopff, devant Lucas vaguement embarrassé car il pensait à Albert que Simone avait, l'après-midi même, averti de son infortune.

— Voilà, continuait-elle, un homme de taille moyenne, avec un début de calvitie, quelques kilos de trop auxquels il ne veut pas me promettre de renoncer, il vit dans un pays pluvieux où je perdrai en trois mois le hâle qui assure la moitié de mon charme, pour l'instant il s'est mis en vacances, d'habitude il travaille dix heures par jour et est exposé à se lever la nuit quand un malade l'appelle, mais les dieux ont parlé, j'ai été saisie de stupeur. Je quitte un pays où il fait chaud, un mari auquel je m'étais habituée, je bouleverse toute ma vie, on nomme cela le coup de foudre. Je n'imaginais pas Cupidon ou Zeus foudroyant avec un tout petit peu trop de ventre.

Lucas ne pouvait pas s'empêcher de rire.

— Je conçois votre embarras, lui dit l'homme à la foudre, mes intentions sont tout à fait honnêtes et je compte bien épouser votre sœur, si elle y consent, dès que cela pourra se faire.

— Et comme il est suisse, il demande en mariage ! Je vous dis que je suis folle, acheva-t-elle, accréditant ainsi la thèse de son frère.

Je n'arrivais pas à y croire. Et l'impossibilité d'oublier Vincent Lafarge ? Entre la poire et le fromage, elle me suivit à la cuisine pour m'aider à ranger. J'empilais les assiettes sales en silence, la tête pleine de questions. Je n'y tins pas longtemps, me tournai vers elle, soupçonneuse.

— Est-ce vrai ? Tu ne triches pas ?

Elle éclata de rire, me prit dans les bras, me serra sur son cœur, nous fit faire une pirouette.

— C'est sans réserve ? Tu ne te forces pas ? Tu ne le compares vraiment pas à Vincent ?

— Vincent ? Quel Vincent ? Y a-t-il eu un Vincent ? Il est parti, il est hors de moi, je ne comprends plus qu'il y soit resté si longtemps.

On pouvait donc oublier ? Alker avait-il eu raison de me dire que j'étais impatiente ?

— Tu n'aimais que lui. Il hantait tes rêves.

— Je sais. Peut-être me suis-je réveillée.

Décidément, j'étais poursuivie par la Belle au bois dormant !

— Le baiser du Prince Charmant ?

— Est-ce que l'on comprend ces choses ? Tu entres dans une pièce, mal fagotée dans ton âme de tous les jours, tu bâilles d'avance, il y a dix ans que tu t'ennuies et tu es presque résignée, tu n'attends plus rien, mais il y a un homme. Un homme, grands dieux ! tu n'y croyais plus.

— À quoi cela se reconnaît-il ?

— Catherine ! Je suis trop bien élevée pour te répondre !

Je me forçai à rire. Je l'enviais furieusement, ce qui ne diminuait pas mon malheur. Elle me relata cette soirée en détail. Il ne l'avait pas quittée d'un pas, ne scandalisant que légèrement ses amis qui la considéraient comme une femme sérieuse, jusqu'au moment du départ où il annonça tranquillement qu'elle rentrait avec lui.

— Ils ont dit trois fois : mais Simone ! et puis plus rien. Le lendemain, je suis allée chercher ma valise. Hélène était terrifiée, elle me parlait tout le temps d'Albert. J'ai dit : Albert ? quel Albert ? Après tout, cet homme-là, je ne l'ai pas rendu très heureux. Il se remariera avec une femme qui consentira à lui faire des enfants.

Pendant qu'elle racontait, je tentais d'imaginer : j'entrais dans un salon, je voyais un homme, il effaçait tout, j'étais à lui, il était à moi, Alker s'effaçait comme un songe au matin, et, à mon extrême surprise, je sentis mon cœur se tordre de douleur : je ne voulais pas ! Je ne voulais pas renoncer à lui, à ces yeux qui se bridaient dans le sourire, à son air de tendresse, à la faim qui me rongeait le ventre, je ne voulais pas laisser les Enfants Noyés s'engloutir dans l'oubli, les images déferlaient en désordre, son profil immobile dans la voiture quand nous revenions de Rotterdam, le sourire tendu le soir où Antoinette l'avait obligé à deviner que je couchais avec Julien, la sourde colère qui rôdait en lui lorsque je le provoquais, et je compris brusquement que c'était la certitude irréductible de son désir qui m'empêchait d'abandonner la lutte. Je me sentis chanceler sous le coup. Il ne disait jamais qu'il ne voulait pas de moi, mais que j'étais trop jeune ou qu'il était trop vieux. Peut-être aurais-je pu me défaire d'un amour que rien n'eût nourri : il avait trop souvent détourné à la hâte son regard. Chaque fois que j'avais voulu me rapprocher de lui, si je respectais ses conditions il m'accueillait avec trop d'empressement pour que l'ambiguïté ne me retînt pas. Il voulait me faire croire que c'était malgré lui. Simone n'avait jamais douté que Vincent ne l'aimât pas, il avait eu une constance dans l'indifférence qui avait laissé la place libre pour Richard. Alker me disait non en ne me laissant pas partir.

Je m'assis distraitement, une casserole à la main.

— Qu'y a-t-il ? Mais tu es toute pâle !

— C'est un étourdissement, dis-je.

Elle s'approcha, mit la main sur mon front.

— Tu es glacée. Il faut aller t'allonger.

Je secouai la tête.

— Cela va passer.

Je ne voulais pas qu'elle appelât, que Richard me tâtât le pouls, j'étais sûre qu'il eût diagnostiqué un choc émotionnel, ce qui, aujourd'hui, me semble bien naïf.

— J'ai dû boire un peu trop de vin. Je n'en prends jamais autant, mais ta gaieté était contagieuse et entraînait. Fais-moi du café fort.

Grâce à quoi je ne dormis naturellement pas du tout. Simone et Richard partis, Lucas me parla du divorce qui allait avoir lieu, de la meilleure façon de procéder avec un homme à qui on ne pouvait, légitimement, faire d'autre reproche que d'être arrivé second dans la vie de sa femme. Vraiment ! me disais-je, vraiment ! Je restais assez silencieuse. Il s'en rendit peu à peu compte, se tut, me regarda. J'étais assise devant la coiffeuse, me démaquillant soigneusement, et je feignis de ne pas sentir son regard.

— Je vois que tu es fatiguée, me dit-il.

Je fis signe que oui.

Simone et Richard restèrent quelques jours à Bruxelles où Richard n'était jamais venu, il se montra ravi, admira la Grand-Place, se promena dans le parc qui étend ses ramures devant le Palais royal, découvrit Khnopff au musée d'Art ancien et Delvaux au musée d'Art moderne, puis il fut décidé que nous irions passer la dernière semaine d'août à Genève. Nous logeâmes chez eux et tous les matins je voyais Simone radieuse. Je crois que j'étais malade d'envie. J'accueillis septembre avec soulagement, ces allées et venues de ville en ville ne me divertissaient pas, mais la rentrée et le retour aux habitudes ne me donnèrent pas de contentement. Oh ! je n'errais plus dans des journées vides, comme deux ans auparavant, je donnais cours, je rendais visite à ma mère, je recevais et je sortais, mais je voyais bien que, même si je courais avec ponctualité d'une occupation à l'autre, la désolation revenait. Elle se répandait comme une marée irrésistible, elle imprégnait lentement tous mes gestes, elle venait parfois interrompre une phrase anodine, briser un élan qui m'eût divertie, me noyant sans prévenir, je me débattais, j'allais suffoquer, au dernier moment je reprenais mon souffle mais je restais pantelante sur un rivage aride. Je n'avais jamais attendu de Lucas qu'il me guérît, j'étais quand même surprise par l'excès de détresse. Parfois j'arrêtais un instant ma course, j'essayais de réfléchir, de me demander ce que j'allais faire de ce mariage absurde, je voyais bien que je ne pouvais que le laisser péricliter et l'épouvante me prenait car je n'imaginais pas comment vivre, après sa chute. J'étais tellement effrayée par le souvenir de ces lourdes journées de juillet que je me tournais vers Lucas, je tentais de me raccrocher à lui, qui me recevait volontiers, mais je ne pouvais pas me servir de son accueil car je sombrais dans les larmes. Cela me fit des façons d'être impossibles, où mes humeurs contradictoires se suivaient comme des caprices, il n'y pouvait rien comprendre et je ne pouvais rien expliquer.

Dans cette galopade désordonnée je ne voyais naturellement plus jamais Alker en tête à tête. Ma mère semblait aller bien et, pour qu'elle ne fût pas trop seule, nous avions décidé d'alterner nos visites. Nous échangions des coups de téléphone :

— Je l'ai vue hier, elle est toujours aussi calme et comme absente.

— Je la verrai demain, je l'accompagnerai dans ses courses.

Nous commentions les choses avec vivacité, puis je raccrochais et je me mettais à trembler. Je n'allais pas bien, mais qu'y faire ?

L'étrange certitude qui m'avait assaillie dans la cuisine n'arrangeait rien, au contraire, elle rendait l'attitude d'Alker plus insupportable que jamais. L'humour ni la colère ne m'étaient d'aucun recours. J'avais des bouffées de fièvre s'il me souriait en me parlant – hélas ! il ne me regardait jamais qu'en me souriant ! – ou bien le trouble commençait à rôder dans mon ventre. Un jour où il m'aidait à passer mon manteau, il retrouva, et ne s'en aperçut pas, le geste de jadis : il souleva mes cheveux, sa main effleura ma nuque et je crus défaillir. J'étais hantée. Je tentai de refaire ce que j'avais déjà fait : me plonger dans le travail. J'avais enfin les fameuses lettres de Thomas Kreuzau à sa femme. Il décrivait minutieusement les manières et les intonations de Jeanne. Son port de tête, qui était orgueilleux, disait-il, le fascinait car il ne comprenait pas comment l'orgueil pouvait se marier avec la sainteté : moi, je voyais le dos très droit d'Alker et la nuque vigoureuse dont mes mains se souvenaient avec une intolérable précision. Je m'enfonçais dans les textes : il disait, certes, qu'elle se mettait en oraison, mais qu'elle semblait grogner et marmonner bien plus que prier, et il me semblait qu'il décrivait ma mauvaise humeur. L'abandon où Charles VII la laissait me faisait monter les larmes aux yeux. À ce train-là, ma thèse serait un long sanglot et aurait plus de chances d'être reçue dans un théâtre de mélodrame qu'à l'université !

Simone vint entre deux trains discuter de son divorce avec Lucas, je la vis peu de temps, juste assez pour qu'elle me regardât attentivement et me dît que, si bien maquillée que je fusse, j'avais mauvaise mine.

— Qu'est-ce qui ne va pas ?

— Je travaille sans doute trop.

Elle hocha la tête :

— Je n'en crois rien. Tu mens. Mais peut-être penses-tu que c'est nécessaire.

Et elle ajouta :

— De toute façon, moi, je t'aime. N'oublie pas cela, quoi qu'il arrive.

Ce qui, fragile comme je le devenais, me bouleversa.

Et Lucas me fit une scène.

Je suppose que mon indifférence devenait très blessante pour cet homme qui, après tout, m'avait épousée parce que je lui avais fait croire qu'il me plaisait.

Depuis quelque temps, Thérèse avait reparu et nous la rencontrions partout. Le jeune homme qui était amoureux d'elle s'était vu proposer une brillante nomination à l'étranger, il lui avait demandé de l'épouser et de l'accompagner. Elle avait refusé avec fermeté : est-ce qu'une femme, au milieu du XXe siècle, abandonne sa carrière par amour ? Ainsi avait-elle pansé la blessure causée par Alker et elle était plus belle que jamais. Je me rendis parfaitement compte qu'elle s'intéressait à Lucas, je ne parvins pas à m'en émouvoir, bien qu'il fît tout ce qu'il pouvait pour m'alarmer. Il se mit à rentrer plus tard qu'il n'était prévu en donnant des explications confuses que j'écoutais avec distraction, il raccrocha brusquement le téléphone quand j'arrivais dans la pièce où il était, je ne pus prendre sur moi d'entrer dans le jeu. Je suppose qu'il n'alla pas jusqu'aux taches de rouge à lèvres sur le col de ses chemises, parce que je sais qu'il était trop homme de goût pour de telles extrémités, mais je ne regardais pas le col de ses chemises. Je pense que mon calme le conduisit à la fureur.

J'avais vu des comédies à caleçons au théâtre et au cinéma, je ne m'attendais pas à m'y trouver dans le premier rôle. La chose fut mise en scène de façon aussi classique que possible : nous nous préparions pour une soirée élégante, grand décolleté et smoking, j'étais devant le miroir, parachevant soigneusement mon déguisement, lorsque Lucas s'approcha, posa les mains sur mes épaules et promena ses lèvres le long de ma nuque. Je posais de superbes faux cils sur mes paupières, opération délicate à laquelle je n'étais pas encore bien habituée, qui était censée me garantir un regard de velours propre à dissimuler toute détresse, et cela était si absorbant que je fus tout à fait naturelle, c'est-à-dire que je secouai la tête avec la mine agacée d'une personne que l'on dérange dans une activité importante.

Il recula aussitôt.

— Une mouche t'a piquée ? dit-il sèchement.

Je ne compris pas tout de suite.

— Quelle mouche ?

— À l'instant. Tu l'as renvoyée d'une pichenette.

L'embarras me gagna.

— Excuse-moi. J'étais absorbée.

— Certes. Ce ne devait pas être la migraine qui me rendait importun puisque tu sembles en excellente forme, ni l'indigestion, nous n'avons pas encore dîné. Ton deuil récent paraît surmonté et ta mère ne t'inquiète plus que normalement. Thomas Kreuzau progresse bien. Tu seras très élégante, ce soir, comme d'habitude, et très désirable, mais, en ce qui me concerne, il ne sera pas question que cela ait des conséquences.

Il était debout devant moi, les mains dans les poches, l'air furieux et contenu, un taureau qui va charger et, ma foi ! cela lui allait très bien, ce dont je me rendais compte, avec regret puisque je ne pouvais rien en faire. Aussi me détournai-je tristement.

— Nous aurions dû discuter ta conception du mariage avant de nous marier. Voilà deux mois que tu ne te laisses plus toucher par moi.

Je n'avais pas compté. Je me sentais méchante et malheureuse, coupable et exaspérée.

— Est-ce que tu te rends compte que tu es en train de me jeter dans les bras de la première femme qui aura, elle, envie de moi ?

Ce furent la méchanceté et l'exaspération qui l'emportèrent :

— Il ne faut pas en parler au futur, Lucas. Je pense qu'une consolatrice, au moins, est déjà là.

— Si cela se trouve, ça fait bien ton affaire ?

Cette chère Thérèse ne laissait pas Lucas souffrir tout seul, je m'en doutais bien. Le remords et le soulagement tourbillonnèrent un instant dans mon âme troublée, puis décantèrent et déposèrent un épais sédiment d'ennui. Je retournai à mes faux cils, mais je ne pus pas me le dissimuler, je n'aimais pas la femme que je voyais devant moi. Miroir, petit miroir, ne me dis pas que je suis une menteuse. Il me semblait qu'au fond de moi une fille qui portait des ballerines et un vieux pantalon mal repassé me regardait avec stupeur.

— Cela ne te préoccupe pas exagérément ? gronda Lucas.

J'entendis très distinctement la fille en ballerines me traiter de garce, dire que je ne remplissais pas mes engagements, que cet homme n'avait, en aucune manière, mérité d'être traité comme je faisais, et je ne pus pas le supporter. J'enlevai les faux cils : j'étais déjà moins déguisée, mais je savais que je ne pouvais pas abandonner toute la mascarade.

— Je suis désolée, Lucas.

Et dans mon élan, je faillis ajouter que je devrais peut-être aller voir un médecin, j'en fus empêchée par mon double dans le miroir, qui avait le regard moins velouté mais plus honnête.

— Tu es désolée. C'est bien poli. Dans deux minutes, tu vas demander que je t'excuse.

La fille qui regardait la scène était perplexe. Elle savait bien que je m'en fichais, mais elle trouvait mon comportement inacceptable et ne voyait pas le moyen de m'en sortir. Elle me fit baisser la tête.

— Je ne m'en fiche pas, dis-je faiblement.

Il ne demandait que ce à quoi il avait droit : être désiré par une femme qui l'avait épousé de son propre gré. J'avais été sans vergogne, et je tentai de dire à la jeune fille de jadis qui nous écoutait que j'avais cru pouvoir accomplir la tâche qui m'était dévolue, que ma résistance me surprenait, mais elle n'acceptait aucun mensonge, elle me rappela mes scrupules envers Julien et me dit que j'étais hypocrite. Cela me mit en colère, je me levai brusquement et m'aperçus que j'étais quasiment nue. Je n'avais pas encore passé la robe qui me vêtirait à peine davantage, mais selon une convention qui permettrait de prétendre que la décence était respectée puisqu'elle ne montrerait que la moitié supérieure de mes seins et tout mon dos. La jeune fille en fut gênée et exigea que je jetasse sur mes épaules une sortie de bain qui traînait par là.

— Ma parole, dit Lucas, tu as peur que je te viole ?

Il me prit par le bras et me retint devant lui. J'étais affolée, désespérée, je pouvais à peine soutenir son regard. Pourquoi ne me forcerait-il pas, s'il le souhaitait ? Pour une fois, ce ne serait pas moi qui ferait violence à mon refus et peut-être, si la colère l'aveuglait, il ne verrait pas que je serrais les dents pour ne pas sangloter. Il m'attira, je ne résistais pas, il chercha ma bouche et je ne fis pas semblant de l'offrir. J'étais passive, inerte, prête à le laisser prendre ce que je n'étais pas capable de donner, un instant il s'y trompa, me serra durement contre lui et la jeune fille du miroir passa de dix-huit à douze ans : je sentis contre mon ventre cette chose dressée qui fait peur aux enfants vierges, le naturel retrouvé en arrachant les faux cils s'empara entièrement de moi, un réflexe de pudeur outragée m'écarta. Il eut un rugissement de colère, me repoussa si brutalement qu'il me fit tomber sur le lit et quitta la chambre en claquant la porte. Je restai haletante, déconcertée, me demandant que faire et, toujours aussi coupable, je résolus de le suivre, ne sachant pas ce que je lui dirais, seulement que j'étais en tort et que je lui devais quelque réparation. Il était dans son bureau, au téléphone :

— Non, je n'irai pas chez les Lardinois, disait-il. Je t'expliquerai, attends-moi.

Il se tut un instant, écoutant ce qu'on lui répondait en me regardant. Je le vis sourire à ce qui lui était dit, mais comme il avait les yeux sur moi, le sourire grimaçait.

— À tout de suite, dit-il, et raccrocha.

Je restai silencieuse.

— Mais que cela ne t'empêche pas de sortir. Tu as une robe ravissante à montrer, acheva-t-il.

Et quitta la pièce. La scène était finie.

Mon mariage aussi, supposai-je, et je m'assis en resserrant le peignoir d'éponge blanc. Mes habitudes de politesse faillirent me faire lever pour avertir les Lardinois que les Robinier ne viendraient pas, mais je haussai les épaules : puisque de toute façon je quitterais ce genre de vie, autant commencer tout de suite.

Bien. Mais qu'allais-je faire de ma soirée ?

Juillet ! Juillet ! je n'y échapperais donc pas ! J'étais toujours dans le bureau de Lucas, où il me sembla indiscret de rester, et je me rendis dans la chambre. Certes, je ne me coucherais pas à neuf heures ! Je parcourus plusieurs fois l'appartement dans tous les sens, en me demandant comment m'y occuper. Il y avait des livres, de la musique, je me revis trois ans plus tôt, lançant un roman – ou était-ce un ouvrage d'Histoire ? –, par terre. Je décidai de sortir et m'habillai rapidement, puis dévalai les escaliers. Je restai plantée dans la rue, ne sachant pas si je prendrais à gauche ou à droite, ce qui fit que je partis droit devant moi, traversant la place Brugmann et m'engageant ensuite dans la rue Berkendael. Dès que je sus où j'allais, je me mis à rire, et continuai ma route en essayant de ne pas réfléchir. Ce n'était d'ailleurs pas nécessaire, j'avais l'esprit très clair.

Avenue Albert, je tournai à droite, le cœur un peu battant. Je vis de la lumière au premier étage, à la fenêtre du petit bureau. Il était donc chez lui, et probablement seul. Je sonnai. J'attendis un peu plus longtemps qu'il n'était habituel et j'allais commencer à trembler quand il ouvrit la porte, tout de suite étonné.

— Catherine ?

— J'ai vu de la lumière en haut. J'espère que je ne dérange pas quelque belle dame légitimement scandalisée par mon intrusion ?

— Il n'y a pas de belle dame. Mais que fais-tu ici, à pareille heure ? Où est Lucas ?

— Chez sa maîtresse. Puis-je entrer ?

— Excuse-moi, dit-il en s'effaçant pour me laisser passer.

Je fis deux pas dans le vestibule pendant qu'il refermait la porte.

— Chez sa maîtresse ? répéta-t-il.

— Oh ! vous la connaissez : c'est Thérèse. Je me demande par méchanceté si elle a choisi Lucas parce qu'elle pense que je vous ai volé à elle, ce qui serait, hélas ! une grande erreur, mais je me rends bien compte qu'une telle présomption fait injure au charme d'un homme auquel je suis bien triste de rester insensible.

Je vis qu'il était un peu étourdi par ma volubilité.

— Où allons-nous ? Vous étiez dans le petit bureau, je crois, on voyait la lumière de la rue.

— Non. J'étais au salon, j'ai dû oublier d'éteindre avant de descendre. J'écoutais un nouvel enregistrement du quintette de Schumann que j'ai acheté aujourd'hui.

— Je ne veux pas vous priver d'un chef-d'œuvre.

— Tu ne me priveras pas, il sera toujours là plus tard. Enlève ton manteau.

Il le déposa sur une chaise et me prit par le bras, d'une façon quasiment précautionneuse, pour me guider vers le salon. Cela me fit rire.

— Je ne suis pas malade, Alker, ni chancelante, mais tout à fait déconcertée. Je me demande ce que je vais faire de moi-même.

— En tout cas tu es blême et essoufflée. Tu vas boire quelque chose, et pas du thé glacé. Whisky ou cognac ?

— Vous savez que je déteste les deux.

— Tu as besoin d'une médication. Si je me souviens bien, tu tolères le porto ?

C'était le petit bavardage, les signaux de reconnaissance que nous échangions depuis des années, comme le navire et le port, mais toujours le navire croisait au large et le port annonçait qu'il n'avait pas de place. Je m'assis sur le grand canapé qui continuait à me déplaire, alors que je ne savais pas encore, il ne me l'apprit que bien plus tard, qu'il l'avait acheté sur les conseils de Thérèse. Il s'affaira autour du porto puis s'assit en face de moi, sur le frère en veau blanc du divan à trois places : pas trop près, bien sûr.

— Que s'est-il passé ?

Je l'examinai longuement. Il avait le regard aigu des crises et, je le savais, il ne se déroberait pas, il était décidé à donner le soutien que je venais demander, mais c'était seulement parce qu'il ne savait pas encore ce que ce serait, et moi je commençais à m'en douter. Il suffisait pour cela de le regarder en face comme je faisais : je ne voulais qu'une chose, simple, claire à dire. Lui. Et je me rendis compte que je ne partirais pas sans l'avoir obtenu. Cela me fit frissonner, ce qu'il vit tout de suite.

— Tu as froid ?

Je fis signe que non.

— Je n'en veux pas à Lucas. Il faut le comprendre. Voyez-vous, Alker, je ne suis pas une affaire, au lit.

Il se raidit, comme toujours devant certaines façons de dire lorsque c'était moi qui les employais. Il me voulait allusive, fine comme une femme de son cher XVIIIe, mais ce soir je me moquais de mon langage. Il sentit que le moment n'était pas à la périphrase élégante et que ma brutalité – Seigneur ! entre cet homme-là et moi, une façon de dire aussi répandue redevenait une brutalité – avait un sens.

— J'ai peine à te croire, dit-il avec un sourire qui se chargea plus qu'il ne voulait.

— Je sais. Il y a des années que vous ne me croyez jamais et pourtant je ne vous ai menti qu'une fois, c'est en prétendant que je pensais pouvoir m'accommoder d'un homme choisi par vous. C'était faux, totalement faux, c'était un prétexte, un piège où vous avez donné tête baissée, ravi de pouvoir reprendre votre rôle auprès de moi.

— Tu m'as trompé ?

— Insolemment. Furieusement. Aussi fort que j'ai pu. Il le fallait, n'est-ce pas ?

Il resta songeur.

— Je le suppose, dit-il.

— Et puis j'ai continué à vous mentir en disant que Lucas me convenait. Oh ! il m'ennuyait moins que les autres, c'est vrai, mais je n'aurais pas donné deux sous pour l'avoir. Et je crois que, dans la mesure où il peut se le permettre, je le rends malheureux.

Je pris mon souffle pour assener le plus difficile :

— Je ne peux plus faire l'amour avec personne, depuis que je l'ai fait avec vous.

Il se figea. Moi je me laissai aller en arrière, tout à coup je me sentais calme, bien calée contre le dossier, apaisée car j'allais enfin cesser de jouer la comédie.

— Je me mets chaque fois à pleurer. C'est irrésistible. Je ne pleure qu'alors et je n'ai qu'un moyen de m'en empêcher, c'est d'arrêter le plaisir. Je ne sais pas si vous vous souvenez encore de moi, pendant ces deux heures, mais je suppose que vous concevez qu'il est difficile d'arrêter le plaisir. Sans doute n'avez-vous jamais essayé, il me semble que c'est une chose qu'on fait peu ! Mettez-vous dans la peau d'un homme qui est en train de baiser une fille – de nouveau le mot cru le fit tiquer, et j'en fus bizarrement contente – et qui la voit commencer à sangloter, ou serrer les dents et se dégager. Cela ne plaît pas ! Lorsque je suis venue vous voir il y a deux ans, je n'avais pas une idée tellement claire de ce que je voulais. Je crois que j'espérais, un peu. Pas beaucoup, heureusement, car vous avez été très clair. Mais maintenant ?

Je lui souris.

— Après tout, je suis mariée, comme les autres, n'est-ce pas ? Qu'est-ce qui vous empêche de me prendre pour maîtresse ? Je sais bien que je vous plais toujours, je ne l'ai compris qu'il y a peu, mais cela m'a rendue infernale avec Lucas. Pourquoi pas moi ? Personne ne le saurait, et je pense que cela sauverait mon mariage. N'est-ce pas un noble projet ? Lucas est excédé, il ne supporte plus mes refus ou mes mauvaises simulations : je suis sûre que si je vous avais de nouveau, je ne pleurerais plus. Je ne jouirais sans doute pas, mais au moins je ne serrerais pas les dents pour retenir mes sanglots.

Il était heurté. Pas choqué, ni scandalisé : heurté, comme si chacune de mes paroles était un coup.

— Je vous bouscule, je le vois bien, j'aurais dû vous dire tout cela plus délicatement, mais que voulez-vous ? je suis bousculée. Et, au fond, j'ai beaucoup de remords envers Lucas. Il a été parfait, c'est un très bon amant, attentif, patient, rien n'est de sa faute. Je crois qu'il ne couche avec Thérèse que dans l'espoir de me faire réagir, d'exciter ma jalousie et de me reprendre. Il ne sait pas qu'il ne m'a jamais eue. À travers je ne sais pas combien d'hommes, en vérité, je vous ai toujours été fidèle, concevez-vous cette folie ? Je ne demande pas mieux que de contenter cet excellent mari, il veut que je gémisse de plaisir comme les autres femmes, c'est légitime et il fait très bien l'amour. J'ai pitié de lui, mais je n'ai pas pitié de vous. N'est-ce pas étrange ? Je suis facilement compatissante, je comprends vite la faiblesse et la souffrance, je fais toujours ce que je peux pour ne pas les causer, je me rends compte qu'en ce moment je vous effraie, mais cela m'est égal. Au début, j'étais ainsi avec Lucas, je me disais qu'il était vigoureux, que je ne devais pas le secourir. C'est fini. Vous êtes la seule personne au monde que je continue à ne pas avoir peur de blesser et, je n'y comprends rien, vous êtes aussi la seule personne que je sois sûre d'aimer. Je pense que vous m'aimez bien. Il y a un mot de trop à mon goût, c'est vrai, mais en quoi cela devrait-il vous empêcher de coucher avec moi, maintenant que je ne suis plus une petite fille ?

Je me tus. Il me semblait que j'avais tout dit et je voulais qu'il parlât, mais il restait sans voix. Je fis tomber sur le tapis mes escarpins de femme élégante et ramenai mes jambes sur le veau blanc, puis j'attendis.

Ce fut très long. Je venais de l'arracher à des années de mensonge méticuleux, je comprenais qu'il lui fallût du temps, mais il m'était très difficile de patienter en regardant cet homme car je ne désirais que me jeter dans ses bras. Je le vis enfin bouger, reprendre son souffle.

— Est-ce que tout cela vous surprend tellement ? Je pense que vous saviez très bien que je n'ai jamais cessé de vous aimer.

— Je ne voulais pas le savoir.

— Pourquoi avez-vous si peur de moi ?

— Tu es trop jeune, dit-il d'une voix sourde.

Et brusquement, je fus très sûre de moi.

— Mais, Alker, cela c'est mon problème, ce n'est pas le vôtre. Je sais bien que vous avez cinquante ans, ou presque, et que vous serez vieux longtemps avant moi. Je m'en moque. Ou bien j'en suis ravie : quand je commencerai à me flétrir, vous ne serez plus d'âge à plaire aux jeunes femmes et je n'aurai pas trop peur. Un peu, car elles vous plairont toujours, je vous connais, mais vous ne me quitterez pas pour elles.

Il essaya un petit sourire.

— Tu parles comme si nous allions vivre ensemble.

— Oh ! c'est ce que je voudrais, évidemment, mais je suis modeste : pour le moment je ne vous demande que d'être l'amant d'une femme mariée.

Il eut une sorte de haut-le-corps.

— Enfin ! vous avez rempli je ne sais combien de fois cette fonction-là. Vous disiez qu'elle assure la stabilité des institutions et que cela en fait une fonction sociale essentielle.

— Pas toi, dit-il.

Sa voix était rauque, comme lorsque l'on se force. Il se leva, fit quelques pas, on sentait que la pièce était trop petite, qu'il avait besoin d'espace, les fauteuils et les guéridons l'encombraient.

— Je pourrais être ton père.

— Oui, et vous y avez joué, mais c'était bien imprudent car vous ne l'êtes pas. Mon père était un monsieur courtois qui de temps en temps me croisait dans les couloirs de la maison et constatait avec agrément que je me portais bien. Il me disait : Bonjour Catherine, je lui disais : Bonjour Papa, et nos échanges en restaient là. Et puis il y a eu vous. Je pense que je suis comme ma mère, la femme d'un seul homme. J'y ai beaucoup réfléchi : tout est de votre faute. Il ne fallait pas me dire : Ça te plaît, petite ? le jour de l'incendie, mais passer sans me voir et laisser à un garçon de mon âge la tâche de me faire goûter à mon premier regard d'homme.

Il rangeait la carafe de porto dans le petit cabaret de bois précieux en me tournant le dos et ne me fit pas face pour dire, à mi-voix :

— Tu es terriblement accusatrice.

— Je vous aime, Alker ! Ce n'est pas ma faute, je me suis honnêtement débattue, mais cela ne cesse pas. Je ne vous demande pas grand-chose, pas même de m'être fidèle, vous avez déjà eu deux maîtresses en même temps, je le sais, je ne veux qu'être admise quelques fois dans vos bras, pour cesser d'être incapable d'y recevoir un autre homme, qui se trouve m'avoir épousée. J'ai parfois souhaité que vous soyez mort. J'aurais eu un chagrin terrible, sans doute pendant des années, mais vous n'auriez pas été en train d'exister quelque part et de m'exclure. Je me serais peu à peu résignée, je vous aurais peut-être oublié. Hélas ! vous vous portez bien, vous êtes fait à devenir centenaire.

— Excuse-moi, dit-il avec un petit rire qui me donna l'impression qu'il se reprenait.

Il continua :

— Tu arrives ici à dix heures du soir, tu me dis que ton mari a une maîtresse et que tu veux coucher avec moi. Situation classique, n'est-ce pas ? La revanche de la femme trompée.

— Oh ! vous savez bien que ce n'est pas ça. Vous trichez encore.

Il hésita.

— C'est vrai, avoua-t-il.

— Il est certain que c'est ce que je veux, c'est même la seule chose au monde que je sois sûre de désirer. Pourquoi croyez-vous que je me sois fait conduire chez le coiffeur et dans les boutiques par vous sinon pour ressembler aux femmes qui vous plaisent ? J'espérais que vous céderiez. Puis je me suis trouvée prise au piège que je vous tendais, il a fallu me marier. Je ne crois pas que j'aie espéré, du moins pas consciemment et je vois bien que vous résisterez éternellement.

Jusque-là, je m'étais sentie comme un combattant qui se concentre sur les coups qu'il porte, mais l'émotion s'empara de moi et je sentis ma voix se briser.

— Au nom du ciel, Alker, pourquoi ?

Il revint vers le fauteuil mais ne s'assit pas. Il me regarda longuement sans rien dire. Je tremblais. Il était ébranlé dans son irréductible conviction, je le voyais bien, et aussi qu'il luttait toujours.

— Vous ne pouvez pas continuer sans m'expliquer. Cela me tue peu à peu. Je suis rongée, je me vois souffrant toute ma vie et ne comprenant jamais.

— Je voulais te protéger, dit-il, et cela me parut si étrange que je crus n'avoir pas compris et le fis répéter.

— Me protéger ? Vous êtes fou, vous me détruisez.

Il s'assit. Il resta immobile, il me regardait mais je sentais qu'il ne me voyait pas, qu'il regardait, en lui-même, quelque chose qui lui faisait peur.

— Je vous en prie, dis-je.

Il hocha la tête, et je ne sus pas si c'était un consentement ou un refus. Je dus croire qu'il espérait encore pouvoir se taire car je me souviens que j'eus un mouvement de colère.

— Est-ce que vous êtes lâche ? S'il faut me dire que, en vérité, vous ne m'aimez pas du tout, que vous ne me trouvez pas désirable, faites-le, ôtez-moi cette certitude qui m'épuise, mais ne me laissez plus dans le doute. J'en mourrai peut-être, au moins je ne dépérirai plus.

Je fus frappée par cette phrase absurde et j'eus envie de rire, mais je me retins car je vis qu'il la comprenait parfaitement.

— Je vais tout te dire.

Puis il s'arrêta net, comme butant contre un obstacle infranchissable. Il eut un air de souffrance qui me tordit le cœur et je faillis tendre une main apaisante – ah ! je venais pourtant de prétendre que je n'avais pas pitié de lui ! –, le laisser garder son secret, me soumettre encore une fois, je le libérerais de l'obligation où je l'avais mis, il ne ferait pas l'aveu qui le blessait tellement, mais je savais que c'était de la folie et que je ne m'en relèverais pas. J'attendis. Il luttait contre le silence où il m'avait tenue enfermée, où, peut-être, il s'était senti lui-même enfermé...

— Tu as raison. J'ai toujours eu envie de toi.

Il prit une cigarette, l'alluma, fit la grimace et la déposa dans le cendrier où, pendant qu'il parlait, elle se consuma toute seule. Il ne me regardait pas.

— Tu reparles souvent de l'incendie, et c'est bien là que tout a commencé. Tu avais quinze ans. Je n'étais pas un séducteur de petites filles, je n'avais jamais rôdé au sortir des écoles, j'ai été horrifié par ce qui m'arrivait. Tu étais serrée dans ton manteau de gamine, beaucoup trop léger pour la saison, où je reconnaissais bien l'inaltérable inconscience de ta mère, avec ton cartable au bout du bras, les yeux dilatés de plaisir devant les flammes. J'ai été traversé, je n'avais jamais connu un désir d'une telle violence, je crois que je t'ai adressé la parole sans même m'en rendre compte. Sinon je me serais enfui, mais l'idée ne m'en est même pas venue. J'avais envie de te renverser par terre et de te prendre sur place. J'étais un homme civilisé, Catherine, assailli sans défense par tout ce que j'aurais réprouvé, si j'avais eu le temps d'y penser, c'est depuis ce moment-là que j'ai compris qu'on ait inventé l'idée de possession démoniaque. Je t'ai donc parlé, j'étais surpris que ma voix fût normale, mes gestes décents alors que je...

Il se tut un instant, me regarda enfin.

— Alors que je bandais comme un âne.

Je savais à quel point il détestait utiliser ce genre de mots devant moi et restai parfaitement immobile.

— Un âne. Cette soirée chez toi a été un supplice. Tu parlais d'arrêter le plaisir, je suppose que tu sais qu'il est presque impossible de rabattre une érection par le pouvoir de la volonté, plus on y pense, plus elle s'affirme. Pour être précis, un homme peut avoir recours à certaines contractions musculaires, ce que je faisais, mais dès que j'arrêtais, cela recommençait. Suis-je assez clair pour contenter ta fureur ? Tes parents me traitaient comme d'habitude, en toute confiance, tu étais joyeuse comme une petite fille, tu revenais tout le temps à la beauté de cet incendie et j'avais l'impression d'être un monstre. Lorsque je suis parti, je ne suis pas rentré chez moi. Je ne pouvais pas aller chez la femme qui était ma maîtresse, car elle était mariée, comme d'habitude, alors je suis allé au bordel. Je n'avais jamais mis les pieds dans ce genre d'endroit. Là, devant la fille que je payais, une jolie personne de vingt ou vingt-cinq ans, une professionnelle consciencieuse et habile, j'ai fait un fiasco ! Pour la première fois de ma vie, je me suis trouvé complètement impuissant, ce qui m'a enchanté, j'avais enfin cessé de bander ! Elle s'est activée autant qu'elle a pu, puis j'ai éclaté de rire et je suis parti soulagé, aussi étrange que soit le mot pour une telle circonstance, sûr que j'étais calmé. Ce n'était évidemment pas vrai. Je me disais : Ah ! c'est passé, et comme cela me faisait penser à toi, ça revenait. Tout ce que j'ai pu obtenir de moi c'est le serment que je ne te toucherais pas et j'ai tenu parole. J'ai changé de maîtresse, pendant un certain temps, j'ai choisi des femmes qui vivaient seules. Tu comprends pourquoi.

J'étais tellement stupéfaite que je ne comprenais, je crois, rien du tout.

— J'aurais dû te fuir, cesser de voir tes parents, qui ne s'en seraient même pas aperçus, je n'en ai pas trouvé la force. Tu étais là, gamine solitaire à fendre le cœur, ce que je pouvais accepter, bien peignée et mal coiffée, dans les affreuses jupes plissées que ta mère affectionnait et qui ne calmaient pas mes ardeurs séniles : rien de plus facile que de me dire que tu avais besoin que quelqu'un s'occupe de toi, n'est-ce pas ? puisque c'était la vérité. Tellement de bonnes raisons venaient renforcer les mauvaises que je ne m'y retrouvais plus.

— Toujours ? Aux Enfants Noyés aussi ?

— Toujours mais pas tout le temps, dit-il avec un petit rire. Tu étais touchante, mon cœur, péremptoire et désemparée, fougueuse et hésitante. Je t'aimais trop pour ne pas arriver à oublier quelquefois que j'avais envie de te renverser sur place. Il fallait que quelqu'un prenne soin de toi, ce n'aurait pas dû être moi, c'est tout. Tes parents ne voyaient pas la bizarrerie de ta vie : tu ne te faisais pas d'amies à l'école, ce qui m'inquiétait. Je savais que cela eût été normal pour une fille de ton âge, quand je t'interrogeais tu me disais qu'elles étaient ennuyeuses.

Je ne me souvenais pas qu'il m'eût interrogée.

— Il n'y avait déjà que vous.

Je le vis se roidir, comme si je lui avais, de nouveau, porté un coup.

— Vous m'auriez touchée, j'aurais été effrayée, j'en suis sûre, mais vous m'avez parlé. Il ne fallait pas me parler si vous vouliez me tenir à l'écart.

La cigarette était entièrement consumée. Il se leva, alla vers un des guéridons, ouvrit la boîte en bois où il rangeait sa réserve, prit une Carlton qu'il inséra dans son porte-cigarette, l'alluma. Il faisait des gestes ordinaires, dont on sentait à quel point il devait les contrôler pour leur garder de la pondération. Il se rassit.

— Et puis ? dis-je.

Il eut un petit sourire :

— Toujours aussi gloutonne, n'est-ce pas ?

Je fis signe que oui.

— Julien aurait dû me rassurer. J'étais surpris, je trouvais que c'était un jeune homme assez banal, mais je supposais que c'était de la bonne et honnête jalousie.

— Vous n'avez pas compris qu'il me venait de vous ?

Il hocha la tête.

— Non, évidemment. J'avais bien deviné que tu étais un petit peu amoureuse de moi, je ne suis pas stupide, mais je pensais que le premier garçon qui te plairait vraiment réglerait cela. J'étais Jean qui rit et Jean qui pleure. Soulagé, oui. Mais. Mais tu étais trop jeune, mais il n'était pas assez bien pour toi, je me regardais avec stupeur tourner anthologie du père indûment énervé et quand il posait gentiment sa main sur la tienne, je me sentais enragé.

— Si j'avais su !

— Qu'aurais-tu fait ?

— Vous le savez bien. J'étais persuadée, moi, que vous aviez tout au plus un léger penchant pour la jeune et gentille petite fille de vos vieux amis.

— Je ne t'aurais pas acceptée.

— C'est la seule chose que j'ai sentie.

Il eut un petit rire sec :

— Me suis-je donné assez de mal pour cela ! Je me faisais horreur, petite, ne l'oublie pas.

— Je ne suis plus petite, dis-je, mais il ne m'écouta pas et continua.

— Tu ne peux rien comprendre si tu oublies cela. J'étais le vieux dégoûtant qui avait envie de sauter la fille de ses plus anciens amis entre deux portes, mais tu me regardais avec confiance, tu ne pensais qu'à passer le plus de temps possible avec moi et cela enchantait tes parents qui te croyaient en sécurité. Et tu l'étais ! gronda-t-il, tu l'étais ! À quel prix, je ne peux pas te le dire, même maintenant, je ne pourrai jamais.

Je le vis trembler, et je comprenais qu'il était en fureur. Il se calma vite.

— Parfois nous bavardions des heures, le soir, dans ma voiture, tu glissais ta main dans la mienne, le plus naturellement du monde, comme une petite fille aurait fait avec un père totalement fiable, et je devais répondre à ton geste avec exactitude, ni trop ni trop peu, ni te rejeter ni te happer.

Tout se transformait. Mon histoire n'était pas celle que j'avais cru, l'homme tendre qui avait accompagné mon adolescence se décrivait comme une sorte de violeur à peine contenu, je ne voulais pas de cette image-là, d'ailleurs elle était fausse.

— Tout à fait fausse, me dit-il. Je me tenais sous contrôle, ce qui n'était pas facile, car tu ne m'aidais pas. Tu découvrais les garçons, et que j'étais un homme, tu me trouvais à ton goût, je ne pouvais pas en douter. Je n'avais pas prévu cela. Je m'étais organisé autour du thème du vieux dégoûtant et de l'innocente petite fille : tu as tout bouleversé. Un soir...

Il s'interrompit, l'air égaré. Je dis :

— Dans la bibliothèque, avant la partie d'échecs avec mon père.

Il sursauta.

— Vous aviez compris que j'avais un amoureux stable. Vincent et Louis dont je vous parlais en me moquant ne vous avaient pas troublé, vous sentiez bien qu'ils étaient des passants sans importance, mais là, vous vouliez savoir et moi, je ne pouvais pas vous répondre. J'ignorais pourquoi. Vous jouiez à m'y forcer, vous m'avez pris le menton pour m'obliger à vous regarder en face et d'un instant à l'autre j'ai cessé d'être une petite fille dont on peut prendre le menton par jeu et cela m'a épouvantée plus que je n'ai voulu m'en rendre compte, car j'étais censée être amoureuse de Julien. Le mal que je me donnais pour m'en convaincre ! Votre main sur moi. C'était délicieux à ne pas croire. Mais je pensais que je vous choquerais terriblement, je n'ai pas bougé. C'est vous qui avez avancé, oh ! presque pas, je n'ai pas cru un instant que vous vous en étiez rendu compte, et puis vous vous êtes repris et j'en aurais bien pleuré.

— J'ai cru sombrer, dit-il, très bas.

— J'avais rendez-vous avec Julien. Il faisait froid, nous ne pouvions plus aller nous embrasser au bois, alors nous passions les soirées au cinéma. J'étais comme déchaînée et je crois que je lui ai fait peur, dis-je machinalement, mais je me moquais de ces souvenirs-là et je me tus.

Il restait silencieux, le regard dans le vague.

— À quoi pensez-vous ?

— J'ai été furieux contre Antoinette, dit-il. Je ne voulais pas qu'elle se liât avec toi, j'avais l'impression qu'elle te corrompait. Et puis, tout s'est terriblement précipité. Cela n'a pas été un hasard si Jean s'est interrogé après cette folie des vacances de Pâques. Ce fut de ma faute.

Tout à coup, il parlait très bas et je l'entendais mal. Mais je ne voulus pas l'interrompre, je tendis l'oreille et retins ma respiration.

— C'était intenable. Vivre ainsi tout le temps à côté de toi et continuer le jeu de l'oncle bienveillant ! Mais j'avais ma maîtresse sous la main, n'est-ce pas ? et elle ne s'est pas plainte.

Il fit la grimace.

— Tu sais, désormais, à quel point je peux être hypocrite. Bien entendu, Antoinette ne se doutait de rien, elle a cru que j'étais follement amoureux d'elle et elle a commencé à parler de quitter Jean. Je ne pouvais pas à la fois lui dire que je n'avais aucune envie qu'elle s'installât dans ma vie, et lui faire l'amour comme un forcené. J'étais enlisé dans mes mensonges, je ne savais pas comment me dépêtrer. Le plus étonnant, quand nous nous sommes retrouvés seuls dans ma chambre, c'est que j'aie tenu deux heures avant de...

Il s'interrompit.

— Alker, tout était faux, alors ? Quand vous m'avez renvoyée, ce n'était pas parce que vous ne vouliez pas de moi ?

— Si, dit-il, si. Je n'ai jamais voulu te faire de mal, te lier à un homme trop âgé pour toi.

— Vous l'avez fait ! Je n'arrive pas à vivre, je ne peux pas me défaire de vous.

— Tais-toi, dit-il.

Il se leva.

— Il faut que tu t'en ailles. Tu n'aurais jamais dû venir, jamais dû me forcer à parler. Tout ceci est de la folie. Pour moi, tu es toujours une petite fille. Rentre chez toi. Si tu veux, je parlerai à Lucas.

J'éclatai de rire.

— Grands dieux ! quand allez-vous comprendre ! je me moque de Lucas.

Il ne voulait pas. Il se tenait devant moi, l'air obstiné et je me rendis compte qu'il n'en démordrait pas. Dix ans plus tôt, il lui était arrivé une chose qui l'avait profondément choqué, il s'était figé dans une attitude dont il ne pouvait plus se départir. Alors, je n'attendis plus son consentement. Je fis un pas en avant, si vite qu'il n'eut pas le temps de reculer et je me collai à lui, l'entourant furieusement des deux bras, corps à corps. Il me prit aux épaules pour m'écarter mais je ne me laissai pas faire comme sept ans plus tôt. Je levai la tête, mis ma bouche sur la sienne et, bien sûr ! il tenta de se détourner, alors je mordis ses lèvres en appliquant brutalement mon ventre contre le sien. Je triomphai, car là il ne pouvait pas me cacher la vérité.

— Comme un âne, Alker ! comme un âne, chuchotai-je.

Et il ne résista plus. Il m'accueillit entre ses lèvres, il grognait, je savais qu'il était furieux, mais il ne put s'empêcher de me rendre le baiser que je lui imposais. Nous restâmes longtemps ainsi, j'étais dans son odeur, dans ses bras, j'étais de retour, il ne tentait plus de m'écarter et ses mains sur mes épaules me serraient, me retenaient, j'étais ivre et cependant je compris que j'étais encore en danger, que si je le lâchais un instant il se reprendrait. Il avait lutté pendant trop de temps, il avait développé une résistance terrible, si je ne maintenais pas mon emprise, il se délivrerait de moi, il aurait même de nouvelles forces pour m'écarter. Mais je n'étais plus une petite fille ignorante, j'avais appris les hommes et j'étais sûre de mon savoir. Je libérai ma main droite et caressai, à travers le tissu, ce sexe érigé que je voulais. Il fit deux gestes en même temps, je les déchiffrai sans erreur, l'un qui voulait se dérober, l'autre pour mieux recevoir la caresse et je ris, sûre de moi, habile.

— Ne fais pas cela, Catherine, gémit-il.

Mais je le faisais, oh ! comme je le faisais ! en continuant à le serrer de l'autre bras avec une force sauvage qui n'aurait pas suffi, je n'en doutais pas, si je n'avais eu son désir pour allié. Il comprit, voulut me repousser et n'en eut pas la force. Mes doigts connaissaient leur tâche, ils déployaient toute leur prestesse, j'étais sans scrupules, si habile qu'il ne se rendit même pas compte que je relevais ma jupe.

Quand il sentit qu'il entrait en moi il tressaillit de la tête aux pieds et je crus défaillir mais je ne pouvais pas car il en eût encore profité pour me chasser. Il me tenait aux épaules, il continuait à dire non, non, j'étais la plus forte et il ne put s'empêcher de me prendre à son tour. Tout au long, il me regarda dans les yeux et il vit le plaisir s'emparer de moi. Alors, il cessa toute résistance, il m'enlaça, me guida et je pus enfin laisser mes bras monter à ses épaules. J'étais libérée des sanglots, j'aimais, j'étais heureuse, il m'appartenait, je pouvais me laisser porter par le flot somptueux du bonheur, il se répandait en moi, partout, de mon ventre affamé en chaque point de mon corps, je fus entièrement imprégnée par son existence, nous gémissions ensemble.

Mais, même après, j'avais encore peur et je n'osais pas desserrer mon étreinte. Nous restâmes debout, vacillant à côté des canapés blancs.

— Catherine ! ce n'est pas possible ! tu n'as pas fait ça ! Tu es folle, disait-il.

Je le sentais glisser hors de moi. Cela me fit trembler d'effroi, je repris ses lèvres entre mes dents.

— Vous l'avez fait aussi.

— Tu m'as forcé.

— Vous savez bien que je n'aurais pas pu si vous n'aviez pas voulu.

— Tu es une petite fille, répéta-t-il désespérément. Tu ne sais pas avec quoi tu joues.

— Vraiment ! Une petite fille ! Est-ce que les petites filles font ce que je viens de vous faire ? Et que je referai dès que vous le pourrez de nouveau, j'ai de la mémoire, mon bien-aimé, cela vous prendra dix minutes.

Il ne put s'empêcher de rire.

— J'ai peut-être vieilli. Peut-être me faudra-t-il un quart d'heure.

— Je suis patiente, n'oubliez pas que j'attends depuis des années.

Alors il me serra sauvagement contre lui et j'eus un peu moins peur.

— Oubliez mes quinze ans, Alker. Ils sont loin. Regardez-moi telle que je suis aujourd'hui.

— Seigneur ! dit-il les lèvres contre mon cou, je ne fais que ça depuis dix ans.

— Et cependant vous ne me voyez pas changer.

— Je change au même rythme, dit-il.

Et je vis qu'il recommençait à lutter contre moi. Je ne viendrais donc jamais à bout de cet homme ?

— Il est tard. Il faut que tu rentres chez toi, maintenant.

Mais c'étaient exactement les mêmes mots que l'autre fois, lorsque, docile, je m'étais laissée faire parce que me laisser faire par lui était la chose la plus délicieuse du monde ! Je fus prise de fureur.

— Bien sûr ! Je risque d'être en retard pour le dîner et ma mère va s'inquiéter, puis vous viendrez, vous nous emmènerez au cinéma et j'aurai droit, ensuite, au repas d'adieu avec petites lampes roses, huîtres et champagne ! Ne comprenez-vous donc rien ? Je ne pars pas.

— Mais... Lucas, dit-il.

— Je me moque de Lucas, je vous l'ai déjà dit. D'ailleurs il est chez Thérèse et si furieux qu'il ne rentrera pas avant l'aube. Et moi, je suis chez vous et j'y reste. Il faudrait me jeter dehors de force, et je vous jure que je me défendrais comme une sauvage.

Je le tenais de nouveau avec fureur, et je sentais les deux mouvements qui luttaient en lui, l'alternance violente du refus et du désir qui le faisait tressaillir. Lutter contre son refus ne servirait à rien, il l'avait consolidé pendant dix ans. Je ne pouvais qu'affirmer férocement ma volonté, sans tenir compte de ses scrupules.

— Écoute, asseyons-nous et parlons, dit-il.

J'allais répondre que non, que depuis toujours il ne parlait que pour me duper, mais je fus surprise par sa prestesse car il se rajusta si vite que je ne pus pas l'empêcher.

— Je ne m'assieds plus sur votre veau blanc. Je le déteste. Il ne vous ressemble pas. Qu'avez-vous fait du vieux salon canné 1900 ?

— Il est au grenier, répondit-il machinalement, pris au dépourvu par mon intérêt inhabituel pour la décoration d'intérieur.

Je le lâchai, fis un pas en arrière, lui souris tendrement.

— Je suis fatiguée. Vous avez raison : allons nous coucher.

Sans attendre sa réponse je sortis de la pièce et me dirigeai vers l'escalier pour monter à sa chambre. Il crut un instant que je lui obéissais, me suivit et protesta quand il vit où j'allais, mais je ne tins pas compte de ce qu'il disait. Et ce fut le plus difficile. Je devais presque me forcer, je mesurais le pouvoir qu'il avait sur moi. J'aimais me soumettre à lui à un point qui me fit peur : peut-être n'avait-il pas tort de penser que la gamine de quinze ans était toujours là. Je devais me battre pour ne pas me rendre, je pensais au bonheur de me retourner, de me blottir dans ses bras, de lui dire qu'il avait raison, que je ferais toujours ce qu'il voulait. Dieux ! que j'avais aimé cela ! mais je savais qu'il s'en était servi pour se protéger de moi et qu'il me fallait voir plus loin que le plaisir immédiat de la reddition, que le délice de lui dire que j'aimais chacune de ses paroles, chacun de ses désirs, je m'assourdissais pour n'en entendre qu'un seul, celui qui lui faisait peur. Plus tard, peut-être, pourrais-je recommencer à être docile : pas cette nuit. Je me mordais les lèvres et je gravissais marche après marche en me forçant à ne pas l'écouter.

— Allez-vous me jeter dehors ? dis-je quand je fus debout à côté de son lit.

Je le regardais en souriant. J'enlevai le chandail de cachemire blanc, le premier que nous eussions acheté ensemble, je dégrafai et laissai glisser par terre la large jupe grise que j'avais acquise un peu plus tard. Il ne disait plus rien, stupéfait, sans doute, par ma détermination. Ma culotte alla rejoindre mes vêtements et je me glissai sous la couverture préparée par Marguerite, la servante modèle soucieuse comme tous les soirs du bien-être de son maître. Il resta debout.

— Mais moi, je pourrais peut-être partir, dit-il d'une voix sourde.

Je tendis le bras, pris sa main et l'attirai doucement pour qu'il s'assît à côté de moi.

— Alker, je vous aime. Voyez comme je suis discrète : je ne vais jamais vous demander si vous m'aimez. Je ne vous demande que d'être mon amant. Je suis sûre qu'avec vous je ne suis pas une mauvaise affaire.

Il poussa une sorte de grognement indistinct, qui tenait du gémissement et de la protestation. Je tenais toujours sa main que je posai sur mon corps, la faisant glisser de l'épaule à la hanche en une caresse presque chaste. J'étais à lui, j'étais son domaine, qu'il le voulût ou non, je voulais qu'il me parcourût, montagnes et vallées, possesseur hypocrite, qu'il reconnût ses terres. Depuis toujours il savait qu'il était chez lui dans mon âme et il avait joui en silence de son fief, mais il m'avait dénié le droit de lui appartenir : je pressais fortement sa main sur ma peau, comme pour appliquer un sceau, et il me laissait faire, les paupières baissées, fuyant mon regard et incapable de résister. Je sentis qu'il lui devenait difficile de maintenir sa passivité, qu'il voulait s'attarder, revenir ou aller plus loin. Je le lâchai : il ne me quitta pas.

— Comme un âne ? demandai-je.

Il céda.

Nous ne nous endormîmes que très tard et je suis sûre qu'en dormant je m'accrochais toujours à lui, car j'avais encore peur qu'il me fuît. Plusieurs fois, il avait essayé de parler, mais je l'avais empêché en lui mordant les lèvres. Il se laissait faire. Il se laissait enfin faire.

Le réveil sonna à huit heures, réglé comme tous les jours par Marguerite et nous sursautâmes, effarés de nous rendre compte que c'était un ordinaire matin de semaine, où aller au travail comme d'habitude. Il arrêta l'effroyable stridulation, se tourna vers moi et, pour la première fois depuis la veille, me prit spontanément dans les bras.

— Tu m'as bien eu, hein, petite !

Je fis, triomphalement, signe que oui.

— Mais tu n'y échapperas pas. Il faudra que nous parlions.

— Je veux tout ce que vous voulez, sauf ne pas être votre maîtresse.

Il rit.

— Et si je refuse ?

— Je reviendrai tous les soirs vous forcer. Avouez que je fais très bien cela.

Il m'embrassa violemment.

— C'est le monde à l'envers, dit-il. C'est la petite fille qui viole le vieux monsieur.

Je ne compris pas tout de suite quel signe avait averti Marguerite, elle avait disposé deux couverts sur la table du petit déjeuner.

— Elle a aperçu un manteau dans l'entrée, dit-il, elle est habituée.

— Vous êtes d'une indélicatesse odieuse. On ne dit pas ces choses à une femme avec qui on a passé la nuit.

Mais elle sursauta en me voyant. Quand elle fut sortie :

— Il faudra qu'elle s'habitue.

— Tu as l'air bien sûre de toi ?

— Alker, la seule chose qui pourrait m'empêcher de venir serait de savoir, avec certitude, qu'une autre femme est ici. Je vous ai dit que je ne vous demande même pas de m'être fidèle, je les haïrai en silence, je le promets. Moi, je vous serai fidèle, sauf si vous exigez que je garde Lucas. Il faut que vous sachiez que je n'en ai pas du tout envie.

— Pourtant, hier soir tu disais que tu voulais sauver ton mariage.

— Hier soir, je le croyais encore. Mais à quoi cela servirait-il ? Je lierais méchamment à moi un homme que je rends malheureux, alors qu'il peut très bien trouver une femme qui l'aime, qui lui donne des enfants, la sécurité, tout ce à quoi il a droit. En fait, je regretterai plus Simone que lui, je l'aime bien. C'est la première fois que je sens de l'amitié, et cela va me manquer. Je crois que je vais aller habiter seule, ou peut-être tenir compagnie à ma mère pour les quelques années qui lui restent.

— Non, dit-il, tu vas venir vivre ici.

J'en eus le souffle coupé.

— Tu as passé la nuit à me fermer la bouche, avec des moyens dont je ne discuterai pas l'efficacité, je crains de ne t'avoir laissé aucun doute à ce sujet, mais si tu as contrôlé l'âne, n'oublie pas que je suis aussi un homme de raison. Je n'ai pas cessé de penser. J'ai fini par comprendre que je ne viendrai pas à bout de toi. Je rends les armes. Tu as gagné. Tu vas vivre avec un homme qui a vingt-cinq ans de plus que toi et qui est au bord du vieillissement. Dans quinze ans, tu auras quarante ans et moi soixante-cinq. Il y a des hommes qui, à cet âge-là, deviennent impuissants, ils prennent du ventre, ils ont de l'arthrose et des rhumatismes. Je ne crois pas que tu mesures bien ce que tu fais.

Je me rendis compte que des larmes coulaient sur mon visage. Je ne sanglotais pas, oh non ! mais je crois que dix ans de larmes retenues pouvaient enfin s'écouler librement.

— Ce que je fais ? J'arrive au but, je rentre à la maison, je gagne la Toison d'or, je débarque en Amérique après avoir cru dix fois naufrager, je pénètre en Terre promise, je vis avec vous, je termine un abominable parcours, je deviens heureuse.

Je me levai, contournai la table, m'abattis tremblante à ses genoux.

— Petite fille, dit-il doucement, relève-toi. Je suis à toi.

— Vous ne me chasserez plus ?

Il me prit aux épaules, me fit redresser, se leva et m'enlaça.

— Vous ne me direz plus que je suis trop jeune, que vous ne voulez pas de moi ?

— Plus jamais, dit-il.

Il prit une serviette de table, essuya mes joues avec tant de douceur, tant de délicatesse, que le flot de larmes redoubla.

— Vous me garderez tout le temps ? Toujours ?

— Tant que tu voudras.

— Vous avez été si méchant.

Et cette fois-ci, je pleurais à gros bouillons, hoquetant sur son épaule, incapable d'endiguer le déferlement du vieux chagrin, oubliant même la terreur de me conduire, vraiment, comme une petite fille.

— Seigneur ! dit-il, tu m'aimais donc si fort ?

— Vous étiez si stupide, vous me faisiez tellement mal, et il fallait toujours me cacher car vous ne vouliez pas le savoir. Oh ! je vous aime, je vous aime à en mourir, je ne veux plus que vous me quittiez, je ne veux plus que vous me renvoyiez à la maison, je ne veux plus être obligée d'essayer les autres hommes. Gardez-moi, gardez-moi.

— Je te le jure, dit-il.

J'arrivai très en retard à l'université.

Le sens du devoir l'emportant sur la lâcheté, je rendis visite à Lucas le jour même. Le terme rendre visite est évidemment impropre puisque, en somme, j'habitais toujours là, comme je savais qu'en témoigneraient mes vêtements dans les armoires et ma brosse à dents sur la tablette du lavabo. Mais, pour moi, cette affaire était terminée.

Je quittai mon bureau à cinq heures, je fus prise dans les encombrements, il me fallut vingt minutes pour faire la route, je n'étais pas impatiente.

Lucas était dans le salon, il me regarda entrer d'un air glacial.

— Bonjour, dis-je, bénissant les bonnes manières qui me faisaient inventer une si excellente introduction.

— Où as-tu passé la nuit ?

C'était nettement plus direct. Je ne voulais pas me laisser prendre au jeu du mari dans son droit, je contre-attaquai :

— Comment va cette chère Thérèse ?

— Elle te fait bien ses amitiés, dit-il avec un rire grimaçant. D'accord, je suis rentré tard et j'étais avec elle. Mais toi, où étais-tu ?

Il ne me laissait pas le choix, n'est-ce pas ?

— Chez Alker.

Je vis qu'il semblait soulagé. Il n'avait, évidemment, aucune raison de comprendre le sens réel de ma réponse. Ajouter : dans son lit me parut trop cru, mais c'eût été tellement plus rapide !

— Lucas, je suis navrée, mais je ne veux pas te leurrer : je vais te quitter. Et ne t'y méprends pas, ce n'est pas à cause de Thérèse. Je comprends très bien qu'après ces deux années avec moi, tu aies eu besoin d'une femme – je fis une brève pause – plus accueillante. Je vais te quitter à cause de ce qui a fait de moi une épouse si peu agréable.

Il se leva, s'avança vers moi :

— Écoute, j'ai mal agi, j'ai fait l'imbécile. Je te promets que...

Je l'interrompis rapidement.

— Non. Il faut que tu entendes ce que je te dis. Rien n'est de ta faute, c'est moi qui suis coupable depuis le début. Je n'aurais jamais dû t'épouser. Je ne te quitte pas à cause de Thérèse, mais à cause d'Alker. Je te quitte pour vivre avec lui. Je l'aime depuis toujours.

Cette fois, il resta silencieux. Je me dis que je ne devais pas rester là, que c'eût été comme regarder un boxeur qui vient de perdre son titre, cloué au sol et qui ne peut pas se relever.

— Je vais dans la chambre, lui dis-je, faire une valise. Rejoins-moi quand tu le souhaiteras.

Comme il y avait peu de choses à moi, dans cet appartement ! Même les valises appartenaient à Lucas, j'avais reporté avenue Molière les vieilles malles dont je m'étais servie lors de mon maigre déménagement, après le mariage. J'ouvris l'armoire, contemplai mon élégante garde-robe de fille menteuse, soupirai et commençai à déposer mes vêtements dans les bagages en pur porc de Lucas. Décidément, entre le veau blanc et le porc naturel, c'était tout le cheptel qui présidait à mon changement de vie !

Il n'arriva qu'après vingt minutes. Je fermais la deuxième valise.

— Tu veux le divorce ? demanda-t-il.

— Moi, honnêtement, et je t'assure que c'est un bonheur de redevenir honnête, je m'en fiche, mais je crois qu'il faut que tu divorces pour te remarier mieux qu'avec moi. Je ne t'ai rien donné de ce que tu voulais, je le sais bien. J'aurai été l'auteur de deux mauvaises années dans ta vie : ferme la parenthèse, tu es un homme qu'on peut aimer, Lucas. Notre ratage n'est pas ton échec, c'est ma sottise.

Il eut un sourire forcé :

— Je crois que tu n'as jamais été aussi amicale avec moi.

— C'est vrai.

Je m'assis sur le lit, tentai d'expliquer :

— J'ai toujours voulu Alker, et il le savait et me refusait à cause de mon âge. J'ai essayé de vivre quand même, tu en as subi les retombées. J'ai été mauvaise, car je me suis crue plus forte que je n'étais. Tu représentais ce que j'avais tenté de mettre entre Alker et moi, je crois que tu as servi de paratonnerre à ma colère. Je ne te demande pas de me pardonner, je n'ai droit à aucun pardon, je me sens très coupable. Je voudrais que tu sois heureux.

— Plus tard, si tu le permets, dit-il avec une petite grimace. Je pense que tu peux m'accorder quelques mois d'adaptation ?

Il m'aida à porter les valises jusqu'à la voiture.

— Pour le moment, garde les clés. Je préfère que tu viennes chercher le reste quand je ne serai pas là. Tu me les rendras après.

Il ne me regarda pas partir.

J'aurais voulu consacrer plus de temps à mes remords, mais je n'y parvins pas, car Alker m'attendait et je ne pouvais penser à rien d'autre. Marguerite vint m'ouvrir, le visage soigneusement inexpressif. Je m'aperçus qu'Alker déposait les valises dans la chambre d'ami.

— Vous ne comptez pas que je dorme ici, dis-je, méfiante, dès qu'elle fut sortie.

Il me regarda en riant :

— Tu n'as vraiment aucune confiance en moi !

— Pour cela non ! Je vous confierais ma vie, ma fortune si j'en avais une, mais je me méfie de vos scrupules comme de la peste.

— Il n'y a pas de place dans mes armoires, il va falloir tout réorganiser. En attendant, tu devras utiliser celles-ci.

— Les armoires, je veux bien, mais pas le lit.

— Crois-tu ?

Et me prouva que le lit pouvait fort bien être employé sans altérer ma confiance encore incertaine. Après :

— Tu sais, me dit-il, moi aussi j'ai dix ans à rattraper.

Les réactions de Marguerite furent plus vives que celles de ma mère. Elle avait régné sur la maison de son maître et pensa que je voudrais en prendre le gouvernement. Tous les matins, elle venait, l'air morose, me demander quel menu elle devait préparer. Je dus la supplier de comprendre que je n'étais pas une femme d'intérieur et que rien n'allait changer.

— Tout ce que je vous demande est de vous souvenir que je n'aime pas les desserts et de ne pas être vexée si je ne mange pas de ceux que vous préparez pour Monsieur.

Elle se calma lentement.

Je ne fus jamais tout à fait sûre que ma mère comprît que j'avais changé d'homme. Quand je venais la voir avec Alker, elle me demandait des nouvelles de Lucas et le jour où je lui annonçai son remariage, elle hocha la tête en disant :

— Ah ! c'est très bien.

Il me sembla correct de laisser Lucas informer Simone de notre séparation, ce qu'elle me reprocha vivement :

— Crois-tu que je ne t'aime que parce que tu es la femme de mon frère ? me dit-elle d'un ton hargneux.

Je me sentis embarrassée et un peu sotte.

— Je n'osais pas.

— Richard et moi venons à Bruxelles la semaine prochaine. Je compte que tu nous invites à dîner : je ne connais ton nouvel homme que de loin, je veux le rencontrer.

— Hé bien !... Je ne sais pas si Lucas t'a dit qu'il n'est pas si nouveau que ça ?

— Je l'ai deviné. C'était ton Vincent Lafarge. J'ai dû te bouleverser en te racontant le mien, et tu devais te taire. Nous en parlerons, car, en plus du dîner, nous sortirons ensemble, comme nous avons toujours fait.

— Lucas ne sera pas mécontent ?

— S'il l'est, c'est son affaire, ni la mienne, ni la tienne.

Alker aima tout de suite Simone et approuva qu'elle eût choisi Richard. Nous nous voyons souvent. Lucas le sait, mais depuis qu'il est heureux, il ne m'en veut plus, et lorsque nous nous rencontrons, il me dit gaiement que c'est à moi qu'il doit d'avoir été disponible pour celle qu'il a épousée. Il a trois enfants. Il est évident que je n'en ai pas et n'en aurai jamais : je ne serais pas plus capable que ma mère de leur faire une place et il ne me paraît pas nécessaire de recommencer une histoire qui, même si elle finit bien, m'a laissé quelques cicatrices.

Il ne m'a jamais dit qu'il m'aimait, et je suis bien trop prudente pour lui poser la question. Parfois, j'ai envie de lui demander quelle femme il avait failli aimer, mais je n'ose pas. Je sais que ce n'était pas moi : il s'est trop blâmé, les anges n'ont pu se tourner vers lui que pour soutenir sa résistance. J'irais bien fouiller ses papiers pour chercher des indices, car je suis sans scrupules, mais je sais que je ne trouverais rien, ce sont les jeunes filles en détresse qui se racontent leur histoire, pas cet homme-là.

Il ne vieillit pas. Il n'a pas un cheveu blanc, à moins qu'il ne les épile dans la solitude de la salle de bains. Dès qu'une femme le regarde, j'écume et il se moque de moi, me dit que l'important n'est pas qu'il soit regardé, mais qu'il regarde. Je lui réponds qu'il a perverti mon âme de jeune fille avec ses sophismes, et qu'il doit me laisser quelque simplicité, ce qui le fait rire, de cette façon particulière qui me trouble toujours.

Nous nous sommes mariés il y a cinq ans, peu après la mort de ma mère :

— Je n'ai pas d'héritier, j'ai quelque argent, je ne vois pas pourquoi il faudrait que tu paies d'extravagants droits de succession alors que le mariage et une communauté simple feront de toi mon héritière naturelle.

Telle fut la demande en mariage du bien-aimé, et je l'ai acceptée sans discuter. Je ne lui ai pas dit que c'était inutile car je ne vois pas comment je lui survivrais.

Et il m'est fidèle. Je n'ai pas besoin de l'espionner, je le sais. Ces femmes détestables qui le regardent toujours ne semblent pas l'intéresser. Je reste attentive à me parer selon ses goûts, mais maintenant je le fais machinalement, ce sont d'anciennes habitudes, j'ai mon jour chez le coiffeur, deux ou trois boutiques où l'on me connaît, j'y passe peu de temps. Il me trouve belle, je crois, et quand je rentre vêtue du genre d'habits qu'il aime, il me semble qu'il y a parfois comme une lueur de désespoir dans son regard. Il me serre contre lui, il me fait l'amour.

Un jour, je lui ai demandé s'il avait peur que je le quitte.

— C'est vous qui me quitterez, lui ai-je dit.

Il a levé les sourcils.

— Il y a peu de chances que je meure la première, puisque je suis tellement plus jeune que vous.

— C'est pour cela que j'ai si longtemps essayé de te tenir à l'écart de ma vie.

Je mourrai très vite après lui. J'ai vu ma mère se laisser lentement détruire par la douleur, je ne veux pas de cela. De nos jours, dans les hôpitaux, lorsque les malades qui ne guériront pas souffrent trop, on leur donne de la morphine ou je ne sais quoi d'autre qui accélère leur mort. J'ai ce qu'il faut pour m'épargner l'intolérable, bien caché au grenier, dans les cartons où j'ai rangé les brouillons de ma thèse que, j'allais oublier de le dire, j'ai brillamment réussie. Tout à l'heure, avant qu'il ne rentre, j'irai y ranger ce cahier, dont il ne doit rien savoir.

Je suppose que je vieillis. Si mes cheveux perdent leur éclat, les fils blancs ne se voient pas parmi les mèches blondes. Une des rares coquetteries de ma mère était de ne jamais porter ses lunettes de presbyte devant les miroirs, pour ne pas voir ses rides : le moment venu, je l'imiterai. Toutes les nuits, je dors aux côtés de l'amant, mais parfois je m'éveille grelottante, persuadée qu'il n'est plus là, je crie d'effroi et il me prend dans ses bras, il me caresse les cheveux, je l'appelle encore, désespérée, je m'accroche à lui, il met longtemps à m'apaiser. Il ne me demande pas ce qui m'a fait si peur car, bien sûr ! il le sait. Le moment vient où je me calme, je ris, je regarde le vieux chagrin s'éloigner en prétendant qu'il est vaincu, mais il ricane, il sait qu'il aura le dernier mot.

Du même auteur :

Au Grand Miroir

LA VIEILLE DAME ET MOI, 2001.
LE TEMPS EST UN RÊVE, 2002.
LE PLACARD À BALAIS, 2003.

Chez d'autres éditeurs

BRÈVE ARCADIE, Julliard, 1959. Prix Rossel.
L'APPARITION DES ESPRITS, Julliard, 1960 – Ancrage, 1999.
LES BONS SAUVAGES, Julliard, 1966 – Labor, 1992.
LA MÉMOIRE TROUBLE, Gallimard, 1987.
LA FILLE DÉMANTELÉE, Stock, 1990.
LA PLAGE D'OSTENDE, Stock, 1991. Prix Point de Mire.
LA LUCARNE, Stock, 1992.
LE BONHEUR DANS LE CRIME, Stock, 1993.
MOI QUI N'AI PAS CONNU LES HOMMES, Stock, 1995.
ORLANDA, Grasset, 1996. Prix Médicis.
L'ORAGE ROMPU, Grasset, 1998.
DIEU ET MOI, Mille et une nuits, 1999.
RÉCIT DE LA DERNIÈRE ANNÉE, Grasset, 2000.
LE VÉRITABLE AMOUR, Ancrage, 2000.
EN QUARANTAINE, Mille et une nuits, 2001.
LA DORMITION DES AMANTS, Grasset, 2002. Prix triennal du roman de la Communauté française de Belgique, 2003.

Composition réalisée par Softwin

Imprimé en France sur Presse Offset par

BRODARD & TAUPIN

GROUPE CPI

La Flèche (Sarthe).
N° d'imprimeur : 32468 – Dépôt légal Éditeur : 65156-11/2005
Édition 01
LIBRAIRIE GÉNÉRALE FRANÇAISE – 31, rue de Fleurus – 75278 Paris cedex 06.
ISBN : 2 - 253 - 10919 - 3

31/0919/6